칼럼 레시피

지은이 최진우

칼럼의 매력에 푹 빠져 지내는 글쓰기 전문 강사. 전국의 교육청교육연수원, 중고등학교, 대학교, 도서관, 평생학습관, 교육 회사 등 유수의 기관과 단체에서 전문직 종사자, 교사, 학생, 일반 시민을 대상으로 다채로운 글쓰기 수업과 인문학 강의를 진행했다. 체계적인 '100일 글쓰기' 시스템을 처음으로 기획, 구축했고 한겨레교육문화센터에서 '100일 글쓰기 곰사람 프로젝트'를 강의하고 있다. 또 100일 글쓰기 완주자를 주축으로 한 '곰사람 글쓰기 모임'을 오랫동안 꾸려 오고 있다. 지은 책으로 《100일 글쓰기 곰사람 프로젝트》 《이젠, 함께 쓰기다》(공저) 등이 있다.

저자는 칼럼 쓰기 수업을 진행하면서 생각보다 많은 사람이 칼럼에 대해 오해하고 있다는 사실을 알게 되었다. 칼럼을 한 분야의 전문가나 권위자만 읽고 쓰는 글이라 여기고, 평범한 사람은 가까이할 기회가 없다는 것이다. 하지만 저자는 칼럼이야말로 대중이 읽기에도, 쓰기에도 적합한 글이라고 강조한다. 좋은 칼럼은 짧은 분량 안에 논리와 감성이 모두 담겨 있기 때문에 칼럼을 잘 쓰면 논리적인 글쓰기와 감성적인 글쓰기 모두 능란해진다. 그러므로 자신에게 익숙한 글쓰기 기술은 발전시키고 생소한 기술은 새로 익히면 얼마든지 탁월한 칼럼을 쓸 수 있다.

저자는 강의 현장에서 경험하고 정립한 글쓰기의 기본기와 고급 기술의 정수를 이 책에 담았다. 칼럼 쓰기의 준비부터 집필, 마무리, 사후 평가까지 책에서 소개하는 '레시피'를 따라 하다 보면 일품요리처럼 멋진 칼럼 한 편을 완성할 수 있을 것이다.

칼럼 레시피

ⓒ 최진우, 2023

초판 1쇄 인쇄 2023년 8월 10일
초판 1쇄 발행 2023년 8월 25일

지은이 최진우
펴낸이 이상훈
인문사회팀 최진우 김경훈 **마케팅** 김한성 조재성 박신영 김효진 김애린 오민정

펴낸곳 ㈜한겨레엔 www.hanibook.co.kr
등록 2006년 1월 4일 제313-2006-00003호
주소 서울시 마포구 창전로 70(신수동) 화수목빌딩 5층
전화 02-6383-1602~3 **팩스** 02-6383-1610 **대표메일** book@hanien.co.kr

ISBN 979-11-6040-557-6 03800

논리와 감성을 버무린 칼럼 쓰기의 모든 것

칼럼 레시피

최진우 지음

Column Recipe

한겨레출판

차례

요리는 재료의 변환과 통섭^{通攝}, 도약의 과정이다. 훌륭한 요리사는 예술가다. 그런 의미에서 이 책은 글쓰기 레시피의 모범이라 할 만하다. 필자의 유려하고 쉬운 문체와 좋은 사례, 관점이 매력적으로 발효되었기 때문이다. 진부한 주장들 그리고 사유 부재의 '사연 팔이'가 솔직한 글쓰기의 특징으로 오해되는 당대 한국 사회에서, 모처럼 담백하고 정직한 책을 만나 기쁘다.

나는 글의 장르에는 위계가 없다고 생각하지만, 칼럼은 짧은 분량으로 '승부'를 봐야 한다는 점에서 글을 쓰고자 하는 이들에겐 일종의 리트머스 시험지와 같다. 즉, 칼럼을 잘 쓰는 사람은 논문도 소설도 잘 쓴다. 그 역도 마찬가지여야 한다. 이 책이 한국 사회에서 칼럼의 지위와 칼럼니스트의 역량을 강화하는 데 중요한 역할을 하리라 확신한다.

_정희진(《정희진의 글쓰기》 시리즈 저자, 〈정희진의 공부〉 편집장)

거의 매일 칼럼을 읽습니다. 글쓰기 강의나 모임을 진행하는 저에겐 해야 할 업무이기도 하지만 접할수록 칼럼의 매력에 빠져들어요. 칼럼에서 다루는 사안과 필자의 목소리로 세상이 움직이는 모습을 실감하거든요. 지역의 소소한 미담과 여의도의 첨예한 갈등은 물론 다른 대륙에서 벌어지는 사건들도 글쓴이의 개성에 맞춰 칼럼에 배열되어 의미가 부여됩니다. 미처 알지 못했던 일에 깜짝 놀라기도 하고 여론의 동향이나 참신한 세계관도 배웁니다. 칼럼은 제게 세상살이 소식을 전해 주는 택배와 같습니다.

아시다시피 칼럼은 신문이나 잡지 등에 실려 "주로 시사, 사회, 풍속 따위에 관하여 짧게 평"한 글을 일컫습니다. 사건·사고를 전하는 기사나 정치적·사회적 사안에 대한 언론사의 견해를 밝히는 사설과는 결이 조금 다릅니다. 기자나 논설위원이 아니더라도 누구든 기고할 수 있습니다. 하지만 관점에 따라 기사나 사설을 칼럼에 포함하기도 해요. 사전의 정의 외에 저마다 생각하는 칼럼의 형태가 달라 제 나름대로 칼럼의 범위를 정해 보았습니다. 언론사의 홈페이지 중 오피니언 카테고리에 배치된 글을 칼럼으로 여기시면 크게 무리가 없을 듯해요. 물론 사설은 제외하고요. 그렇다고 해서 칼럼의 성격이 축소되진 않아요. 오피니언 카테고리 안에는 그야말로 거대한 바다를 유영하는 다양한 생물종처럼 다채로운 칼럼이 서식하고 있습니다.

칼럼이 넓은 스펙트럼을 지니다 보니 때로는 정치적인 입장이나 세계관이 달라 불편하게 다가오기도 합니다. 하지만 글쓰기 관점에서 살펴본다면 더 좋은 공부가 되어요. 잘 쓴 칼럼은 정연한 논리로 주장을 펼치기 때문에 나와는 다른 인식이 어떻게 적용되는지 확인할 수 있어요. 독자를 설득하는 매력적인 기법과 힘도 볼 수 있습니다. 그야말로 칼럼은 글쓰기 비법이 담긴 보물 상자와 같습니다.

발굴하고 정리한 내용을 바탕으로 관련 강의를 하고 동영상 촬영도 했는데요. 때마침 출판사로부터 칼럼 쓰는 방법을 알려주는 책의 집필을 제안받았습니다. 고마운 마음에 당장 착수했지만 막막했어요. 칼럼으로 익히는 글쓰기 방법과 칼럼 작법은 조금 달랐거든요. 어떻게 쓰면 좋을까 고민하던 중 많은 아이디어가 샘솟는다는 화장실에서 일을 보다가 갑자기 주꾸미 낚시가 떠올랐어요. 낚싯대를 드리우고 기다리다가 추 위에 주꾸미가 올라타면 바로 챔질을 하는데, 글 소재도 그렇게 취득되거든요. 이런 생각이 돋아나자 칼럼 쓰기를 요리에 비유해 설명하면 좋겠다는 생각이 들었습니다. 낡은 소재를 손질하고 예열을 거쳐 불판을 달군 후 본격적으로 가열하고 마지막에 불을 끄는 순서로 칼럼 쓰기를 이야기하면 좋을 것 같았지요.

유레카를 외치며 콘셉트를 레시피로 설정한 후 목차를 작성하고 적합한 칼럼을 찾았습니다. 칼럼을 요약하고 단상을 쓰고 본문을 필사하고 관련 소재와 주제로 미니 칼럼을 쓰는 등 여러 방식의 모임과 강의를 진행하면서 관찰하고 분석한 칼럼을 다시 꺼냈습니다. 원고를 쓰는 동안 새롭게 지면에 실린 칼럼 중 예시로 적절한 글도 활용했습니다. 소재 고르기, 글 흐름 구상하기부터 칼럼 첫 문단은 어떻게 시작하면 좋을지, 전개와 마무리는 어떤 방식을 취하면 될지 적었습니다. 퇴고하고 제목을 정하고 문장력을 기르는 방법도 서술했습니다. 맛있는 칼럼을 쓰기 위해 평소에 실천하면 도움이 되는 훈련 방법도 덧붙였습니다.

사회 현안을 날카롭게 분석하고 나만의 목소리를 분출해 공동체에 보탬이 되는 글을 쓰는 건 상당히 매력적인 작업입니다. 개인의 이익이나 안녕에만 머물지 않고 타인의 고통에 귀 기울이며 불합리한 시스템을 지적하고 타파한 후 새로운 체계를 설립하는 과정에 일조하는 노력은 공동체의 일원으로서 필요한 일이 아닐까 해요. 더군다나 글을 쓰거나 쓰고 싶은 사람에겐 더욱더 필요한 일이에요. 아마도 대부분의 칼럼니스트가 이런 당연하면서도 막중한 책임감을 지니고 있지 않을까 싶어요.

하지만 칼럼을 저널리즘에 국한된 글로만 보기에는 너무나 아까운 부분이 많아 보입니다. 한 편의 글로서 칼럼은 훌륭한 글쓰기 교재가 됩니다. 시의성을 지닌 글을 쓰고 싶은 분뿐만 아니라 글쓰기를 처음 시작하는 분께도 칼럼을 눈여겨보시라고 권해 드립니다. 칼럼은 분량이 짧아 분석하기 수월합니다. 읽는 데 걸리는 시간도 짧아 집중하기에도 좋고요. 특히 좋은 칼럼의 경우, 다루는 대상을 서술하고 논지를 펼친 후 주장하는 과정이 한정된 지면 안에 효율적으로 배치됩니다. 처음 글을 쓸 때 자기 생각을 일목요연하게 풀어나가는 건 쉽지 않고, 군더더기를 제하라는 이야기도 자주 듣지요. 이럴 때 탁월한 칼럼을 잘 살펴본다면 필요한 부분을 어떻게 효과적으로 활용하고 풀어내는지 요긴하게 도움을 받으실 수 있습니다.

분량을 의식하다 보니 생각도 문장도 다듬어야 해서 사유하고 표현하는 힘도 자연스럽게 기르게 됩니다. 사고를 확장하고 문장을 운용하는 방식을 배울 수 있는 거지요. 또한 근거를 기반으로 한 주장뿐 아니라 감성을 토대로 공감하게 만드는 태도도 들여다보게 됩니다. 부드러우면서도 강한 어조나 힘을 지니면서도 경직되지 않는 뉘앙스도 공부할 수 있어요. 비유나 묘사, 풍자나 위트 등 다양한 수사 기법 역시 발견하게 됩니다. 무엇보다 칼럼은 글쓰기 소재의 빈곤에서 벗어나게 해 줍니다. 칼럼은 세상 모든 일을 글로 다루니까요. 글쓰기의 막막함을 속 시원히 풀어 주니 글을 처음 쓰시는 분들은 칼럼이라는 해결사를 고용

칼럼 레시피

해 보시면 좋을 듯싶어요.

원고를 쓰면서 좋은 칼럼을 찾고 분석하는 동안 참 행복했습니다. 전엔 몰랐던 매력적인 칼럼니스트들을 알게 되었고, 자신의 안목으로 세상을 바라보며 꿋꿋하게 목소리를 내는 사람들이 존재한다는 사실에 뭉클해지기도 했습니다. 감탄스럽고 존경심마저 생긴 칼럼이 무척 많았는데요. 만날 때마다 글쓰기 방법론과 연계하려 했지만 쉽지 않았어요. 저의 한계로 소개해 드리지 못한 칼럼들이 눈에 밟힙니다.

책 쓰기 제안을 받은 날부터 저를 괴롭힌 고민도 있었습니다. 칼럼니스트가 아닌데 과연 칼럼 작법을 쓸 수 있을까? 출판사와의 첫 미팅이 마무리될 즈음 조심스럽게 건넨 저의 질문에 직접 쓰는 것과 방법을 전달하는 건 다르다며 쓸 수 있을 거라는 격려를 받았습니다. 그때 선수 출신이 아닌 축구 코치가 떠올랐습니다. 선수만큼 공을 잘 차지는 못해도 자신만의 훈련 노하우로 선수들을 지도하는 코치 말이죠. 나도 그럴 수 있을 거라고 생각했습니다. 하지만 원고 쓰는 내내 의구심에서 말끔히 벗어나지는 못했어요. 그러다 우연히 해외에서 식당을 개업하는 예능 프로그램을 보았습니다.

이탈리아 나폴리에 문을 연 국밥집 테이블은 꽉 찼고 대기 줄까지 넘쳤습니다. 고기가 연하고 국물이 진해 손님들은 집에서 만들어 먹고 싶다며 몇 시간 동안 끓였는지, 고기는 갈비를 사용한 건지, 뼈도 같이 끓였는지 질문했습니다. '소녀시대'의 유리가 주방으로 달려가 레시피를 확인하고 돌아왔어요. 사실 주방에는 펄펄 끓는 육수 통이 하나가 아니었어요. 잡뼈, 사골, 살코기를 각각 우려내는 베이스 육수가 세 통, 이것을 모두 섞은 배합용 육수가 한 통, 손님상으로 바로 나가는 완성 육수가 한 통 있었지요. 유리는 이 복잡한 과정을 손짓과 표정으로 최선을 다해 설명하고 인턴인 현지인이 곁에서 통역해 손님에게 전달하더군요. 비록 셰프의 능숙한 경험을 담지는 못한 아쉬움이 있더라도 저는 이 책이 보디랭귀지보다는 좀 더 구체적인 몸짓과 외국어보다는 명확한 목소리를 품었기를 바랍니다. 좋은 칼럼을 들여다보고 어떤 방법으로 썼는지 고민하고 정리한 흔적이 남았기를 기대합니다.

처음 책 쓰기를 제안해 주신 정진항 이사님, 마지막까지 아끼지 않고 격려해 주시며 부족한 원고를 정성껏 다듬어 이렇게 책으로 만들어 주신 최진우 팀장님(저희 성함이 같아요!)께 감사의 인사를 드립니다. 오랜 기간 동안 마감을 늦출 때마다 용기를 주신 김경훈 편집자님의 따뜻한 응원도 잊지 못합니다. 칼럼 게재를 허락해 주신 분들께도 고마움을 전합니다. 바쁘신 일정에도 미흡한 글을 읽고 추천사를 써 주신 정희진 선생님께 감사드립니다.

칼럼 식당 문을 밀고 들어오는 여러분을 환영합니다. 제가 전하는 손짓과 표정, 음성이 여러분께 가닿으면 좋겠어요. 집으로 돌아간 후에는 직접 칼럼을 요리해서 드시길 바라며.

칼럼 레시피

1장

누구나 칼럼을 쓸 수 있다:
지적 허기를 달래 줄 최고의 한 끼

우리는 이미 칼럼니스트

주말에 우연히 〈아는 형님〉이라는 예능 프로그램을 시청했습니다. 여자 게스트가 나와 자취방으로 귀가하던 중 골목에서 만난 괴한을 쫓아낸 경험을 풀어놓았어요. 자신을 계속 따라오는 것 같아 수상하게 여긴 게스트는 다른 길로 방향을 꺾었다고 합니다. 그러면서도 "내가 괜히 오해하면 생사람 잡는 거니까" 미안하다는 마음이 들었다고 해요. 그러자 한 남성 출연자가 "아주 좋은 자세야"라고 말을 받았습니다.

순간 뭔가 껄끄러운 느낌이 얼핏 들었습니다. 왜 바람직한 자세지? 캄캄한 밤중에 인적이 없는 곳에서 누군가 따라온다면 당연히 위협을 느끼지 않을까? 미안하다는 말에 오히려 이렇게 격려해야 하지 않을까? 무슨 소리야, 용기를 낸 네가 멋진걸!

며칠 후 우연히 인터넷에서 방송 내용을 소재로 쓴 칼럼을 접했습니다. 위험에 처한 여성의 공포는 남성의 기분을 살피는 것보다 훨씬 중요하며 이 이야기가 "적극적으로 폭력에 맞서 승리한 여성의 경험담으로서 더 많이 전유됐으면 좋겠다"(김기태, 〈억울함과 공포, 뭣이 더 중헌디?,《헤럴드경제》, 2021년 11월 23일.)는 논지였어요. 예능 프로그램의 에피소드로 시작해 문제점을 살펴본 후 자신의 의견을 명확히 밝힌 글이었습니다.

이 칼럼에 관심이 간 이유는 내용이나 구성보다도 저 역시 눈길을 주었던 소재를 다루었기 때문이에요. 칼럼 필자는 방송을 보고 출연자의 말에 불편함을 느꼈고 시청자들 역시 비판적인 반응을 보이자 그냥 지나치지 않고 글로 썼습니다. 더군다나 칼럼 필자는 기자나 대중문화 비평가처럼 글을 전문으로 쓰는 이가 아니었어요. 여성 호신술을 가르치는 강사로서 위급한 상황에서 작은 체구라 하더라도 상대를 제압하는 기술을 칼럼으로 연재하는 중이었습니다.

칼럼은 누가 잘 쓸 수 있을까요? 글을 업으로 삼는 사람일까요? 반드시 그렇지는 않습니다. 글로 밥을 지어 먹는 이들은 칼럼 이외에도 쓸 수 있는 장르가 많습니다. 굳이 칼럼일 필요가 없지요. 도리어 어색하게 쓰기도 합니다. 실제로 소설가나 작가가 쓴 칼럼을 접하고 실망하게 되는 경우도 있어요. 특유의 서사나 묘사라는 물감이 칼럼이라는 도화지에서는 풀리지 않고 굳어 버리기도 하지요. 그럼 이슈에 해박한 전문가의 칼럼은 모두 좋을까요? 꼭 그런 것도 아닙니다. 분야를 깊고 넓게 연구하는 논문이나 학술 서적이라면 몰라도 겨우 A4 한두 장 정도 되는 분량 안에서는 오밀조밀하게 글을 배열하느라 끙끙거리며 길을 잃을지도 몰라요.

사안의 돌기를 짚어 내고 나름의 의견을 제기하고 싶어 하는 사람이라면 누구나 칼럼을 잘 쓸 수 있어요. 인터넷을 접속하면 하루가 멀게 이슈가 터지고 SNS에서는 갑론을박이 난무하는 사회에 우리는 살고 있잖아요. 눈을 크게 뜨고 귀를 활짝 열면 돌기를 찾는 일은 너무나 쉽습니다. 주위를 둘러봐도 마찬가지예요. 상사에게서 받은 얄미운 고함도, 동료들과 기울인 뜨거운 술잔도, 여행지에서 겪은 낯선 체험도, 일기장에 적은 사소한 참회도 가만히 들여다보면 돌기가 솟아 있습니다. 우리 삶은 원래 사방으로 삐죽삐죽 난 돌기투성이가 아닌가요.

매일 사무실에서 같은 사람만을 만나고, 태어난 지 수십 년이 지나도록 대한민국 밖을 나가 보지 못한 사람도 칼럼을 잘 쓸 수 있습니다. "전 경험이 일천해 칼럼처럼 목소리가 확실한 글은 쓰지 못해요." 거짓말이에요. 마치 "나는 음식을 해 본 적이 없어서 요리를 잘 못 해요"라는 말과 같지요.

경험만으로 요리를 하지는 않습니다. 조리를 해 보지 않았기에 라면을 끓이고 배달 음식을 시키는 게 더 마음이 편할 뿐이에요. 칼럼 역시 경험으로만 쓰지 않습니다. 사안의 돌기를 발견하고 불편함을 넘어 분노가 끓어도 막상 글로 표현하려니 두려워 뒷걸음질할 뿐이죠. 레시피가 주어지면 누구나 요리를 할 수 있듯이 방법을 알면 누구나 칼럼을 쓸 수 있습니다. 중요한 건 쓰고자 하는 마음이니까요.

칼럼도 라볶이처럼 즐기자

모처럼의 한가한 휴일 오후, 꼬르륵 소리에 손을 배에 가져가 봅니다. 세수도 하지 않아 나가기는 귀찮고 배달 음식도 물리기 시작해 주문하기가 망설여지네요. 집에서 해 먹을 게 없나 두리번거리다 눈에 들어온 라면. 바로 끓이기엔 자주 먹은 터라 좀 아쉽고, 뭐 좀 색다른 게 없을까 생각하던 중 갑자기 떠오른 라볶이. 감칠맛 나는 떡볶이 양념에 면을 비벼 먹을 생각을 하니 미적거리지 않고 요리에 착수하고 싶은데….

아뿔싸, 음식을 전혀 해 보지 않은 사람에겐 라면에 비해 라볶이는 조금 막막하게 다가올 수도 있어요. 라면이야 끓는 물에 면을 넣으면 그만이지만, 라볶이는 면을 볶아야 해서 당최 감을 잡을 수 없거든요. 그럼 어떻게 하면 좋을까요? 난감해하지 않아도 됩니다. 레시피대로 하면 되니까요.

1. 냄비에 물과 라면수프를 넣고 끓인다.
2. 면을 넣는다.
3. 고추장, 설탕을 듬뿍 넣는다.

4. 국물이 졸 때까지 끓인다.

끓이고 넣고, 넣고 끓이다 보면 어느새 기막힌 라볶이가 완성됩니다. 맛있는 라볶이와 함께 게으르고 황홀한 휴일을 만끽할 수 있는 건 바로 레시피 덕분이에요.

칼럼 쓰기에도 그런 방법이 있다면 얼마나 좋을까요? 두려움 없이 누구나 시작할 수 있는 초간단 레시피를 살펴봅시다.

칼럼 쓰기 초간단 레시피

1단계 : 이야기 서술 + 의미 부여

두 개의 문단으로 구성된 글을 써 봅시다. 언론 기사나 SNS 등에서 주목받는 이슈를 찾은 후 첫 문단에서는 사건 정황을 기술하고 2문단에서는 그것에 의미를 부여한다면 짧지만 훌륭한 골격을 갖춘 칼럼이 완성됩니다. 최소화된 규격으로 사안을 언급하고 목소리를 싣는 글이지 않을까요? 더군다나 끓이고 넣고, 넣고 끓이는 라볶이보다 단 두 개의 문단으로 이야기를 서술하고 의미를 부여하는 과정이 좀 더 단순해 보이기까지 해요. 당장 도전해 보고 싶은 마음이 들지요?

이야기는 경험, 정보, 지식, 에피소드, 책 문장, 영화 장면, 기사 등 우리가 쉽게 접하는 것들을 말합니다. 논의 발전이 가능한 이야기를 구체적으로 서술하기 위해서는 무엇보다 객관적이면서도 명쾌하게 전달하려 노력해야 해요. 사안을 접하지 않은 독자라도 기본적인 내용을 알아야 이후 글 흐름을 따라갈 수 있답니다.

이야기를 서술한 다음엔 나만의 관점에서 의미를 부여합시다. 동일한 사건을 다루더라도 누가 어떻게 보느냐에 따라 칼럼의 맛은 달라지니까요. 라면 봉지를 뜯어 물에 끓일 것이냐, 아니면 고추장과 설탕을 넣고 졸 때까지 끓일 것이냐에 따라 라면과 라볶이의 운명으로 나뉘듯이, 세상을 바라보는 시선에 따라 독창적인 칼럼이 됩니다. 다음 칼럼을 살펴볼까요.

최근 조용히 개봉한 다큐멘터리 한 편이 있다. 김진열 감독의 '왕십리 김종분'이다. 왕십리 지역에서 긴 세월 동안 노점을 하며 살아온, 80대의 나이지만 여전히 가게를 지키고 있는 김종분 할머니의 이야기다. 이 다큐엔 반전이 있다. 처음엔 산전수전 겪으며 삶의 신산을 겪은 한 어르신의 질박한 일상을 담은 작품처럼 보인다. 일제강점기와 전쟁과 산업화와 독재의 시대를 민초로서 묵묵히 견디며 살아온 '위대한 보통 사람'의 이야기. 그런데 툭 던져지듯, 김종분 할머니의 딸 이름이 등장한다. 김귀정. 두루마기를 입은 단아한 흑백 사진 이미지로 각인된, 1991년 경찰의 과잉 진압으로 세상을 떠난 대학생이다.

_김형석, 〈왕십리 김종분〉, 《중앙일보》, 2021년 11월 19일.

칼럼은 〈왕십리 김종분〉이라는 다큐멘터리를 개괄적으로 소개하면서 글을 시작합니다. 감독, 작품 제목을 포함해 내용을 요약하며 객관적인 정보를 전달합니다. 물론 칼럼 필자의 시선이 전혀 없지는 않아요. 작품의 특징으로 "반전"을 꼽은 건 다음 문단의 흐름을 암시한 조처로 글쓴이의 의도가 다분히 들어갔기 때문이에요. 하지만 김종분 할머니의 이야기 후에 딸 이름으로 이어지는 작품의 구성을 밝히면서 반전이라 이야기할 만한 충분한 근거를 설명합니다. 이런 점에서 객관적인 서술이라 할 수 있어요. 독자로서는 다큐멘터리의 대체적인 내용을 알게 되는 동시에 특징 또한 접하게 되어 다음 문단을 맞아들일 준비를 갖추게 됩니다.

이후 '왕십리 김종분'은 두 사람의 이야기가 된다. 짧은 인생을 열심히 살아갔던 김귀정의 24년, 그리고 딸을 보낸 후 김종분 할머니가 살았던 30년. 여기서 감독은 감상에 빠지지 않는다. 이 다큐는 의연하고 꿋꿋하게 살아가는 주인공의 씩씩한 모습을 담아낸다. 시장 사람들과 어울리고 손녀 (수영선수 정유인)와 이야기를 나누며, 딸에 대해 말할 때 눈물 흘릴 법도 하지만 담담하게 과거를 전하는 김종분 할머니. 세월은 상처를 치유하는 걸까. 아니다. 딱 한 번, 영화는 김종분 할머니의 눈물을 담아낸다. 딸의 무덤 앞에서 통곡하는 노모의 모습. 롱 숏으로 몇 초 안 되는 러닝 타임에 담겼지만 '모성의 깊이'를 담은 울림 있는 장면이다.

2문단에서 칼럼 필자는 다큐멘터리를 어떻게 보았는지 상세히 전합니다. 자세하다고 해서 미주알고주알 캐지 않아요. 군더더기 없이 일종의 포인트를 겨냥해 하나씩 접근해 들어갔지요. 잠깐 비칠 "딸의 무덤 앞에서 통곡하는 노모의 모습"이 독자에게 극적으로 가닿게 만들기 위해 "두 사람의 이야기", "주인공의 씩씩한 모습"에 먼저 주목한 후 마침내 질문을 던집니다. "세월은 상처를 치유하는 걸까." 그리고 이어지는 롱 숏^{long shot}.

딸을 잃은 슬픔은 세월이 아무리 흘러도 사라지지 않아요. 시간의 두께로 켜켜이 쌓여 얼얼하게 마비될 뿐입니다. 하지만 칼럼은 이처럼 직설적으로 이야기하지 않고 다큐멘터리의 스토리 몇 지점만을 언급한 후 불현듯 짧지만 강렬한 롱 숏을 묘사해 의미를 부여하는 방식을 택했습니다.

설명한 후 의미를 부여하는 방법은 영화 장면 외에도 다양한 이야기에 적용할 수 있어 무궁무진해요. 두 개의 문단을 주축으로 삼아 주제를 발전시키는 것도 가능하지요. 가령, 이주엽 작사가는 칼럼을 통해 이랑 가수가 언니의 장례를 치르는 방식을 눈여겨본 후 애도하는 태도가 갖춰야 할 점을 성찰하게 만듭니다.

최근 여성 싱어송라이터 이랑이 자신만의 방식으로 치른 언니의 장례식이 화제가 됐다. 여자는 상주가 될 수 없다는 성차별적 전통에 반기를 들고, 자신이 상주를 맡았다. 그리고 언니가 반려견과 함께 활짝 웃고 있는 사진을 영정 사진으로 썼다. 생전에 '예쁘고 반짝이는 것'을 좋아했던 언니를 위해 제단에 귀걸이와 금색 술이 달린 무대 의상을 올렸다. 언니가 멤버로 있던 댄스 팀이 빈소에서 군무도 췄다. 이랑은 사회의 통념에 균열을 냈다.

_이주엽, 〈가수 이랑이 치른 특별한 장례〉,《한국일보》, 2021년 12월 27일.

어느 갱단 두목이 동네 불량배들로부터 습격을 받아 목숨을 잃었습니다. 그를 형님으로 모셨던 '빈'은 볼룸 댄서 2명을 대동하고 장례식에 나타났어요. 평소에 형님이 사랑했던 사교댄스를 남자와 여자가 격정적으로 추고 조폭들은 춤을 감상하며 조의를 표했지요. 지아장커 감독의 영화 〈강호아녀〉에 나오는 장면입니다. 현실 사회라면 폭력을 일삼기에 그들은 지탄받아야 마땅하지만 적어도 영화 속에서 빈이 두목을 진심으로 애도했다는 것을 부인하기는 어렵습니다. 황망한 죽음이기에 더더욱, 생전에 형님이 좋아했던 춤을 마지막으로 보여드리고 싶다는 빈의 생각. 하지만 어디까지나 영화에 나오는 이야기예요. 현실에서 일어났다면? 추태로 여겨지거나 조폭들의 희한한 퍼포먼스 정도로만 비췄겠지요. 슬픔으로 예를 다해야 할 장례식장에서 감히 춤이냐며 혀도 찼을 겁니다.

영화보다 더 심한 장면을 현실에서 접한다면? 가수 이랑은 우리가 허구의 이야기에서나 인정할 법한 장례식을 보여 줬습니다. 댄스 팀이 군무를 추고, 반려견과 함께 찍은 영정 사진을 걸고, 반짝이는 무대 의상을 제단에 올렸습니다. 분명 '화제'가 되었을 게 틀림없어요. 여자인 자신이 상주가 된 건 외려 문제 삼을 소지가 적을 정도예요.

여러분이라면 이 장례식을 어떻게 보겠습니까? 두 문단의 짧은 칼럼을 쓴다면 어떤 의미를 부여해 글을 이어 나갈 건가요? 이주엽 작사가의 관점은 다음과 같습니다.

> 나는 이랑이 치른 이 특별하고도 주체적인 장례식이 좋았다. 애도의 방식이 전통을 답습하거나 남들과 같아야 할 이유는 없다. 유족은 자신만의 방식으로 고인의 죽음을 받아들이고, 마지막 이야기를 독자적으로 쓸 권리가 있다. 이별에도 다양한 표정이 있어야 한다.

장례식을 관습적인 예식이 아니라 고인의 인생 마지막 페이지를 매듭짓는 일로 본 점이 인상적입니다. 사람은 삶을 직접 써 내려가게 되지만 마지막 장은 자신이 쓸 수 없습니다. 장례식은 어쩌면 주변 사람들에게 내 인생의 문을 닫도록 부탁한 내용이 이행되는 자리일지 몰라요. 고인의 간절함을 받든 이라면 판에 박은 허식을 치워 버리지 않을까요. 삶의 마지막 기억을 소중히 품고 생과 사의 문턱을 건너가도록 고심하지 않을는지. 빈이 사교댄스를 추게 한 것도, 가수 이랑이 '특별한 장례'를 치른 것도 그런 애도의 태도에서 나온 건 아닐까요?

다양한 이야기를 발굴하고 객관적으로 설명하는 훈련을 해 봅시다. 거기에 나만의 개성 있는 관점을 담아내는 연습을 해 보세요. 좀 더 나아가 경험을 사회로 확장하는 과정을 익히면 좋습니다.

2단계: 개인 경험을 사회 문제로 확장하기

이번엔 세 개의 문단으로 글을 써 봅시다. 첫 문단에서 나의 경험이나 타인의 경험을 서술한 후 다음 문단에 사회 문제로 확장하세요. 마지막 문단에서 주장이나 제안을 담아 마무리하면 짜임새 갖춘 칼럼이 생성됩니다. 보통 이야기하는 서론-본론-결론의 구성과도 일치해 글 흐름을 구상하는 데 도움이 되지요. 개인의 문제를 사회적인 관점에서 다루게 되는 점에서도 효과적인 훈련입니다.

칼럼은 내밀한 일기도 아니고, 책이나 영화를 본 후 느낌을 적는 감상문과도 달라요. 칼럼은 나로 시작해 사회에 당도하는 일종의 파발마와도 같습니다. 내게 불편했던 경험이 나만의 사정이 아니라 너와 우리, 사회의 문제라는 점을 인식하게 만드는 편지라고 볼 수 있습니다. 조기현 작가의 칼럼 〈'공정'과 '형제 격차'〉(《한겨레》, 2021년 6월 21일.)는 그런 과정을 잘 드러냈어요.

아픈 아버지를 돌보던 칼럼 필자가 여동생의 가난을 떠안아야 하는 상황(경험) ⇨ 비공식 복지가 탄탄해야 능력을 발휘할 수 있는 사회(확장) ⇨ 문제가 은폐된 자리에서부터 논의를 시작해야 한다(주장)

필자는 칼럼에서 "혈연, 지연, 학연, 직장연 등 연줄망을 통해 이뤄지는 복지"를 비공식 복지라며 현금, 현물, 서비스, 동거 등 "가족 간에 '당연하게' 이뤄지는 지원"이 여기에 해당한다고 말합니다. 편찮은 아버지는 물론 밀린 월세와 불어난 카드 빚으로 위기에 처한 동생마저 부양해야 하는 필자로서는 비공식 복지를 박탈당했다고 볼 수 있지요. 가족의 지지를 받으며 비공식 복지를 누리는 이에 비해 능력을 키울 여력이 없다는 점을 관련 책과 용어 등을 근거로 설명합니다.

즉, 자신의 처지를 개인의 특수한 상황으로 한정하지 않고 사회가 진단해야 할 대상으로 확장한 것입니다. 칼럼 필자가 언급한 것처럼 "비공식 복지"를 갖추지 못한 이들이 분명 존재하는데도 소위 말하는 기울어진 운동장을 무시한다면 능력도 공정도 한낱 허위에 불과해요. 사회 병통을 덮어 버린 채로는 가난은 빠져나올 수 없는 늪일 뿐이며 심지어 대물림될 게 명명백백합니다. 따라서 칼럼 필자가 마지막에 "은폐된 자리에서부터 논의를 시작해야 한다"고 주장하는 건 자연스러운 흐름이에요.

개인의 경험을 사회 문제로 이야기한 후 주장하는 글을 연습

했다면 논의 과정에 살을 붙여 좀 더 다채로운 흐름을 지닌 칼럼을 쓸 수 있습니다. 이렇게 정리해 볼까요?

🔖 칼럼 쓰기 초간단 레시피

1단계: 이야기 서술 + 의미 부여
2단계: 개인 경험을 사회 문제로 확장하기
3단계: 주제를 정해 주장하기

어느 한의학 박사 유튜버가 두부, 달걀, 양배추, 귀리를 아침 식단으로 추천했습니다. 단백질 섭취에 좋을뿐더러 위에 자극적이지 않아 소화에 좋고 포만감을 안겨 안성맞춤이라네요. 일종의 매뉴얼을 제시해 준 거예요. 영양도 맛도 괜찮다면 시도해 보는 것도 나쁘지 않습니다. 두부와 달걀은 전날 밤에 삶고, 양배추는 생으로 준비해도 좋고, 귀리밥은 귀리와 쌀 비율과 함께 물양을 맞춰 전기밥솥으로 미리 해 놓으면 생각보다 번잡스럽지 않아요.

이렇게 아침 식사를 규격화해 놓고 먹으면 메뉴를 변형하거나 수정해 좀 더 진일보한 밥상도 차릴 수 있습니다. 삶은 두부는 순두부찌개로, 생양배추는 샐러드나 양배추볶음으로 진화할 수 있어요. 여기에 프로틴 한 잔을 추가하면 더할 나위 없이 홀륭한 아침밥이 되지요.

칼럼 역시 간단한 레시피에서 시작한다면 부담이 적습니다. 직접 쓰면서 체화하는 게 무엇보다 중요해요. 적응되면 순두부찌개도 양배추볶음도 만들 수 있지 않을까요? 칼럼 쓰기에 과감히 도전해 봅시다.

2장

재료만 좋아도 음식 맛이 산다:
좋은 글감 찾는 법

칼럼의 종류와 소재

1장에서 언급한 초간단 레시피를 활용해 칼럼을 쓰기 위해서
는 먼저 이야기를 발굴해야 합니다. 일반적인 글쓰기와 달리 칼
럼에 적합한 소재가 따로 있을지 생각해 봅시다. 일기인 경우는
일상이 훌륭한 소재가 됩니다. 감상문이라면 작품을 대상으로
의견을 정리합니다. 에세이는 사유를 지닌 삶의 통찰을 전하고
요. 한편 칼럼은 일상, 작품, 사유와 성찰 모두를 포함합니다. 종
합 선물 세트처럼, 각종 매장이 들어선 백화점처럼 없는 것을 찾
는 게 오히려 어려울 정도예요.

"이렇게 다양한 칼럼이 있는 줄 몰랐어요." 칼럼 필사 모임이
나 칼럼 쓰기 강의를 진행하면 가장 많이 듣는 말입니다. 칼럼은
신문이나 잡지에 실리는 글로 출발했기에 현안에 대한 초미의
관심사부터 취미는 물론 건강 등 유익한 정보에 이르기까지 '잡

다한 소재'를 취합니다. 그만큼 사용되는 재료의 폭이 넓어요.

세상의 모든 칼럼을 한자리에 모은 칼럼 뷔페식당을 상상해 봅시다. 복도를 지나 탁 트인 홀로 들어서면 중앙에 마치 애피타이저처럼 부담 없이 읽기에 좋은 칼럼들이 배치되어 있을 거예요. 가족의 소소한 일화, 직장에서 발생한 유쾌하지 못한 감정, 주변 사람들과 나눈 대화, 관계에서 부딪치는 고민 등 일상의 경험이 주를 이루는 코너예요.

음식을 직접 만드는 과정을 술술 풀어낸 푸드 칼럼이나 맛집, 중고 서점, 여행지 등을 순례하며 기록한 탐방 칼럼도 여기에 속합니다. 주요 소재를 사진으로 찍고 서술해 가는 포토 칼럼으로도 변형이 가능해요. 생활 밀착형 칼럼은 글쓴이의 행동과 감정의 동선이 배어 있어 생생한 느낌을 주기에 제격이지요.

한편 물리적인 시공간의 한계를 극복하기 위해 간접 경험을 적극 활용하는 칼럼도 있어요. 책, 영화, 공연, 그림, 드라마, 예능 프로그램 등을 소재로 논의를 넓혀 나가는 방식을 취하기도 합니다. 가령 시를 전면에 배치하고 한두 문단 분량으로 작품을 설명하거나 영화를 소개한 후 인물의 결정적인 행동에 주목해 사안을 바라보는 형태입니다. 리뷰나 감상 등의 형식도 포함하고 있어 일종의 후기형 칼럼이라고 지칭해도 괜찮을 듯싶어요.

중앙에 자리한 일상 코너에서 측면에 가지런히 배열된 칼럼들로 발걸음을 옮겨 볼까요. '뜨거운 감자 코너'라고 이름 붙여도 좋을 듯싶은 정치 현안이나 사회 문제를 소재로 쓴 글을 발견할 수 있습니다. 선거철은 물론 평시에도 국내 정치를 논하는 칼럼이 무수히 쏟아지고, 국제 정치 또한 외교나 무역 등과 결부되어 펼쳐집니다. 이슈가 되는 사건이나 사고를 집중 조명해 주장하는 칼럼도 있어요. 여기 코너에 놓인 칼럼들은 주로 언론사 논설위원을 포함해 학계 또는 현장 전문 분야에서 일하는 이들이 다루는 경우가 많습니다.

대통령 선거가 다가오면 공약, 단일화, 폭로, 사과 등 관련된 사항이 줄을 짓고 규칙적으로 나오듯이, 때가 되면 대중의 관심을 끄는 소재가 있습니다. 올림픽이나 월드컵, 세계 선수권 대회 등 주기적으로 열리는 스포츠 대회, 태풍이나 장마, 가뭄 등 날씨 현상, 부처님 오신 날이나 크리스마스는 물론 어린이날, 광복절 등 주요 국경일이나 법정 공휴일을 소재로 쓴 칼럼도 발견하게 됩니다. 입춘, 동지 등 절기를 다루기도 해 '철 따라 코너'라고 불러도 어색하지 않아요. 심지어 매년 1월이 되면 군부대의 혹한기 훈련이 소재로 등장하거나 진주만 공습 등 역사 속에 기록된 날이면 어김없이 여기저기서 동일한 소재의 다른 칼럼을 읽을 수 있습니다.

'뜨거운 감자 코너'나 '철 따라 코너' 앞은 생각보다 많이 붐빕니다. 칼럼의 특징 중 하나인 시의성을 담고 있다는 점에서 자연스러운 현상이지만 고기를 좋아하는 사람이 있는 반면, 채식을 지향하는 사람도 존재하듯이 이러한 소재가 다소 굵직하거나 건조하다고 여겨 관심을 두지 않는 독자도 있지요. 칼럼은 시장성이 강하기에 이런 독자들을 외면하지 않습니다. 메뉴가 놓인 선반을 찬찬히 둘러보면 특화된 코너도 눈에 잡히거든요.

언론사마다 2030세대의 목소리를 담은 칼럼을 따로 모아 자주 연재합니다. 논조나 관점은 언론사마다 차이가 있더라도 우리 사회의 젊은 구성원이 생각하고 주장하는 내용을 다채롭고 선명하게 접할 수 있습니다. 한편 기성세대라 할 만한 전문가들이 예술이나 철학, 종교 등을 소재로 성찰과 사유를 진지하게 논하는 칼럼도 존재합니다. 때로는 일상의 경험에서, 때로는 학술적 입장에서 사회와 유리되지 않는 삶의 지혜를 전달하지요.

'특별식 코너'를 지나면 마치 잡동사니 같은 소재가 보이기도 합니다. 이른바 취향을 저격한 칼럼이라고 할 수 있는데, 물론 단순히 여기서 그치지 않아요. 취향을 뜀틀 삼아 사회의 분위기를 언급하거나 인간의 내면 등도 다루기에 흥미롭습니다. 예를 들면 BTS가 만든 변화를 "전 지구적인 규모의 포괄적이고 근원적인 변혁을 징후적으로 표현"했다고 진단한 책을 두고 장정일 작가가 아무것도 모르고 쓴 "팬픽fanfic"이라고 비판한 적이 있었어요.(장정일, 〈프랑스 현대철학 써먹기〉, 《한국일보》, 2018년 5월 16일.) 이때 논쟁의 불길이 맹렬해졌는데 아이돌, K-팝으로 대변되는 대중문화를 소재로 논의의 장이 펼쳐진 것입니다.

취향의 칼럼이라면 김경 칼럼니스트가 이전에 《경향신문》에 연재한 '김경의 트렌드 vs 클래식'을 참고할 만합니다. 약 10년 동안 BTS는 물론 비틀스, 유튜브, 정치인, 스타벅스, 반려견, 동물권, 패션, 욕망 등 다양한 대상을 취향 삼아 글로 풀어냈거든요. 전방위 소재로 쓴 칼럼의 사례로 적절해요.

뷔페식당의 이용 시간이 보통 두세 시간 정도로 정해진 것처럼, 우리가 둘러본 칼럼 뷔페도 이제 그만 나갈 때가 된 듯하네요. 전형적인 칼럼도 색다른 글도 접했지만 여기서 미처 맛보지 못한 칼럼은 당연하게도 무수히 많습니다. 또한 각 칼럼을 구성한 재료들은 칼럼 바다에서 건져 올린 것일 뿐, 그곳에는 아직도 우리의 손길이 닿지 않은 장소가 많이 있습니다. 사회는 늘 변화하고 거기에 반응하는 사람들도 바뀌기 때문인데요. 그러니 탐색되지 않은 미지의 공간에는 언젠가 칼럼의 재료로 활용되기를 원하는 소재가 잠자고 있을 게 틀림없어요. 소재는 무궁무진하니 칼럼 쓰기를 두려워하지 않아도 된다는 말씀을 여기서 당당히 드리고 싶습니다.

어디서 소재를 구할까

칼럼에서 친숙하게 사용하는 소재를 살펴보았으니 이제 직접 낚으러 칼럼 바다로 나가야 할 때입니다. 마음만은 200톤 원양어선을 타고 드넓은 태평양에서 물 흐름과 온도를 체크하는 인공위성 데이터를 활용해 폼 나게 거대한 참치를 잡고 싶지만 현실은 그렇지 않습니다. 현재로서는 일등 항해사가 되기에는 턱없이 부족하고 더군다나 내가 가진 것은 초라한 통통배뿐이니까요.

사실 우리에게 참치 통조림이 꼭 필요한 건 아니에요. 4미터가 넘는 길이와 1000킬로그램에 육박하는 몸무게를 지닌 물고기를 잡기 위해 싸울 이유가 없습니다. 우리가 칼럼 바다로 향하려는 건 소박하나마 내가 먹고 싶은 음식을 직접 요리하고 싶어서예요. 사회 현안을 수준 높게 꿰뚫는 평론가의 글도, 포털 조회 수 1위를 기록하는 대중문화 칼럼니스트의 글도 아닌 나만의 참신한 시선으로 명확한 주제를 담은 개성 있는 칼럼을 쓰고 싶을 뿐입니다. 그러니 그렇게도 애정하는 한 사발의 따뜻한 주꾸미 라면을 정성스레 끓이면 됩니다.

주꾸미를 선택하듯 나의 경험과 취향을 존중한 선택을 하면 좋을 듯싶어요. 칼럼 소재를 정할 때 가장 먼저 필요한 일입니다. 우리가 접하는 칼럼도 일상에서 시작되고 평소 지닌 관심으로 확장되는 경우가 많거든요. 천운영 소설가는 주방 싱크대 하수구가 역류한 일을 소재 삼아 칼럼을 쓴 적이 있습니다.(천운영, 〈네덜란드 소년의 마음으로〉,《경향신문》, 2020년 11월 9일.) 아파트 22층에 살고 있는 친구네서 저녁 식사를 마쳤을 때 싱크대의 하수관과 호스의 연결 부위에서 물이 콸콸 쏟아지기 시작한 것이지요. 흘러내린 물은 금방이라도 거실을 덮칠 기세였고, 필자는 아파트 주민들이 설거지를 멈춰 주기를 간절히 기도할 수밖에 없었습니다.

이 사건은, 대수롭지 않게 여기던 생활 하수로 인한 수질 오염으로 관심을 넓힌 후 "콧구멍에 빨대가 꽂힌 채 신음하는 바다거북"을 떠올리며 환경 문제에 가닿습니다. 그렇다고 딱히 대안이 있는 건 아닙니다. 다만 칼럼 필자는 이대로 손 놓고 있을 수는 없다며 경종을 울렸어요. 물론 이것만으로도 이 칼럼의 가치는 충분합니다.

거대 담론이나 심오한 이론 같은 거창한 소재가 아니어도 괜찮습니다. 오히려 일상에서 접하는 생생한 경험이야말로 나의 요리 실력을 발휘하게 만드는 재료입니다. 참치에 집착하지 않고 내게 친숙한 주꾸미로 결정하는 현명함이 중요해요.

또한 쓰고 싶은 글과 쓸 수 있는 글의 간격을 좁히려면 내가 좋아하는 것이 무엇인지 살펴보아야 합니다. 보다 싱싱한 재료를 원하는 셰프라면 직접 주꾸미를 잡기 위해 바닷가로 달려가듯이, 글로 옮기고 싶은 대상이 있다면 어울리는 소재를 얻기 위해 이곳저곳 탐방하기를 마다하지 않는 부지런함이 필요합니다. 고규홍 나무 칼럼니스트는 나무를 보면 설레는 마음을 주체하지 못해 전국을 다니며 나무를 찾고 그에 얽힌 이야기를 모았어요. 나무와 이야기는 고스란히 칼럼을 통해 대중에게 다가갔지요. 나무 인문학자이기도 한 고규홍 칼럼니스트의 나무 칼럼은 소재의 규모가 크게 중요하지 않다는 걸 알려 줍니다. 사회 현안이나 국제 정세처럼 거창하고 요동치는 이야기만을 갈구할 이유가 없습니다. 그보다는 마음이 이끄는 곳을 신실히 찾아가 보세요. 어느새 그곳에 닿아 있을 거예요.

경험과 취향을 존중해 주꾸미로 결정했다면 이제 바로 낚기만 하면 될까요? 주꾸미라고 해서 얕잡아 보면 낭패를 보기 십상입니다. 낚싯배를 타 본 사람들은 알겠지만 물때를 맞춰 가더라도 조급하게 낚싯대를 당기면 옆 사람이 길게 내린 낚싯줄만 걸릴 뿐이에요. 주꾸미가 미끼를 물 때까지 참아야 하는 것처럼 소재가 나타날 때까지 기다립시다. 그렇다고 방만하게 늘어져서는 안 됩니다. 주꾸미가 언제 미끼를 물지 모르듯, 소재는 예고하지 않고 불쑥 다가오거든요. 늘 오감을 세우고 기다려야 합니다.

드디어 소재가 출현했다면 늦추지 말고 낚싯대를 들어 올립시다. 낚싯대를 채듯 신속하게 메모를 해야 해요! 메모는 우리의 일상과 관심을 확장하고 보유할 수 있게 도와주는 훌륭한 도구입니다. 일등 항해사가 되기는 어렵지만 그들의 경험을 접한 후 정리한다면 간접 체험으로 고스란히 나에게 각인됩니다. 직접 겪은 일을 간단하게나마 기록하면 시간이 흘러 희미해졌더라도 복원의 실마리가 되고요. 메모한 만큼 경험은 넓어지고 오래갑니다. 메모가 소재를 결정한다고 해도 과언이 아니에요.

메모는 일종의 루틴과 결합하면 완벽한 무기가 됩니다. 간접 경험을 쌓기 위해 대화를 나누고 전시회를 찾아가고 도서관에서 책을 펼치는 것도 괜찮지만, 칼럼 소재를 발굴하기 위해서는 다양한 칼럼을 직접 읽어 보면 좋습니다. 다양한 소재로 변화무

쌍한 이야기가 펼쳐지는 칼럼 바다의 한복판에 서 있다는 느낌이 들 거예요.

이렇게 해 봅시다. 하루 중 일정한 시각을 정해 칼럼 몇 편을 읽어 보세요. 요일마다 언론사를 정해서 읽어도 좋고, 여러 매체를 돌아가며 선별해도 좋습니다. 칼럼에서 언급된 사안, 사건, 사례 등을 메모하세요. 글의 주장이나 근거 등은 넘겨도 괜찮습니다. 어색한 흐름을 발견해도 개의치 말고요. 도저히 공감할 수 없는 주제라 하더라도 상관없습니다. 칼럼에서 실제로 활용된 소재를 메모하는 건 칼럼 바다에서 유영하는 싱싱한 보물을 건져 내는 일과 같습니다.

📕 소재를 정하는 방법

- 주꾸미를 선택하듯 나의 취향, 관심을 존중하자.
- 주꾸미를 기다리듯 늘 오감을 세우자.
- 주꾸미를 낚듯 바로 메모하자.

소재를 글감으로 발효시키는 3단계 과정

칼럼 바다에서 소재를 낚았다고 해서 일이 마무리되었다고 여기면 오산입니다. 우리는 항구로 돌아와야 하거든요. 사실 여기서부터 진짜 도전이 시작됩니다. 헤밍웨이의 《노인과 바다》에 나오는 산티아고 노인은 84일 동안 아무것도 잡지 못했지만 마침내 사투를 벌여 굉장히 큰 청새치를 붙잡습니다. 하지만 청새치는 상어 떼에 뜯겨 바닷가에 도착했을 땐 거대한 뼈만 남게 되지요. 물론 텅 빈 앙상한 뼈는 작품에서 알레고리로 작동하지만, 산티아고처럼 우리 역시 빈손으로 돌아올 수는 없는 노릇이에요. 어떻게 모은 소재인데 그토록 쉽게 증발하도록 놔두어서는 안 됩니다. 더구나 우린 아직 칼럼 쓰기를 착수하지도 못했잖아요?

이것은 단지 비유가 아니에요. 우리가 소재를 힘들게 수집했다 하더라도 온전히 글에 활용하지 못하는 경우가 다반사입니다. 메모장을 열면 언제 적었는지 기억도 안 나는 온갖 소재들이 여기저기 어지럽게 쌓여 있어요. 심지어 왜 넣어 두었는지 알 수 없는 채로 남아 있는 메모가 많아요. 이는 일종의 부패입니다. 주위를 둘러보고 열심히 메모한다고 해서 소재가 그대로 글에 쏙쏙 배치되는 건 아닙니다. 칼럼 바다에서 낚은 소재를 신선하게 유지해 글에 사용하는 방법은 없을까요? 이 문제를 풀기 위해 단어를 새롭게 정의해 봅시다.

- 소재: 칼럼을 쓰기 위해 모은 재료
- 글감: 칼럼에 쏘옥 들어가 자리를 잡은 소재

물론 소재의 사전적 의미는 '글의 내용이 되는 재료'로 글감과 비슷한 말입니다. 유의어가 되는 두 단어를 굳이 달리 정의하는 건 오로지 잡아 올린 소재를 칼럼에 활용하기 위해서입니다. 이렇게 소재와 글감을 정의하면 우리에겐 단 하나의 질문이 남아요. 소재를 글감으로 전환하는 방법은 무엇인가?

산티아고 노인이 상어들에게 청새치의 살점을 빼앗긴 건 제대로 보관하지 못했기 때문입니다. 그는 상어의 습격을 안전하게 막기 위해 창고에 청새치를 넣어 두었어야 했어요. 소재를 글감으로 바꾸는 1단계입니다.

1단계: 글감 창고를 만들어라

글감 창고, 즉 메모장을 항상 비치해야 합니다. 괜찮은 생각이 떠오를 때마다 아무리 메모했더라도 여기저기 흩어진 상태라면 소용없습니다. 소실되기 십상이거든요. 종이쪽지에 휘갈긴 낙서든 하드 디스크나 클라우드에 오래전 처넣은 파일이든 메모한 자료를 그러모아 차곡차곡 쌓을 수 있는 견고한 장소가 필요합니다. 하지만 어딘가 조금 이상하네요. 우리가 약속한 정의로 본다면 청새치는 글감이 아니라 분명 소재거든요. 그런데 글감 창고라니? 소재 창고를 잘못 쓴 게 아닌지 고개를 갸우뚱거릴 만합니다. 글감 창고라고 명명한 건 들어가는 문이 아니라 나오는 문에 초점을 맞췄기 때문입니다.

세상에는 들어갈 때와 나올 때 물체의 속성이 달라지는 창고

들이 존재합니다. 저는 오래전 군대에서 그와 비슷한 것을 사용했습니다. 바로 발효기예요. 제가 맡은 임무는 간식용, 야식용으로 빵을 직접 만들어 제공하는 일이었어요. 빵은 맛있게 먹을 줄만 알았지 만들어 본 적은 없었지만 전임자에게 빵 제조 과정을 전수받고 식당의 차림표에 따라 여러 종류의 빵을 만들기 시작했습니다.

신기한 건 반죽을 처리하는 과정이었어요. 기본 반죽은 밀가루에 설탕과 달걀, 이스트를 넣고 물이나 우유를 조금씩 흘리며 짓이기면 만들어집니다. 그렇게 만든 덩어리를 발효기에 집어넣습니다. 시간과 온도를 설정한 후 문을 닫고 잠시 기다리면 점성이 가득했던 반죽 덩어리는 한껏 부풀어 오릅니다. 발효된 것이지요. 숙성된 반죽을 오븐기에 넣고 구우면 빵이 완성됩니다.

부패와 발효는 미생물이 유기물을 분해하는 현상 면에서 비슷한 과정 같지만 쓰임새로 본다면 크게 다릅니다. 동일한 반죽이더라도 부패하면 독성을 품고 악취를 내뱉어 쓸모없게 되지만 발효기를 거치면 굽기 좋은 상태로 변합니다.

글감 창고도 마찬가지입니다. 아무리 근사한 소재라 하더라도 내버려 두면 상하지만 글감 창고에 넣으면 발효된 글감으로 변신합니다. 칼럼에 쏘옥 배치될 준비를 마치게 되는 것이지요.

이제 글감 창고란 무엇인지 다시 정의해 볼 수 있을 것 같습니다. 글감 창고란 소재를 가득 보유하는 공간이자 소재가 글감으로 발효되는 공간입니다. 비좁은 바구니나 무질서한 광 같은 메모장과는 다릅니다. 메모장 안에는 잡동사니가 굴러다니며 뒤엉키지만, 글감 창고에는 반듯한 선반들이 오와 열을 맞춰 설치되어 있고 그 위에는 소재가 놓여 있습니다. 우리가 산티아고 노인이라면 청새치를 잡아 글감 창고에 넣어야 합니다. 그래야 상어 떼의 습격을 받더라도 잡아 놓은 소중한 소재들을 지켜 낼 수 있어요.

2단계: 글감 창고를 장악하라

여기서 그치지 않고 발효 조건도 놓치지 말아야 합니다. 발효기의 시간과 온도에 해당하는 적절한 설정은 무엇일까요? 우리가 그토록 메모를 하면서도 정작 글을 쓰려고 하면 막막함에 휩싸여 좌절하는 이유와도 관계될 듯싶어요. 실은 메모한 내용을 방치하고 있는 건 아닐까요? 메모가 좋다고 하니 그저 메모하는 행위에 집착하는 건 아닐까요?

메모를 한 후에는 반드시 메모한 내용을 들여다보아야 합니다. 그러므로 잊지 말고 글감 창고를 순시합시다. 글감 창고는 소재를 집어넣는 곳이지만 동시에 글감을 꺼내는 공간입니다. 가능하면 자주 창고 문을 열고 소재가 발효되는지 관찰합시다. 어느 선반 몇 번째에 어떤 소재가 놓였는지 알아야 합니다. 창고 전체를 완전히 장악해야 소재가 꿈틀대며 발효되는 기미를 놓치지 않게 됩니다.

3단계: 문제를 만들어 질문하고 답하라

발효될 기색이 보이지 않는다면 소재 앞으로 다가가 질문합시다. 널 왜 데리고 왔는지, 당시 난 어떤 감정이었는지 말이죠. 물론 소재가 답을 해 주지는 않겠지만 우리는 어느새 답에 가까워지고 있을 거예요. 질문을 머릿속으로 떠올리지 말고 문장으로 써 보면 더 좋습니다. 물음표로 끝나는 문장을 적으면 질문이 구체적으로 세워지거든요. 질문 문장이 완성되면 어떤 답이 적절한지 구상합시다. 생각을 정리한 후 문장으로 남기는 것도 잊지 말고요. 소재를 두고 묻고 대답하는 과정을 통해 좀 더 확실한 발효가 이루어집니다.

 소재를 글감으로 발효시키는 방법

1단계 글감 창고를 만들어라.
2단계 글감 창고를 장악하라.
3단계 문제를 만들어 질문하고 답하라.

이외에도 소재를 글감으로 바꾸는 다양한 방법이 있을 거예요. 나만의 방식을 발굴해 봅시다. 17년이 흐른 후 다시 음원 차트에 오른 SG워너비의 〈Timeless〉처럼, 창고 안에서 먼지를 뒤집어쓴 채 오래전부터 잠자고 있던 소재가 역주행해 글감으로 찬란히 발효될지 모릅니다. 물론, 소재를 깨우는 건 미래의 칼럼니스트인 여러분의 손에 달렸습니다.

요리든 글쓰기든 설계가 중요하다:

칼럼 여정 그리기

칼럼 여정이란 무엇인가

저녁 메뉴로 연어구이가 떠올랐다면 무엇부터 하면 좋을까요? 냉동고를 열자 마트에서 구입한 노르웨이산 연어가 보이고 (혹은 노르웨이에서 직접 낚은 것인지도 모르죠!) 프라이팬이나 인덕션이 비치되어 있다면 여러분은 가장 먼저 무엇을 준비하시겠어요? 올리브유? 뒤집개? 저라면 우선 8절지 크기의 이면지를 준비하겠어요. 조리할 때 사방으로 튄 기름을 닦아 본 분들은 아실 거예요, 시간이 지날수록 조리대에 꽉 눌어붙은 기름이 얼마나 고역스러운 존재인지. 종이가 불에 닿지 않게 네 모서리를 주의 깊게 접어 팬에 씌우면 일거리가 줄어들지요. 기름이 튀는 동안 어디에 박혀 있는지 모를 종이를 허겁지겁 찾게 되는 사태를 막기 위해서는, 미리 '구상'하는 게 필요합니다.

칼럼을 쓸 때도 마찬가지입니다. 쓰고 싶은 '주꾸미'뿐 아니라 필요한 재료들을 언제 어떤 방식으로 사용할지 미리 '구상'한다면 칼럼을 수월하게 쓸 수 있습니다. 게다가 칼럼은 짧은 분량이므로 글 흐름이 주는 분위기에 따라 독자에게 각인되는 정도의 차이가 커집니다. 밋밋해 보이는 이야기로 시작했지만 후반부에 팡 터트리며 울림을 주기도 하고, 강렬한 묘사로 출발해 독자를 끌어모은 후 힘 있게 밀고 나가기도 합니다. 어떤 흐름을 취할지 사전에 생각한다면 치밀한 전개가 가능하지요. 섬세한 칼럼을 효율적으로 쓰기 위해서는 일종의 설계도를 작성하면 좋습니다. 그렇다고 건축 도면처럼 공간과 치수까지 명확히 적을 필요는 없어요. 칼럼이라는 게 공장에서 찍어 내는 규격품도 아니고 더구나 우리는 칼럼 초심자가 아닙니까? 설계도라는 명칭이 주는 엄격함에 오히려 주눅이 든다면 여정도라고 생각하면 어떨까요? 칼럼 쓰기는 마치 독자를 데리고 강을 가로지르는 짧은 여정과 같습니다. 군더더기 없이 일직선으로 건너기도 하고 좌우로 굽이치는 강줄기를 따라 나비넥타이 모양을 그리며 도착할 수도 있습니다. 전체 틀을 미리 구상해 적는 여정도는 지우거나 덧붙이며 언제든 업데이트할 수 있는 유동적인 설계도입니다.

떠오르는 아이디어에만 의지해 무턱대고 칼럼을 쓰려고 한다면 막막할 거예요. 설령 쓰기 시작한다고 해도 방향을 잃고 헤맬 여지가 높지요. 콘티처럼 그림으로 여정도를 작성해 봅시다. 빈 종이에 주제, 소재, 전개 방식 등에 해당하는 단어를 간단히 메모해도 좋고, 어울리는 그림을 그려도 좋습니다. 도식화가 편하면 순서도처럼 작성해도 되고 종이 여백에 연상되는 그림을 낙서처럼 채워도 괜찮습니다. 중요한 건 자유롭게 꾸며야 사고가 말랑말랑해진다는 점이에요. 그래야 근사한 소재도 돋아나고 참신한 표현도 샘솟게 됩니다.

종이가 그림이나 도형들로 채워지면 그중 어떤 것을 첫 문단에 배치하면 좋을지 생각해 봅시다. 다음 문단에 놓으면 어울릴 만한 그림이나 단어도 살펴봅시다. 옆에 순서대로 번호를 큼지막하게 써서 표시도 하고요. 중구난방처럼 보이던 그림이었지만 번호를 따라 가다 보면 어느새 자연스럽게 흐르는 글의 윤곽이 보일 것입니다.

어느 정도 마무리된 느낌이 든다면 과감히 초고를 써 봅시다. 이미 어떤 부분을 첫 문단에 쓰면 좋을지 생각했으므로(아마 1번이라고 적었겠지요) 시작하는 게 그리 어렵지는 않을 거예요. 다음 순서도 정해 놓았으니 여정도 위에 적어 둔 번호대로 하나씩 쓰면 됩니다. 글을 쓰다 막히거나 더 좋은 소재나 착상이 떠올랐다면 다시 여정도로 돌아가 여백에 끄적여 봅시다. 앞에서 말했던 업데이트를 하는 과정이에요. 어떤 경우엔 첫 문단 내용을 바꾸거나 통째로 다른 문단과 교체하고 싶을 때도 있습니다. 그럴 땐 여정도를 과감하게 수정합시다. 더욱 정교한 여정도가 만들어지는 셈이니 주저하지 않아도 됩니다. 새 여정도를 옆에 끼고 다시 초고를 써 봅시다. 이런 방식으로 초고와 여정도를 넘나들면서 여정도의 품질을 높여 간다면 어느새 튼실한 초고가 완성되고 퇴고를 앞두게 됩니다. 참고로, 퇴고는 8장에서 자세히 살펴볼 예정이에요. 이렇게 본다면 '여정도 작성하기'는 초고 쓰기 시뮬레이션이라고도 할 수 있겠네요.

평소에 좋은 칼럼을 분석하면 여정도를 작성하는 데 도움이 됩니다. 분석을 잘하기 위해서 칼럼 읽기 준비 과정을 먼저 살펴봅시다.

'쓰기'는 '읽기'에서 시작한다

우선 우리가 칼럼을 어떻게 읽는지 살펴보면 독자를 대상으로 하는 글을 쓸 때 도움이 됩니다. 상대를 알아야 제대로 된 공략도 가능하니까요. 칼럼은 제한된 평면에 문장을 수놓는 작업으로, 모니터나 종이 위에 키보드 또는 펜으로 한 문장 한 문장 꾹꾹 눌러 가며 배치하는 일입니다. 쓰는 사람은 공들여 단어를 고르고 문단을 작성하지만 독자는 2차원 평면 공간에 놓인 글을, 마치 라면을 후루룩 입안으로 빨아들이듯 눈으로 훑어봅니다. 출근할 때 지하철이나 버스를 타고 가며 비좁은 공간에서 스마트폰을 꽉 쥐고 엄지로 스크롤 하는 사람들을 떠올려 보세요. 이처럼 게 눈 감추듯 먹으면 면발이 주는 쫄깃함, 국물이 주는 얼큰함을 음미하기도 전에 냄비는 벌써 비게 됩니다. 요리한 이가 심혈을 기울인 음식 포인트를 의도치 않게 무시하게 되는 것이지요. 단지 포만감만으로 얼굴에 화색이 돌면서 맛 좋다고, 잘 먹었다고 감탄을 연발해 봐야 음식을 만든 사람 입장에서는 아쉬울 거예요. 라면이라 하더라도 한 사발에 담긴 음식을 제대로 음미하기 위해선 면이 푸석하지는 않은지, 탱글탱글한 모양이 기대만큼 차진지 여러 측면을 요리조리 씹으며 감상해 봐야 합니다.

마찬가지로 칼럼을 읽을 때도 기본적인 주제는 물론 글 전체가 주는 분위기나 문체, 글쓴이가 곳곳에 심어 놓은 장치 등을 두루 살펴보면 글이 품은 매력을 발견할 수 있습니다. 세심하게 관찰한다면 잘 쓴 칼럼인 경우 예상하지 못했던 보물을 캐낼 수도 있습니다. 적확한 비유가 주는 짜릿함, 은유적 표현에서 대상을 대하는 태도 등을 발굴하다 보면 자신도 모르게 "심봤다!"라고 소리칠지 몰라요.

어떻게 하면 칼럼 읽는 묘미를 느낄 수 있을까요? 보물을 발견하는 방법을 꿰뚫는다면 어디에 보물을 숨겨 놓아야 더 극적인 느낌을 주게 되는지 알 수 있습니다. 즉, 독자에게 인상 깊은 글을 쓰는 방법은 좋은 칼럼을 제대로 읽는 것에서 시작합니다. 저 역시 처음엔 칼럼을 '그냥' 읽어 내려갔어요. 평상시에 접해 보지 못하거나 따분하다고 생각한 소재를 다룬 칼럼은 집중이 잘되지 않아 읽지 않고 바로 넘기기 일쑤였고, 논리 정연해 보이지만 전개가 꽤 복잡한 글은 건성건성 읽기도 했습니다. 보일 듯

말 듯 하나씩 실마리를 던지는 칼럼을 읽을 때면, 흥미를 서서히 응축시키려는 글쓴이의 배려를 참지 못하고 결말을 보기 위해 마지막 문단으로 눈을 획 돌렸습니다. 베일을 천천히 벗겨 내는 과정에 조급해지다 보니 글이 지닌 묘미는커녕 어떤 경우는 오독하기도 했어요.

이렇게 읽어 봅시다. 우선 칼럼을 대하는 자세를 바꾸면 좋을 듯해요. 칼럼은 짧지만 결코 허투루 쓴 글이 아니에요. 오히려 분량이 적기에 글쓴이는 주어진 지면을 최대로 활용합니다. 마치 영화감독이 2시간 내외라는 제한된 시간 안에 모든 것을 스크린에 보여 주기 위해 필요한 장면만을 배치하듯, 좋은 칼럼은 군더더기가 없습니다. 반드시 있어야만 하는 단어, 연결되는 위치에 배치되어야만 하는 문장을 고르고 벼려 글을 짓습니다. 과장해서 말하면 칼럼 문장엔 글쓴이의 땀이 흐릅니다. 눈 밝은 독자는 단어, 구절에 대롱대롱 매달린 땀방울을 채취해 터트립니다. 땀방울이 달리지 않거나 단지 뭉개져 버린다면 아쉽게도 그 글은 좋은 칼럼이 아닙니다. 좋은 칼럼은 한 방울의 땀에 글쓴이의 고뇌가, 또 한 방울의 땀에 글의 품격이 담겼습니다. 그것을 읽어 내기 위해선 집중해야 하고요. 그러니 칼럼을 접할 땐 조금 번거롭더라도 수고를 들여 보세요.

자세를 갖췄다면 칼럼 선별 작업이 필요합니다. 한국의 주요 일간지로 좁히더라도 매일 적어도 100편 이상의 칼럼이 쏟아져 나옵니다. 모든 칼럼을 시간을 쪼개 찬찬히 보기도 어렵고 사실 그럴 필요도 없습니다. 미안한 얘기지만 양질의 수준을 충족하지 못하는 칼럼도 지면에 실리는 것이 현실이에요. 내게 도움이 되는 칼럼, 읽을 만한 칼럼, 읽어야만 할 칼럼을 추리면 훨씬 효율적으로 칼럼 공부를 할 수 있습니다. 문제는 어떤 칼럼을 뽑을 것인가에 초점이 맞춰지지만, 읽는 사람에 따라 다양한 조건이 있을 테니 딱 꼬집어 지정하기란 어려울 뿐 아니라 바람직하지도 않습니다. 다만 칼럼을 자주 읽고 고민하다 보면 글을 보는 안목이 높아집니다. 칼럼을 계속 읽어 나가면서 나만의 선별 조건을 세워 봅시다.

제 경우에는 글쓴이가 우선 떠오르네요. 평소에 주목하는 글쓴이가 있다면 적극 활용하면 좋아요. 신문 논설위원에게서는 사회 현안에 대한 날카로운 비판을, 현장의 활동가나 학계 교수로부터는 전문 분야의 생생함을 전달받게 됩니다. 베스트셀러 작가나 최근 이슈로 떠오른 사람이 쓴 칼럼에서는 트렌드를 접하기 수월하고, 셀럽에 해당하는 이들의 글에선 대중의 호기심을 발견하게 됩니다. 꼭 유명인이 아닌 우리처럼 평범한 이가 쓴 칼럼 역시 일상을 반영하기에 독자에게 친숙하게 다가갑니다. 칼럼은 시장성이 강해서, 독자의 반응을 몰고 올 수 있다면 글쓴이의 이름이 연재 칼럼의 제목에 포함되기도 합니다. '○○○ 칼럼'처럼 이름을 내걸고 나온 기명 칼럼은 유의 깊게 살펴보면 좋습니다. 이처럼 다양한 측면에서 나만의 칼럼니스트 명단을 작성해 꾸준히 업데이트하면서 글을 선택해 봅시다. 언론사에서는 새해가 되거나 분기별로 칼럼 필진을 교체하는 기사를 올리기도 하니 그들의 약력, 글쓰기 분야 등을 미리 눈여겨본다면 도움이 됩니다.

다음은 연재 칼럼입니다. 언론사는 다루는 소재나 관점 등에 따라 칼럼을 그룹화하곤 합니다. 《한국일보》의 〈기자의 눈〉은 현장에서 직접 취재하는 기자들의 발언을 담았고, 《한겨레》홈 페이지에는 "화제로 떠오른 주제를 두고 기자와 논설위원들이 펼치는 상큼한 지식 칼럼입니다"라는 문구로 〈유레카〉라는 연재 칼럼을 설명합니다. 《경향신문》의 〈문화와 삶〉이라는 연재 칼럼은 시인, 자유 기고가, 출판사 대표, 음악 평론가 등 여러 글 쓴이의 경험, 지식, 관점 등을 소재로 일상과 삶을 이야기합니다. 이처럼 연재 칼럼은 다양한 필진의 다채로운 시선을 담지요.

한편 오랫동안 지면에 실린 칼럼도 유의 깊게 보면 좋아요. 칼럼은 대중을 향한 글이므로 주목받지 못하거나 살펴볼 가치가 부족하다고 판단되면 소리 없이 사라집니다. 반대로 지지나 공감을 받으면 계속해서 독자에게 공급되고요. 시중에는 무려 10년 이상 지속되는 칼럼도 있습니다. 긴 세월 동안 생존한 칼럼에는 나름의 이유가 있고 우리는 그 점을 분석하면 됩니다. 이런 칼럼을 정치 성향이 다르다거나 취향이 아니라고 해서 제쳐 두는 건 너무 안일한 판단이에요.

처음엔 기명 칼럼, 연재 칼럼을 중심으로 가볍게 읽어 보세요. 읽는 목적은 칼럼 선별에 있습니다. 차근차근 읽을 칼럼을 선정하기 위해 제목, 다루는 소재와 주제도 중요하지만 참신한 느낌을 주는지도 확인해야 합니다. 한 번에 읽히다 못해 서술 전개가 너무 평이한 글은 제외해도 좋아요. 우리가 칼럼을 구별하고 선택하는 건 매력적인 글을 쓰기 위해서니까요. 근사한 비밀을 가득 품은 칼럼일수록 우리에게 도움이 됩니다.

칼럼을 선택했다면 뚫어지게 쳐다볼 차례입니다. 이 과정에서 칼럼의 운명이 결정되지요. 나에게 남을 것이냐, 아니면 폐기될 것이냐. 푸근한 첫인상이 끝까지 가지 않는 경우가 있는 것처럼, 느낌이 좋아 선택했지만 막상 다시 읽어 보니 영 아닐 수도 있어요. 이 역시 기준을 명확히 두기는 모호하지만 대중을 상정한 글이 칼럼이라고 볼 때 두세 번 읽어 본다면 감이 올 것입니다.

단, '감'은 오로지 '느낌'일 뿐이라는 점을 잊지 않았으면 좋겠어요. 분위기나 감정, 심지어 피로도에 따라 글을 오판할 수도 있습니다. 칼럼을 인쇄해서 읽으면 어느 정도 방지가 가능합니다. 스마트폰으로는 건성건성 읽게 되는 반면 프린트한 종이 위에 연필로 줄을 그어 가며 읽으면 문장이 차곡차곡 머릿속에 쌓이거든요. 한두 장 안의 글 전체가 한눈에 들어와 흐름이나 맥락을 찾기에도 좋습니다. 좁은 화면으로는 지엽적인 읽기에서 벗어나기 어렵습니다. 스마트폰으로 볼 때는 미처 알아채지 못한 글의 이면을 종이 위에서는 발견할 수 있을 거예요. 프린트하는 게 번거롭다면 태블릿 PC를 활용해도 좋습니다. 인쇄 시간도 절약되고 용지 남용도 막을 수 있어요. 화면에 직접 전자 펜으로 밑줄을 그으며 읽으면 종이와 같은 집중도를 발휘하는 데 손색이 없습니다. 메모한 후 수정뿐 아니라 화면 축소나 확장도 가능하니 편리합니다. 상황이나 기호에 맞게 종이나 기기를 적극 사용하세요.

📓 칼럼 읽기 준비 과정

1. 칼럼을 대하는 자세를 바꾸자.
2. 기준을 두고 칼럼을 선별하자.
3. 종이나 태블릿 PC 등 도구를 활용하자.

독자가 아닌 필자의 눈으로 보자

이제 칼럼 여정을 파악할 차례입니다. 글 쓰는 사람이 어떻게 글맛을 내려고 했는지 살펴볼까요? 논의를 돕기 위해 남미정 국립국어원 학예연구사가 《한국일보》에 쓴 칼럼 〈당신과 자기〉(2021년 7월 2일.)로 연습해 봅시다.

다음은 우리가 이 칼럼을 썼다고 가정하고 글쓰기 전 생각했을 만한 내용입니다.

- 내게 할당된 분량은 약 800자 정도야.
- 그 안에서 '대화를 나누는 상대'를 뭐라고 부르면 좋을지 고민하는 과정을 담아야겠어.
- 어울리는 지칭어를 꼭 집으면 좋겠는데 막상 떠오르는 게 없네.
- 함부로 '너'라고 부를 수도 없고, '그대'라고 하기에도 좀 그렇잖아. '그쪽'도 마찬가지고.
- 친근하면서도 예의를 갖춘, 그러면서도 누구에게나 사용해도 좋은 말이 없을까?
- 여기저기서 '자기'라고 부르기도 하는데 어떨지 모르겠어.
- 귀엽기도 하고, 하대하는 느낌도 나지 않고 말이야.
- 예능 프로그램인 〈유 퀴즈 온 더 블록〉에서도 진행자들이 서로 '자기'라고 부르니 많이 쓰이긴 하는가 봐.
- 그렇지만 '자기'라는 말도 모든 연령층을 아우르기엔 좀 부족해 보이지 않을까.
- 자료 조사를 했더니 '1900년대 초반'에도 마땅한 대명사가 없어 계몽 차원에서 '씨'와 '당신'을 사용하자고 제안했더라.
- 당시에는 통용되었다고 하는데 지금 아무한테나 '당신'이라고 말했다간 멱살 잡히기 딱 좋지.
- 예나 지금이나 마땅한 말이 없네.
- 어떤 방향으로 글을 쓰면 좋을까?

- 적당한 호칭을 찾기 어렵다는 걸 상기시켜도 괜찮지 않을까?
- 건전한 논의가 이어질 수도 있으니까.

이런 상황에서 우리는 어떻게 하면 읽을 만한 칼럼을 쓸 수 있을까요? 현실적으로 마땅한 지칭어가 없는 상황에서, 콕 집어 이런 호칭을 쓰자고 주장하는 글을 쓰기에도 애매하고 그렇다고 두서없이 이것저것 나열만 해서는 내용 전달은커녕 쓰는 사람도 혼란스럽습니다. 생각만으로는 잘 풀리지 않을 때 필요한 게 낙서지요. 아까 말한 것처럼 그림이나 도형, 단어 등을 활용해 자유롭게 여정도를 그려 본다면 글의 방향을 어디로 잡아야 할지, 필요한 소재나 자료 등은 무엇인지, 어떤 성격을 지닌 흐름을 취하면 좋을지, 적절한 표현 방식은 무엇이 있는지 구상하게 됩니다.

완성된 칼럼을 한 문단씩 읽어 나가면서 글의 맥락을 따라가 봅시다.

1문단: 이름 뒤에 '씨'를 붙여 보편적인 호칭으로 사용할 것, 이인칭 대명사는 경어로 '당신'이라 칭할 것.

첫 문단은 글의 입구이기에 공들여야 합니다. 과연 어떤 내용을 첫 문단에 놓으면 좋을지는 4장에서 구체적으로 이야기 나누어 볼게요. 여기서는 "~사용할 것"과 "~칭할 것"으로 끝나는 당위형 문장을 선택한 점에 주목하면 좋아요. 간단명료해 독자의 이목을 끌기 좋습니다. 더군다나 한 줄로 된 짧은 문장으로 구성되어 어느 글에서 발췌한 느낌을 줍니다. 그렇다면 다음 문단에서 출처를 밝혀 주면 자연스럽겠지요.

2문단: ①1933년 1월 27일 동아일보에 계명구락부 창립 15주년을 기념하는 짤막한 기사가 실렸다. ②계명구락부는 문화생활 전반의 의식 개혁과 구락부원의 친목 도모를 목적으로 설립된 애국 계몽 단체이다. ③해당 기사에서 계명구락부는 보편적 경어 표현으로 '씨'와 '당신'을 사용할 것을 제안하였다. ④신분제가 무너지고 근대화의 물결이 몰아치며 새로운 사회적 관계가 형성되던 시대에 그에 걸맞은 보편적 호칭이 필요했던 당시 상황을 읽을 수 있다.

①을 통해 예상대로 1900년대 초반 신문에 실린 기사라는 걸 알 수 있습니다. 원문을 그대로 인용하지 않고 주요 문장을 다듬어 1문단에 썼다는 것도 우리는 비로소 알게 됩니다. 1900년대 당시와는 달리 오늘날 한글 맞춤법은 여러모로 차이가 나니 직접 인용할 때 필요한 큰따옴표로 처리하지 않은 점도 이해하게 되고요. 게다가 계명구락부가 낯선 독자를 위해 친절하게 설명도 덧붙였네요(②). ③에서 기사 내용을 한 문장으로 간단히 정

리하는 과정도 잊지 않았습니다. 그래야 독자는 길을 잃지 않고 칼럼 필자가 설계한 코스를 따라 이동할 수 있어요. ④는 기사가 나온 배경과 취지도 덧붙여 이해를 돕고 있습니다.

독자가 아닌, 쓰는 사람의 입장에서 칼럼을 분석하는 중이라는 점을 다시 상기합시다. 여러분이라면 3문단은 어떤 논지의 글이 이어지도록 하시겠어요? 과거 기사에 대한 호응 여부? 기사가 사회에 미친 영향? 다음을 봅시다.

3문단: ①나와 대화를 나누는 상대를 뭐라고 불러야 할지 적당한 표현을 찾기 어려운 건 요즘도 마찬가지인 듯하다. ②손아래이지만 '너'라고 할 수 없는 관계, 특히 그러한 관계에서 두루 쓰일 수 있는 대명사가 없다. ③당신, 그대, 자네 등 이인칭 대명사의 종류는 많지만 어느 것 하나 마땅하지 않다. ④그래서인지 요즘 인터넷 공간에서는 '너님(들)' 같은 기발한 표현도 등장한다.

①, ② 문장은 시대를 건너뛰어 "요즘"에도 상황은 마찬가지라고 말합니다. 즉, 과거와 현재를 대비하는 관점을 취했어요. 다시 말해 칼럼 필자가 다루고 싶었던 건 오늘날 상대를 부르는 호칭이 궁색하다는 점이었다는 걸 독자는 알게 됩니다. ③, ④에서는 구체적인 예시를 들어 독자의 공감도 유도하지요.

다음 문단으로 넘어가기 전에, 마찬가지로 내가 글을 쓴다면 어떤 흐름이 어울릴지 생각하는 걸 잊지 맙시다. 과거와 현재 모두 "대화를 나누는 상대"를 부를 만한 "적당한 표현"을 찾기가 어렵다는 게 겉으로 드러난 지금까지의 논지입니다.

> 4문단: ①1900년대 초반에는 계명구락부에서 제안한 대로 당신이 쓰였으나 요즘은 상대방을 당신으로 지칭했다가는 싸움이 벌어지기 일쑤이다. ②최근에는 '자기'가 그 공백을 치고 들어온 것 같다. ③이인칭 대명사 자기는 연인 사이나 여성 발화에서 주로 관찰되었는데 요즘은 직장 내 남성들 사이에서도 두루두루 쓰인다.

①에서 과거 계명구락부가 제시한 '당신'이라는 호칭은 요즘 쓰기에는 부적절하다는 점을 설명합니다. 주장에 앞서 독자가 궁금해하거나 제기할 만한 의견을 미리 다루는 건 중요해요. '당신'을 언뜻 떠올린 독자라면 의문이 해소되어야 열린 마음으로 온전히 글을 읽어 내려갈 수 있으니까요.

②, ③에서 '자기'라는 호칭어를 소개하는데 어쩌면 이 부분이 글의 전환 지점일지도 모릅니다. 구체적인 예도 보여 주기에 독자는 흥미로워집니다. 마지막 문단만 남은 상태라 이쯤에서 새롭게 제기된 부름말을 칼럼 필자가 밀어붙일 수도 있기 때문인데요. '너'나 '당신'으로 표현하기에는 애매하니 '자기'라고 불러 보자고 주장할 가능성도 배제할 수 없으니까요. 실제로 칼

럼은 어떻게 마무리 지었을까요? 한 문단만 허용된 상황에서 여러분이라면 어떻게 끝을 맺고 싶으신가요?

5문단: ①유 퀴즈 온 더 블록 프로그램 진행자인 유재석, 조세호 씨는 각자를 큰 자기, 작은 자기라 부른다. ②그리고 프로그램 출연자는 자기님으로 통칭한다. ③자기가 쓰임을 확장하고 있다. ④그러나 아직은 사용 연령대가 제한되어 있어 보편성을 얻기에는 한계가 있어 보인다.

①, ②에서 유명 예능 프로그램이 언급되어 독자로서는 끝까지 흥미를 잃지 않게 됩니다. ③에서는 사용 빈도가 확장하는 추세라는 점도 이야기합니다. 물론 믿을 만한 근거가 필요하긴 합니다. 하지만 우리에게 남은 지면은 딱 한 문장뿐입니다. 덧붙일 지면이 없기도 하지만 그렇다고 그냥 지나치기에도 껄끄러운 전제입니다. 독자는 아마도 마지막 문장에 초집중할 겁니다. 칼럼 필자로서는 이런 상황을 기대했는지도 몰라요. 중요한 건 마지막 문장에서 이 얽히고설킨 모든 국면을 과연 쾌도난마로 처리할 수 있을지 여부입니다.

드디어 마지막 ④ 문장입니다. 이전 문단에서 제시했던 '자기'의 한계를 언급합니다. 보편성이 부족하다는 이유에서인데요. 독자에 따라서는 문제를 제기하고 대안이나 해결책은 없어 갑자기 마무리된 느낌이 들 수도 있습니다. 하지만 반드시 명확한 주장이 펼쳐져야 좋은 칼럼이 되는 건 아니에요. 상대를 부르기에 적당한 호칭어가 없다는 현실을 한 번쯤 함께 고민해 보는 것만으로도 의의가 있습니다. 이 칼럼을 계기로 상대를 존중하면서도 친근한 호칭이 없을지 사회적으로 논의된다면 글의 가치는 충분합니다.

글 주제와 의도를 파악했다면 이제는 이 칼럼의 여정도를 작성해 봅시다. 만약 우리가 이 칼럼을 썼다면 어떤 설계도를 그렸을지 역으로 유추한 작업의 결과가 여정도가 될 거예요. 자유로운 상상도이므로 다양한 여정도가 만들어질 수 있을 것입니다.

칼럼 여정 분석 가이드

지금까지 비교적 분량이 짧고 간단한 여정을 지닌 칼럼으로 흐름을 살펴보았습니다. 이번엔 또 다른 칼럼들로 다양한 여정을 분석해 봅시다.

칼럼 중에는 여러 번 읽었지만 숨겨 놓은 보물이 여전히 발견되지 않을 때가 있어요. 칼럼을 분석하는 가장 큰 이유일 텐데, 문장과 문단에 깊숙이 박혀 도무지 나올 생각을 전혀 하지 않는 광맥을 캐내기 위해서는 칼럼을 전체적으로 보는 것과 동시에 부분적으로 차근차근 탐색하는 과정이 필요합니다. 드론을 띄워 숲 전체를 조망하고, RC카에 카메라를 탑재해 나무 하나하나 사이를 누벼야 합니다. 하늘과 땅에서 녹화된 영상을 분석하고 편집하는 작업이 칼럼 여정 분석 과정이라고 볼 수 있습니다.

칼럼 여정 사례 1

두 개의 기둥이 마지막 결론을 이는 여정:
경험 + 문학 작품 ⇨ 결론

손홍규 소설가의 칼럼 〈비밀의 의미〉(《국민일보》, 2020년 7월 25일.)는 꽤 흥미로운 여정을 지닙니다. 제목에 포함된 "비밀"이라는 단어가 본문에 여러 번 나타났고, 마지막 문단에서는 "의미" 마저 언급된 후 마무리되지만 '비밀의 의미'가 구체적으로 무엇인지 다가오지 않습니다. 이런 경우는 밑줄을 그으며 꼼꼼히 읽어야 합니다. 금맥처럼 글 곳곳에 칼럼 필자가 심어 놓은 의도가 박혀 있을 가능성이 높기 때문입니다.

이해를 돕기 위해 칼럼 내용을 대략 살펴봅시다. 칼럼에선 작고한 최인호 선생이 생전에 칼럼 필자에게 귓속말로 속삭인 에피소드가 나옵니다. "너, 왠지 슬퍼 보여"라는 말이 "비밀스럽게" 느껴진다며 그 말을 자주 곱씹게 되었다고 하는데요. 그 이유를 밝히기 위해 최인호 작가의 단편 소설 〈술꾼〉을 요약해서 독자에게 전달합니다. 작중 인물인 소년이 품은 비밀이 폭로되는 상황이 언급되고 마지막 문단에서는 "비밀이 인간적인 시선으로 다시 해석돼야 "비로소 참된 의미"가 나타난다고 말합니다. 이 문장을 곱씹을 여유도 없이 글 앞부분에 나왔던 "너, 왠지 슬퍼 보여"라는 말이 칼럼 필자에게 영원히 비밀로 남게 되었다고 글을 맺는 바람에 독자로서는 난감한 상황에 처합니다.

이런 답답한 심경을 풀기 위해, 나를 칼럼 필자라 가정하고 다음과 같은 설정을 해 보면 어떨까요? 나에겐 남모르는 슬픔과 고통이 있습니다. 가족이나 친구에게도 말 못 할 사정이라서 우울하고 괴로운 표정이 나도 모르게 드러나기도 합니다. 어느 날, 한 선배와 이야기를 나누고 막 헤어지려는 때 그가 갑자기 가볍게 포옹하면서 이렇게 속삭입니다. "너, 왠지 슬퍼 보여. 너무 아파하지 마." 평소 친분이 있지는 않은 그였지만 나를 이해해 준 그 말에 큰 위로를 받습니다. 또렷하게 들린 그 목소리가 비밀스럽게 느껴지기도 했습니다.

별것 아닌 것처럼 들리는 그 말이 그토록 위로를 준 이유가 무엇일까요? 더군다나 그는 내 상황도 전혀 모르는데 말이죠. 또한 그 말을 듣고 나는 왜 비밀스럽다는 생각을 했을까요? 감추려는 기색이 느껴지지 않는 아주 또렷한 목소리였음에도 불구하고요.

밝히기 어려운 고민이 있다는 걸 알아챘지만 캐묻거나 상담을 해 주기보다는 그저 나를 "인간적인 시선"으로 바라봐 준 선배의 모습에서 위로를 느꼈던 건 아닐까요? 그렇다면 위로란 그 사람의 고뇌를 낱낱이 파헤쳐 분석한 후 달래 주는 게 아니라

고통받는 모습에 공감해 주는 그 자체가 아닐까요?

우리는 이런 이야기를 독자에게 들려주고 싶습니다. 하지만 뒤엉킨 사고의 흐름과 직설적인 문장으로는 감동을 줄 수 없습니다. 설명하고 가르치는 어투, 전달하고야 말겠다는 과한 의지로는 우리의 생각이 독자의 가슴에 온전히 가닿기는 어렵기 때문입니다. 그럼 어떻게 쓰면 좋을까요? 이 이야기의 주인공인 칼럼 필자의 구상을 살펴봅시다.

손홍규 소설가는 큰 위로를 받은 일화를 이야기한 후, 위로받은 말에서 느낀 비밀스러움을 설명하기 위해 최인호 소설가의 단편 소설 〈술꾼〉을 들려줍니다. 에피소드와 문학 작품은 "비밀"이라는 소재로 연결되고 마지막 부분에서 칼럼 필자는 "비밀의 의미"를 밝히면서 글을 맺습니다.

이 과정을 문단별로 정리해 볼까요. 크게 나눈다면 글은 세 부분으로 이루어집니다. 에피소드, 작품 줄거리, 결론으로 나뉘는데 선배 소설가로부터 받은 위로의 말이 1~3문단에, 단편 〈술꾼〉은 4~5문단에, 결론은 6문단에 배치됩니다.

1문단은 위로가 필요하지 않은 사람은 없다며 "내가 살아오면서 받은 위로 가운데 가장 인상적인 것은 고인이 된 최인호 선생과 관련이 있다"라는 문장으로 시작합니다. "위로"가 앞으로 전개될 이야기를 관통하리라는 걸 독자는 알 수 있습니다. 칼럼은 짧은 글입니다. 여차여차 둘러대는 표현은 비생산적이에요. 첫 문단의 한두 문장에서 어떤 소재와 주제를 다루고 있는지 명확히 보여 줘야 합니다. 물론 세상에는 다양한 칼럼이 존재하는 만큼 첫 문단도 다양한 방식의 매력을 품고 있습니다. 이 부분은 4장에서 좀 더 구체적으로 살펴볼게요.

이야기는 서서히 시동을 거는데, 1문단의 선배 소설가로부터 초대받은 내용을 이어받아 2문단에서는 만나서 들었던 이야기와 그에 대한 느낌을 서술합니다. 선배 소설가는 일종의 "유언"처럼 칼럼 필자가 쓴 소설에 대한 감상과 작가의 태도, 용기 등을 언급했다고 짧게 정리해요.

본격적인 전개는 3문단에서 볼 수 있는데요. 드디어 칼럼 필자가 위로를 받은 말을 독자에게 전해 줍니다. "너, 왠지 슬퍼 보여. 너무 아파하지 마." 단단하게 느껴지는 포옹과 함께 귓가에 닿은 목소리가 "비밀스럽게" 다가왔다고 말하는 문단입니다.

4문단에서 칼럼 필자는 이해를 돕기 위해 작품을 끌어옵니다. 단편 소설 〈술꾼〉의 줄거리를 서술하면서 아버지를 찾아 술집을 돌아다니는 작중 인물인 소년이 사실은 진짜 술꾼이라는 기미를 살짝 독자에게 흘립니다. 아버지를 찾는다는 말은 "핑계"일 뿐 실은 술집에서 한 잔씩 얻어 마시려는 심사였다는 거지요.

5문단에서는 고아원으로 돌아가는 소년을 언급하며 그동안 소년이 거짓말을 했다는 걸 밝힙니다. 여기서 그치지 않고 소년이 "정말 아버지는 어디에 있을까"라고 중얼거렸다며 아버지를 찾으러 나선 경험이 있다는 사실은 거짓말이 아닐 수도 있다는

"반전"을 보여 줍니다. 이것은 소년의 또 다른 비밀이 되는 셈이지요.

마지막 6문단은 반전을 통해 비밀이 폭로되었지만 여전히 우리는 소년을 전부 알 수는 없다고 넌지시 알려 줍니다. 오히려 소년이 지녔던 비밀을 "인간적인 시선"으로 응시해야 소년이 "아버지를 찾아다니는 서글픈 존재"라는 또 다른 비밀을 알 수 있다고 말합니다. 이것을 칼럼 필자는 "비밀의 의미"라고 이야기하는데 "너, 왠지 슬퍼 보여. 너무 아파하지 마"라는 말 역시 그런 비밀을 품고 있는 말이라는 결론을 내립니다.

이 말은 마치 이런 말과도 같아요. "네가 겪는 아픔이 무엇인지, 슬픔이 어느 정도인지 나는 확실히 알 수는 없어. 하지만 네 표정에 드러난 수심을 보니 걱정이 돼. 어떤 일인지는 모르겠지만 잘 추슬렀으면 좋겠어. 너무 아파하지 않게 되었으면 좋겠어." 이런 의미를 담고 있지 않을까요? "네 고민이 뭔지 내게 말해 봐. 말을 해야 내가 도울 수 있지. 그렇게 세상 고민 다 갖고 있는 사람처럼 꿍하게 있지 말고 어서 말을 하라고!" 이런 위압적이고 폭력적인 다그침이 아니라 인간적인 시선이 깃든 위로의 말에서 칼럼 필자는 비밀의 진짜 의미를 건져 내 독자에게 전달합니다.

여정의 형태를 정리한다면 경험과 문학 작품이라는 두 개의 기둥이 마지막 결론을 이고 있는 형태의 칼럼이라고 보면 좋을 듯싶습니다. 에피소드와 단편 소설이 대등한 관계에서 글의 동력이 되는 두 축이 되는 셈이지요.

지금까지 손홍규 소설가의 〈비밀의 의미〉를 통해 칼럼의 여정을 살펴보았습니다. 여기에 도움이 될 분석 방법들도 생각해 봅시다.

📘 칼럼을 분석하는 방법

1. 밑줄 그으며 여러 번 읽기.
2. 문단 요약하기.
3. 그림이나 도표 등으로 여정도 그리기.
4. 문단을 연결해 주는 핵심 고리가 무엇인지 살펴보기.

밑줄 긋기는 집중할 문장과 분석할 지점을 명료하게 표시해 줍니다. 흔적을 남기는 건 여러모로 효율적입니다. 찾는 시간을 단축할 수 있고 그 부분을 다시 생각해 보게 만드니까요. 문단을 요약하면 글 흐름을 눈으로 확인할 수 있습니다. 문단 요약은 글이 흘러간 행보를 정리해 줍니다. 문단을 포함한 칼럼 전체 요약과 관련해서는 11장에서 좀 더 구체적으로 이야기할 예정이에요. 밑줄 긋기와 문단 요약이 각각 머리로 생각하고 문장으로 접하는 작업이라면, 여정도 그리기는 전체 틀을 그림으로 정리해 보는 일입니다. 빈 종이에 밑줄 그으며 표시해 둔 지점과 단락별

로 묶인 부분을 중심으로 개요도를 작성해 보는 것과 같습니다. 그림으로 그리다 보면 전체 구성은 물론 문단을 유기적으로 연결해 주는 고리도 찾을 수 있습니다.

칼럼 여정 사례 2

찢으며 확장하는 여정 :
문학 작품 ⇨ 사회 ⇨ 문제 제기와 과제 제시

이번에도 잠시 칼럼 필자가 되어 봅시다. 눈을 감아 볼까요? 코로나19 팬데믹 때 우리는 서로 접촉하지 못해 우울과 불안을 경험했습니다. 사회적, 경제적으로도 부담은 가중되었는데 이런 시기가 지속된다면 서로를 불신하고 소외시킬 겁니다. 급기야 사회적 약자들은 훨씬 더 빨리 배제당할 확률이 높습니다. 이런 상황에서 우리는 어떤 제안을 할 수 있을까요? 우리에겐 때마침 예전에 읽었던 그림책 하나가 떠오릅니다. 《시간 상자》라는 책은 표류하던 카메라에 관한 이야기입니다. 홀로 쓸쓸히 바닷가를 걷던 한 아이가 우연히 카메라를 발견하고 그 안에 담긴 필름을 현상해 수많은 이야기가 담긴 사진을 본다는 내용이에요. 혼자라고 생각했던 아이는 누군가가 존재한다는 걸 알고 위안을 받았을 겁니다. 아이는 카메라로 자신의 웃는 얼굴을 찍어 다시 바다로 돌려보냅니다. 외로움을 느끼는 또 다른 누군가에

칼럼 레시피

게 위안을 주기 위해서인데요. 언제 끝날지 모르는 암울한 코로나19 시대에서 바다를 표류하는 카메라는 사람과 사람을 연결하려는 희망일지도 모르겠네요.

인권에 관심이 있는 사람이라면 사회적으로 심각했던 아동학대 사건들을 떠올릴 수도 있습니다. 전염병이 종식되기엔 막막한 시기를 살면서 힘없는 어린이가 겪을 무관심과 차별, 더 나아가 이기적이고 몰지각한 성인이 자행하는 폭력을 떠올리면 끔찍해지지요. 우리는 이런 가정에서 어떤 글을 쓰면 좋을까요? 이제 눈을 떠도 좋습니다. 설정은 끝났습니다.

코로나19라는 바다에 표류하며 불안에 떠는 우리의 모습, 서로를 밀쳐 내려고 아귀다툼이 벌어질지도 모르는 막막한 상황, 도저히 용납될 수 없는 잔혹한 아동 학대, 갑자기 떠오른 그림책 이야기. 뒤죽박죽 얽혀 밀려오는 소재를 활용해 우리를 점유한 소름 끼치는 현실을 전달하기 위해서는 어떤 여정을 펼치는 게 효과적일까요?

《경향신문》에 게재된 김지은 아동문학 평론가의 칼럼 〈표류를 끝내는 방법〉(2021년 1월 23일.)은 그림책 《시간 상자》를 먼저 설명하고 코로나19로 일어난 사건들을 언급한 후 주제를 향해 나아갑니다. 글에 사용된 요소로만 본다면 〈비밀의 의미〉와 순서만 다를 뿐이어서 작품과 사회를 두 기둥으로 삼고 결론을 이야기하는 방식을 예상할 수 있고 그게 무난해 보입니다. 하지만 김지은 평론가는 다른 길을 택했습니다. 칼럼의 여정 중반에 그림책을 던져 버리고 또 다른 문제를 제시합니다. 문학 작품이 지닌 유효 범위를 미리 설계해 놓았기 때문인데요. 즉, 글은 그림책에서 시작해 이야기의 세계를 뚫고 현실의 세계에 당도하는 데 그치지 않습니다. 제 임무를 마친 후 홀연히 사라진 그림책의 자리엔 우리가 궁극적으로 풀어야 할 과제가 있습니다. 사회적 약자를 품고 모두 함께 사는 길이 그것입니다. 칼럼 필자는 이 과제를 풀기 위해 우리는 "그들이 무엇을 힘들어하는지" 알아내기 위해 노력해야 한다며 글을 맺습니다.

이 칼럼의 여정은 두 개의 동심원을 틀로 보면 좋을 듯싶어요. 작은 원은 그림책이 보여 주는 이야기의 세계이고, 큰 원은 전염병으로 표류하게 된 현실의 세계를 나타냅니다. 두 원의 중심에는 외로움과 불안이 있고요. 우리는 그림책을 통해 위로받을 순 있지만 이것만으로는 부족하지요. 표류가 장기화되면 어린이를 포함한 사회적 약자들은 이익을 챙기는 강자들에게 버림받을 수 있기 때문입니다. 사진을 찍어 카메라를 바다에 돌려보내는 행동만으로는 사회 문제를 풀 수 없겠지요. 소외된 사람들을 끌어안기 위한 노력이 있을 때 비로소 표류는 종식될 수 있습니다. 칼럼은 이를 위해 불안과 외로움이라는 중심에서 이야기의 세계를 뚫고 나온 후 다시 표류의 세계를 찢는 방식을 취합니다. 이를테면 찢으며 확장하는 여정을 지녔다고 볼 수 있습니다.

〈비밀의 의미〉와 〈표류를 끝내는 방법〉은 모두 문학 작품을 칼럼의 소재로 삼고 있지만 활용하는 방식은 전혀 다릅니다. 〈비밀의 의미〉에서는 작품이 경험과 연계해 기둥을 세운 후 결론이라는 지붕을 얹으며 마지막 여정까지 함께하지만, 〈표류를 끝내는 방법〉에서는 당면한 현실을 타개하기 위한 과제를 제시한 후 장렬히 사라집니다. 문학 작품이라는 소재가 어떤 역할을 취하는지에 따라 칼럼 여정은 크게 달라진다는 것을 알 수 있습니다.

칼럼 여정 사례 3

> 사건을 시간순으로 제시하는 여정:
> 첫 번째 만남, 두 번째 만남, 세 번째 만남

시간을 다루는 방식에서 글 주제를 매력적으로 살리는 경우도 있습니다. 두 편의 글을 살펴봅시다.

먼저 《한겨레》에 실린 전치형 교수의 〈동수 아빠의 과학〉(2018년 4월 26일.)은 세월호가 침몰된 원인을 규명하지 못하는 정부와 과학을 비판합니다. 참사가 발생한 지 4년이 지났지만 여전히 진상 규명이 이루어지지 않는 상황을 성찰과 함께 담았어요. 전치형 교수 자신이 과학자라는 점에서 "한국 과학의 책무" 또한 정중하게 묻는 칼럼입니다.

〈동수 아빠의 과학〉에는 유가족인 동수 아빠가 등장합니다.

칼럼 필자는 동수 아빠와 총 세 번 만나게 되는데 이 과정을 시간 순서로 나열합니다.

- 첫 번째 만남: 2017년 1월 '세월호 인양 대국민 설명회'가 있었던 국회
- 두 번째 만남: 세월호 인양 후 2017년 여름 목포신항
- 세 번째 만남: 2018년 2월경 네덜란드의 마린 연구소

칼럼 필자는 각 만남에서 본 동수 아빠의 모습을 이렇게 서술합니다. "국민의례 순서가 되자 동수 아빠는 일어나 가슴에 손을 얹고 국기에 경례했다." "인양이 끝난 뒤에도 여전히 인양분과장이었던 동수 아빠는 몇 달째 세월호를 지키고 있었다." "배 전체가 물에 잠겨 시험이 끝나고 나서야 동수 아빠는 고개를 들었다. 그는 그러고도 몇 번의 시험을 보고 또 보았다."

국기에 경례하는 모습에서는 세월호가 침몰한 원인을 국가가 밝혀 주리라는 믿음과 간절함이 느껴집니다. 인양 과정 내내 참혹한 실상을 직접 눈으로 확인하면서도 세월호를 지키고 있던 모습에선 문제를 회피하지 않고 원인을 반드시 규명하겠다는 다짐을 볼 수 있고요. 물에 잠겨 침몰하는 모형 배를 볼 때마다 그날의 악몽이 고스란히 덮쳐도 수차례의 시험을 끝까지 참관하는 모습엔 가까스로 버티는 동수 아빠의 악전고투가 서려 있습니다.

여전히 진실은 밝혀지지 않았고 칼럼 필자는 2018년 4월 어느 날, 삭발을 하고 단식 농성을 결행한 동수 아빠의 소식을 듣게 됩니다. 칼럼은 이 상황을 다음 문장으로 표현합니다. "전문가들이 모였다는 위원회들이 갑론을박하는 사이, 이 사회의 잣대로는 과학자도 아니고 전문가도 아닌 동수 아빠가 진상 규명을 위해 자기 몸을 내놓았다." 칼럼 필자는 국기에 경례했던 동수 아빠의 모습을 다시 언급하며 "우리는 정중하게 답해야 한다"며 글을 맺습니다.

칼럼 〈동수 아빠의 과학〉에서 주목할 점은 세 번의 만남을 시간순으로 제시했다는 점입니다. 기대했지만 좌절하고 결국 온몸으로 저항해야 할 수밖에 없었던 동수 아빠의 모습을 시간의 흐름에 얹어 놓으며 침몰 원인을 풀지 못한 국가와 한국 과학을 통렬히 비판합니다. 그렇다고 날짜와 시기를 명확하게 표현하지는 않습니다. 칼럼은 보고서가 아닙니다. 만남의 기록이 아니라 만남에서 의미를 추출하는 게 훨씬 중요합니다. 우리가 무엇을 비판하고 성찰해야 하는지를 독자에게 진심으로 전달하기 위해서 칼럼 필자는 시간의 흐름을 변용하지 않고 그대로 보여 줍니다. 칼럼이 지면에 발표된 날짜를 기준으로 "인양이 끝난 뒤" "지난겨울" "그리고 두 달이 흘렀다"와 같은 구절을 근거로 확실히 언급되지 않은 시간의 흐름을 살펴보는 과정은 글의 주제를 강력하게 만듭니다.

칼럼 여정 사례 4

시간 흐름을 편집하는 여정: 사건3, 사건1, 사건2, 사건4

한편 시간의 흐름을 편집해 주제를 효과적으로 전달하는 칼럼도 있습니다. 김해원 동화 작가의 〈농성의 현장에서 함께 키운 아이들〉(《경향신문》, 2017년 12월 19일.)을 살펴봅시다. 2017년 12월에 발표된 글로 〈그곳에서 사람을 만나다〉라는 연재 칼럼 중 한 편입니다. 〈동수 아빠의 과학〉이 2017년 1월부터 시작해 지면에 실린 날인 2018년 4월 말까지 약 16개월의 시간 배경을 갖는다면, 〈농성의 현장에서 함께 키운 아이들〉은 2008년 5월부터 약 10년의 세월을 품습니다. 분량으로 본다면 〈동수 아빠의 과학〉은 약 2000자인데 비해 〈농성의 현장에서 함께 키운 아이들〉은 절반에 해당하는 약 1000자로 구성됩니다. 분량과 시간이 대비되네요.

200자 원고지 5장에는 발표 당시 칼럼 필자가 비정규 노동자 쉼터 '꿀잠'에서 만난 청년이 소개됩니다. 연재 칼럼 제목에 어울리듯 '그곳'에서 '사람'을 만난 셈이지요. 청년을 소개받고 칼럼 필자는 깜짝 놀랐는데요. 10년 전 기륭전자 비정규직 노조 농성 현장에서 만났을 것이 분명한 아이였기 때문입니다. 공장 빈터에 놓인 컨테이너에는 조합원들의 아이들이 공부하고 있었고 고공 농성과 단식 농성 등으로 힘겹게 싸움을 버텨 나가는 중에도 아이들은 크고 있었다는 걸 체감합니다. 더군다나 그사이 그 아이의 어머니는 병환으로 세상을 떠난 뒤였어요. 하지만 아이는 건장한 청년으로 자랐지요. "농성의 현장에서 함께 키운 아이들"이라는 제목이 무척 어울립니다.

　이런 내용이라면 시간순으로 이야기를 풀어 나가는 게 자연스럽습니다. 실제로 이 칼럼도 오래전 농성 현장을 서술하고 "십 년의 세월을 까맣게 잊고 있었다"라는 문장을 사용해 시간을 훌쩍 건너뛰어 이야기를 다시 이어 나갑니다. 짧은 글에서 세월의 흐름이 생략되고 아이 대신 청년이 등장하면서 시간 경과를 보여 주는 점이 상당히 매력 있네요. 하지만 이 글의 백미는 첫 문장이라고 보아도 좋습니다. 바로 이 부분, "용산 참사가 벌어진 그 참혹한 겨울을 보낸 뒤에야 높은 곳에 올라선 사람들이 보였다"는 이 문장은 자기 고백이면서도 칼럼 주제를 독자에게 진솔하게 호소하는 부분입니다. 용산 참사가 발생하기 전 칼럼 필자는 기륭전자 노조원들의 절박한 심경을 접하고서도 실은 크게 가슴에 와닿지 않았다는 걸 솔직하게 말합니다. 자신의 공감 능력 부재를 인정한 거지요. 경찰이 철거민을 진압하는 과정에서 화재가 발생해 사망자와 부상자가 속출한 대참사를 보고서야 비로소 목숨을 걸고 농성하는 사람들이 눈에 보이기 시작한 겁니다. 이런 자기 고백은 농성 현장에서도 아이들을 보살피고 함께 키운 연대의 과정과 의미를 독자에게 전달하는 큰 힘을 지닙니다. 공감을 무조건 요구하지 않습니다. "당신도 저처럼 처음엔 공감하기 어려울 수도 있지만 상황을 가만히 관찰해 보세요, 마음의 문을 열고 귀 기울여 보세요"라며 간곡함을 표현하는 것 같습니다. 따라서 이 문장은 반드시 필요합니다. 용산 참사가 첫 문장에 언급되면서 시간 편집은 불가피해지긴 합니다. 칼럼에서 다룬 사건을 글 흐름 순으로 펼쳐 보면 다음과 같습니다.

1. 용삼 참사: 2009년 1월 20일
2. 기륭전자 비정규직 노동자들의 고공 농성: 2008년 5월
3. 당시 농성 현장 묘사: 2008년
4. 비정규 노동자 쉼터에서 만난 청년: 2017년

이 칼럼에서도 연도와 날짜를 밝히지는 않았어요. 구체적인 시간은 문맥에 묻어 놓았습니다. 칼럼 필자가 그것을 염두에 두지 않았다고 해도 눈 밝은 독자라면 발굴하는 감동이 크지 않을까요. 1000자라는 짧은 분량에서 십 년의 시간을 앞뒤로 여행하는 느낌이 예사롭지는 않을 테니까요.

지금까지 몇 편의 글을 살펴보며 칼럼 여정을 함께했습니다. 여정을 파악하는 건 읽는 편보다는 쓰는 입장에서 더 요긴합니다. 주제가 명료하게 드러난 글을 읽을 때마다 밑줄 치고 분석하는 건 비효율적입니다. 하지만 마음에 품은 생각을 명징하게 글로 표현하는 건 쉽지 않기에, 잘 쓴 글을 참고 삼아 어떻게 쓰면

칼럼 레시피

좋을지 요모조모 구상하고 고민하는 과정은 필요합니다. 글 흐름을 꿰뚫고 있으면 내가 쓰는 글의 흐름을 설계하는 데 도움이 됩니다. 래프팅을 짜릿하게 즐기기 위해선 물살의 세기와 방향, 강의 깊이를 미리 가늠해야 하는 것처럼요. 대륙의 수많은 강이 다양하게 흘러가듯이 세상의 칼럼도 저마다 서로 다른 여정을 펼칩니다. 모든 강의 속성을 탐지할 수는 없는 것처럼 발표되는 칼럼의 여정을 모조리 숙지하기는 불가능합니다. 하지만 매일 한 편을 꾸준히 분석하는 건 가능하지요. 틈날 때마다 칼럼을 읽고 여정도 그리기를 연습해 보시기 바랍니다.

4장

팬을 달구듯 독자를 달구려면:
흡입력 있는 첫 문단 쓰는 법

첫입부터 사로잡아라

그날 군대에서 제가 만들 빵은 찹쌀도넛이었어요. 대용량의
통에 기름을 붓고 가열한 후 구슬 모양으로 빚은 찹쌀 반죽을
하나씩 떨어뜨리면 되었지요. 적당한 시간이 흘러, 바닥에 가라
앉은 덩이들이 표면으로 떠오르면 즉시 기다란 스푼이나 주걱
을 사용해 옆면으로 몰아넣은 후 꾹꾹 서너 번 눌러 줘야 합니
다. 그래야 반죽 덩이가 팽창하면서 속이 비게 되어 부드러운 식
감이 살아나거든요. 튀김이 마무리되면 차례로 소쿠리에 건져
올린 후 설탕에 버무리면 끝. 마침 주방을 들른 취사반장이 하나
를 집어 깨물더니 도로 뱉어 제 머리로 던지더군요. "이거 돌멩
이 아냐, 야 이 XX야, 네가 씹어 봐라!" 그가 사라지자마자 얼른
입에 넣었습니다. 말랑말랑했던 찹쌀 반죽이 어느새 최고 강도
의 광물로 변해 있었어요.

레시피대로 튀기고 누르고 건졌을 뿐인데 무엇이 잘못되었을까요? 원인은 기름 온도였습니다. 용량이 크다 보니 가늠하지 못해 온도가 초과했고, 반죽 알은 기름을 만나자마자 속까지 타 버렸습니다. 조리 첫 단계인 예열에 실패하니 이후 과정이 겉으론 그럴싸해도 실은 엉망이었던 것이죠.

칼럼 역시 첫 문단이 중요합니다. 첫 문단이 순조로워야 독자도 계속해서 읽을 테고 글도 구색을 갖춰 진행될 수 있습니다. 예열에 실패하듯 첫 문단이 어그러지면 독자는 지체 없이 읽기를 중단할 테고, 글도 온전하지 않은 채로 흘러갈 거예요.

그렇다면 첫 문단은 어떤 역할을 할까요? 독자의 입장에선 칼럼 첫 문단을 읽는다는 건 음식을 한 입 베어 무는 것과 같습니다. 맛이 있어야 한 입 더 먹게 되듯 첫 단락이 흥미로워야 다음 문단을 보게 됩니다. 이슈를 다룬 글이니 꼭 읽어 보라는 추천을 받지 않은 이상 하루에도 수없이 쏟아지는 칼럼 중 관심이 가는 글에 시선이 갈 수밖에 없어요. 첫 문단의 매력이 넘친다면 독자는 주저하지 않고 글을 읽습니다. 독자의 관심 유도하기. 칼럼 첫 문단의 역할입니다.

유인한다고 해서 단순히 호기심만을 자극하는 건 아닙니다. 첫 문단 안에서 독자가 몰입하도록 만들어야 합니다. 이 부분은 상당히 중요한데요. 첫 문단을 읽었더라도 마음에 들지 않으면 스마트폰의 뒤로 가기 버튼을 터치해 다른 칼럼을 기웃할 확률이 너무나도 높거든요. 무언가 독자의 흥미를 지속해서 끌지 못했기 때문입니다. 하지만 첫 문단에서 궁금했던 내용들이 하나씩 해결될 기색이 보이고 제시된 소재들이 서로 연계되어 펼쳐진다면 칼럼 전체를 충실한 글이라고 생각하게 됩니다. 읽을 만하다고 여겨 끝까지 읽거나 나중에라도 끝까지 보고 싶은 마음이 들어 칼럼 링크를 복사해 메모장에 담게 되지요. 이처럼 첫 문단은 칼럼이라는 완결된 한 편의 글을 읽어 나갈 여정의 출발선 역할도 합니다. 찹쌀도넛을 입에 넣은 후 뱉지 않고 맛있게 씹어 꿀꺽 삼키는 것처럼, 독자의 눈에 들어온 칼럼을 내팽개치지 않도록 하는 기능을 포함하는 겁니다.

그렇다면 칼럼 첫 문단의 역할은 크게 두 가지로 정리할 수 있습니다.

📖 첫 문단의 역할

- 독자의 관심을 유도하는 기능
- 여정의 출발선으로서의 역할

전자가 외부적인 역할이라면 후자는 내부적인 역할이라 볼 수 있어요. 둘 모두를 만족할 때 독자는 비로소 칼럼에 몰입하게 됩니다.

독자의 관심 끌기 전략

먼저 독자의 관심을 끄는 방법을 생각해 봅시다. 첫 문단은 칼럼의 첫인상을 준다는 점에서 특징을 선보인다면 호감을 사게 돼요. 하지만 사람마다 관심 사항이 다르고 취향도 제각각이라 독자 모두의 이목을 끌 수는 없습니다. 따라서 불특정 다수보다는 내가 쓰는 칼럼의 주제에 관심을 갖는 독자층의 성향을 예측하고 적절한 범위를 택해야 합니다. 예를 들어 여행 관련 칼럼이라면 여행에 관심이 있는 사람들을 대상으로 구상하면 좋습니다. 여행에 심드렁한 이에게 여행의 의미나 가치, 심지어 여행의 정의 등으로 시작한 글이 눈에 들어올 리 없겠지요. 현지에서 벌어진 깜짝 놀랄 만한 에피소드로 시작한다고 하더라도 마찬가지입니다. 잠깐 눈길을 끌지는 몰라도 결국 첫 문단을 채 읽기도 전에 내버리고 가기 일쑤입니다. 그러니 모든 독자를 만족시키는 첫 문단을 쓰겠다는 생각은 우선 버리는 게 좋습니다. 그보다는 타깃층을 설정하고 그들의 취향을 저격하는 방법을 찾는 게 효과적입니다.

시의성이 있는 칼럼을 쓰는 경우엔 최근 인기를 끈 일이나 뜨거운 논쟁을 불러일으켰던 사건 등을 소재로 시작하면 독자의 흥미를 살 수 있습니다. 근래 조명된 사건을 첫 문단에서 먼저 언급하는 거지요. 그러면 군더더기 없이 이야기할 사안으로 바로 진입할 수 있습니다.

여기에 감정을 강하게 표출하는 것도 하나의 방법입니다. '이런 사태가 터져 심란하다' '단견에 깜짝 놀랐다' '어이없는 느낌이다' 등의 표현을 쓴다면 독자 입장에선 대체 어떤 상황이기에 이렇게 반응하는지 알고 싶어집니다. 쓰는 입장에선 현상이 엄중하다는 걸 알리면서도 독자의 관심을 놓지 않는 효과를 지닙니다. 다음 첫 문단을 함께 봅시다.

> 일본의 반도체 핵심 3개 부품 무역규제 조치로 반도체 강국의 신화에 사로잡혀 있던 우리는 화들짝 놀랐다. 핵심 소재·부품 국산화는 오래전부터 조금씩 추진되었지만, 일본이 정치적 목적으로 핵심 중간 소재 수출을 규제하면 한국의 주력산업이 큰 타격을 입을 수도 있다는 사실은 우리를 경악하게 했다. 우리는 세계화, 자유무역 찬가를 지난 20여 년 동안 들어왔기 때문에 새로운 국제분업 질서에서 부품과 소재의 국산화는 이제 구시대의 의제라고까지 생각한 것도 사실이다.
>
> _김동춘, 〈원천 기술과 사람, 돈으로 살 수 없는 것〉, 《한겨레》, 2019년 8월 27일.

이 글에서 칼럼 필자는 "화들짝"이라는 표현을 쓰며 호들갑스러운 분위기를 살려 냅니다. 놀랐다는 감정도, "경악하게 했다" 말이 덧붙여져 간과해서는 안 될 사태라는 걸 더욱 의미심장하게 보여 줍니다. 눈 밝은 독자라면 첫 문단에서 다소 주관적인 느낌을 이토록 강렬히 표출하는 이유가 무엇인지 궁금하지 않을까요?

또는 사건, 사고의 정황이나 경위를 묘사하거나 감정을 강하게 드러내도 괜찮지만 일이 발생하기 전 핵심 인물이나 관련 인사와 만났던 경험으로 글을 시작하는 것으로 독자의 흥미를 유발할 수도 있습니다. 논설위원이나 기자가 쓰는 칼럼의 첫머리에 종종 등장하는 기법인데요. 다음은 칼럼 〈우리 세대가 깨닫지 못한 것〉의 첫 문단입니다.

> 김종철 씨가 정의당 대표로 선출되기 전, 그를 만나 꽤 긴 시간 대화를 나눈 적이 있다. 김종철 씨는 위기에 처한 진보정당의 현실과 미래에 대해 진솔하게 생각을 밝혔다. 그것이 마법의 탄환은 아닐지라도 현실적으로 진보정당이 나가야 할 방향이라고 나는 동의했다. 86세대의 마지막이면서 새로운 세대 시작임을 자부했던 그가 정의당 대표로 선출됐을 때는 정말 새로운 변화를 기대했다.
>
> _박찬수, 〈우리 세대가 깨닫지 못한 것〉, 《한겨레》, 2021년 1월 27일.

박찬수 기자는 당시 성추행 사건으로 직위 해제된 정치인을 예전에 만난 이야기로 글을 시작합니다. 이후 칼럼은 사태의 안타까움과 심각성을 짚은 후 왜 그런 일이 터졌는지를 세대의 "미성숙" 측면에서 살펴봅니다. 독자로서는 논란의 중심에 선

인사에게 렌즈를 바짝 들이대며 시작하는 뉴스를 보는 듯한 느낌이 들어 흥미롭게 글을 읽게 됩니다. 물론 해당 인물을 폄하하거나 음해할 목적으로 쓰는 건 경계해야 합니다. 칼럼의 논지는 사건 발생의 원인이나 대책에 초점이 맞춰질 것이고 첫 문단에 관련 인물을 도입하는 건 상황을 면밀히 살펴보기 위해서니까요. 단순히 흥미만을 끌기 위해 자극적인 방법을 취한다면 독자는 서슴없이 등을 돌릴 것입니다. 더군다나 그런 얄팍한 글쓰기는 올바른 태도가 아닙니다.

사회 문제에 관심이 많지만 기자처럼 해당 인물을 직접 취재하거나 만날 수 있는 여건이 되지 않는 경우엔 인터뷰나 기사 등을 참고하는 것도 방법입니다. 과거에 언급한 발언에서 출발해 새로운 변화를 기대했지만 어처구니없게도 이런 사태를 직면하게 된 원인을 분석해 사안을 진단한 것입니다. 사건을 거시적으로 조망하면서 대안을 제시하거나 사회 전체의 문제를 살펴보는 글에서 활용이 가능한 첫 문단입니다.

소소한 일상을 탐색하고 사유를 담은 칼럼을 쓰는 경우엔 나의 이야기로 시작해 사람들의 호기심을 끌 수 있습니다. 단순히 서술하는 것보다 상황을 제시하고 독자에게 질문을 던지는 방식입니다. 다음 글을 살펴볼까요?

저녁 무렵 집으로 들어가는데, 공용 현관에서 남자가 번호 키를 누르고 있었다. <u>당신이라면 어쩔 건가?</u> 마침 잘되었다며 따라 들어가 함께 엘리베이터를 탈 건가? 나는 그러지 못했다. 우편함을 들여다보는 척, 그가 먼저 올라가기를 기다렸다. 잠시 뒤 다른 여자가 왔다. 새로 이사를 왔는지 번호 누르는 게 어색했다. 나는 다가가 번호를 눌러줄까 하다가 멈췄다. 저 사람도 낯선 남자와 좁은 엘리베이터를 타고 싶지는 않을 거다. 머쓱해진 나는 잠시 산책을 하고 돌아오기로 했다.

_이명석, 〈잃어버린 이웃을 찾아서〉, 《한겨레》, 2019년 10월 11일.

낯선 이와 함께 공용 현관에 들어가는 걸 피하기 위해 굳이 산책을 택한 이야기로 시작합니다. 더구나 "당신이라면 어쩔 건가?" "함께 엘리베이터를 탈 건가?"라고 독자에게 묻는데요. 타겠다는 사람이 있는 한편 타지 않겠다고 답하는 이도 있을 텐데, 타겠다는 독자는 칼럼 필자가 왜 타지 않겠다고 하는지 의아해할 것이고, 타지 않겠다는 독자는 자신과 의견을 같이하는 칼럼 필자에게 동질감을 느껴 다음 말에 귀 기울이지 않을까요? 결국 많은 독자의 시선을 사로잡습니다. 상황을 간략히 설명하고 어떤 선택을 할지 질문을 툭툭 던지며 독자를 칼럼으로 초대하는 첫 문단입니다.

개인적인 선택 여부를 물을 때도 집중을 끌 수 있겠지만 통념을 깨는 이야기로 시작한다면 어떨까요? 색다른 부분이라 낯설면서도 참신해 구체적으로 어떤 내용인지 좀 더 알고 싶어질 듯싶네요. 다음 글을 읽어 봅시다.

> 시카고대학의 석좌교수인 브루스 커밍스는 한국 전쟁의 기원에 대한 연구로 유명하다. 그러나 《브루스 커밍스의 한국현대사》(2001년)를 보면 한 가지 재미있는 주장이 있다. 6·25는 국제전이자 동족상잔의 비극이었지만 동시에 뜻하지 않게 '신분 해방'에 기여했다는 것이 바로 그것이다. (중략) 그렇게 해서 수백 년 동안 존재해온 신분 차별의 패턴이 불과 몇 년 사이에 없어졌다는 것이 커밍스의 설명이다. 그래서 그는 전쟁을 '평등화의 위대한 기제'라고 부른다. 그리고 이와 같은 난리를 거치지 않아 1945년 이후에도 계속 부락민 차별 문제에 시달려온 일본과 대조하기도 한다.
>
> _박노자, 〈학벌 사회에서 '주체적 개인'은 없다〉, 《한겨레》, 2019년 9월 24일.

"재미있는 주장"이라는 표현과 함께 핵심 내용을 인용한 후 한국 전쟁이 신분 해방에 기여했다고 볼 수 있는 근거를 자세하게 이어 갑니다. 이런 측면에서 한국 전쟁을 "평등화의 위대한 기제"라고 규정한 후 일본을 언급하며 관련 사항의 특징을 부각하고 마무리하는데요. 다소 학술적인 내용이라 자칫 흥미를 놓을 수도 있겠지만 차분히 읽어 본다면 신분 해방이라는 낯선 측면이 궁금해집니다. 더군다나 학벌 사회라는 단어를 포함한 제목과는 연관성이 없어 보여 과연 어떤 이야기가 전개될지 사뭇 기대되기도 하고요.

실제로 이 칼럼은 다음 문단에서 현대 사회에서는 신분 차별은 사라지지 않고 학벌 사회로 "패턴"이 바뀌었다고 이야기를 전개합니다. 전쟁으로 우연찮게 신분 해방이 되었지만 공고해진 학벌 사회로 현대판 신분 차별이 존재한다고 말하지요. 첫 문단이 다음 문단과 유기적으로 연결되면서 주제에 본격적으로 진입하기 위한 분위기를 조성하는 역할을 담당하는 셈입니다. 문단의 연결과 관해서는 5장에서 좀 더 구체적으로 살펴봅시다.

소재 측면에서 본다면 위 예시에서 활용한 사건, 경험, 인용 등은 시선을 고정시키는 데 꽤 유익한 도구입니다. 신화나 고사 역시 독자들의 흥미를 불러일으킵니다. 하지만 이런 형식은 첫 문단 쓰기의 본질을 모두 설명하지 못합니다. 담긴 내용도 들여다볼 가치가 있지만 글 전체 흐름이나 맥락에 첫 문단이 어떤 영향을 끼치는지도 살펴봐야 하거든요. 그럼 두 번째로 여정의 출발선 역할을 갖춘 첫 문단은 어떻게 쓰면 좋을지 알아봅시다.

시작점과 방향성이 중요하다

칼럼 한 편이 어떤 사안이나 사유의 여행이라면, 출발선으로서의 첫 문단은 보통 시작점과 방향성이라는 두 가지 요소를 담

칼럼 레시피

으면 좋습니다. 글이 순조롭게 시작되는 느낌을 주고, 앞으로 어느 쪽으로 흘러갈지 친절하게 알려 준다면 독자는 뒷걸음질하며 칼럼 읽기를 중단하지 않을 거예요.

먼저 시작점을 살펴볼게요. 승차감이 좋은 자동차는 요란하게 출발하지 않지요. 덜컹거리지도 않고 몸이 뒤로 젖혀지지도 않습니다. 승객에게 무리를 주지 않으면서 서서히 속도를 올립니다. 정지하고 있는 느낌이지만 분명 출발한 상태. 이런 기분을 독자에게 주기 위해선 어떻게 첫 문단을 쓰면 좋을까요?

제목을 언급한다면 꽤 안정적이면서도 확실한 방법이 될 듯합니다. 칼럼이라는 성城 앞을 지나가던 여행객이 문을 열고 들어오게 된 계기 중 하나는 제목일 가능성도 크니까요. 독자로서는 유일하게 알고 있는 정보일 텐데, 특히 낯선 단어나 비유적인 표현이 제목으로 활용되었을 때 첫 문단에서 그것을 상세하게 풀어 설명한다면 독자는 자신도 모르는 사이에 칼럼 여행을 시작하게 되는 거죠. 다음 글을 살펴볼까요.

> 나는 코다(CODA) 다. CODA는 'Children of Deaf Adults'의 줄임말로 농인(청각장애인) 부모 아래서 태어난 청인 자녀를 일컫는다. 엄마, 아빠는 내게 수어를 가르쳤고 나는 손으로 옹알이를 했다. 음성언어가 아닌, 수어가 나의 모어였고 부모의 문화인 농문화가 나의 성장 배경이 되었다.
>
> _이길보라, 〈나는 코다다〉,《한겨레》, 2016년 7월 22일.

'코다'는 인터넷 국어사전에 아직 올라 있지 않은 단어입니다. 영문식 표기의 준말이기도 하고 대중에게 잘 알려진 개념도 아니에요. "나는 코다다"라는 제목을 본 독자는 첫 문단에서 코다의 의미를 접하게 됩니다. 칼럼 필자의 솔직한 개인사까지 알게 되면 눈은 어느새 첫 문단을 마치고 다음 문단으로 달려가게 됩니다. 제목이 주는 궁금증을 풀어 주면서 또 다른 호기심을 만들기 때문이지요. "수어가 모어"라는 표현은, 생소한 어감으로 다가오기도 하는 "농문화"와 함께 코다의 개념을 독자에게 확실히 안착시키면서 이들의 환경에 관심을 가지게 해요. 또한 일종의 자기 정체 선언문과도 같은 문장으로 자신을 당당하게 규정하는 칼럼 필자의 다음 말이 어떻게 전개될지도 궁금해집니다. 물론 농인 문화를 나타내는 용어에 익숙한 독자에게도 제목과 연계된 1문단의 내용은 꽤 흥미로울 겁니다. 끊어지지 않는 서술은 독자를 무리 없이 다음 문장들로 옮겨 놓습니다.

제목을 이어 가면서도 다소 이질적인 이야기로 풀어 가도 좋습니다. 칼럼 〈맥베스, 오이디푸스, 박근혜의 종말〉은 세 인물을 제목으로 삼았습니다. 당시 탄핵 정국의 소용돌이 속에서는 '박근혜'라는 키워드로 쓴 칼럼이 난무해 독자에겐 다소 식상한 소재였던 차에 고전 작품 제목과 결합한 제목은 흥미를 끌기에 유리합니다. 일반적으로는 제목에서 언급된 맥베스와 오이디푸스에 관련된 내용으로 하나씩 포석을 깔고 중후반에 박근혜를 등장시켜 그들의 공통점인 '종말'을 향해 논의를 모아 나갈 거라

칼럼 레시피

예상해도 무리가 없을 듯싶어요. 그렇다면 칼럼 필자는 첫 문단을 어떻게 시작했을까요?

> 2012년 1월 TV 프로그램 〈힐링캠프〉에 출연한 박근혜가 "저는 대한민국과 결혼했어요"라고 말했을 때 나는 그냥 얼어붙어 버렸다. 현직에 있던 대통령과 영부인을 총탄에 보낸 경험을 안고 있는 국민들은 그들의 딸 앞에서 연민의 정에 포박당할 수밖에 없었다. 부모의 후광 앞에 그의 지도자적 자질이나 인간됨, 성격 등은 보이지도 않을 것이니 그런 과거를 가진 사람을 이길 수 있는 후보는 없어 보였다. 일상 속에서 서로 사랑하고 슬퍼하고 사소한 일에 기뻐하기도 하며 질박하게 삶을 만들어가는 일반적인 국민과는 너무나 동떨어져 삶을 살아온 그가 대통령이 된다면 정말 큰일 나겠다는 위기감이 나를 짓눌렀다. 그리고 4년 10개월 뒤인 지난 11월 영국 BBC는 박근혜 스캔들을 '셰익스피어의 희곡감'이라고 보도했다.
>
> _송호창, 〈맥베스, 오이디푸스, 박근혜의 종말〉, 《경향신문》, 2016년 12월 20일.

추측과는 달리 〈맥베스〉라는 고전보다는 〈힐링캠프〉라는 좀 더 대중적인 소재를 택했네요. 제목 중 일부를 활용하면서도 그것이 주는 분위기에서는 이탈하는 내용으로 출발했어요. 물론 첫 문단 말미에서 "셰익스피어의 희곡감"이라 표현하며 제목에 다시 근접하는 방식을 예고합니다.

　다음 칼럼의 첫 문단도 독자의 눈을 잠깐 다른 곳으로 이끈
후 제목을 일컫는 경우입니다.

> <u>세상이 울울했다.</u> 평생 겪은 이것저것 중 아직 못 치른 남은
> 한가지마저 당해보라는 듯 <u>코로나19가 창궐</u>해 거리와 상
> 점은 삭막해지고 동네 거동에도 마스크를 써야 했으며 그
> 것도 열달이 훌쩍 넘어도 쉬 가라앉을 기미가 보이지 않는
> 다. 게다가 여름에는 드물게 긴 <u>장마</u>와 그에 이은 <u>태풍</u>이 불
> 어댔다. 여기에 가슴 답답하고 못마땅한 것이 어른들이 벌
> 이는 <u>정치판</u>이었다. 스스로 때문에 일어난 문제들을 그것
> 도 기울어진 진영논리로 해결하겠다고 다시 <u>싸움을 벌이는</u>
> <u>정치판</u>에서 평등-공정-정의의 실현은 점점 멀어지는 듯싶
> 었다. 세상은 허울처럼 아름답지도, 사랑스럽지도 않아, 외
> 려 추접스러운 곳이었고 끝내 촛불 광장에 버스 성벽이 둘
> 러쳐지며 정작 한글날 광화문의 세종대왕은 참으로 외로워
> 야 했다. 바르고 밝은 모습들 좀 봤으면, 하는 내 볼멘 말을
> 들은 아내가 상자 하나를 꺼내왔다. 거기에는 우리 아이들
> 이 어렸을 때 훌쩍이며 보던, 덩달아 나까지도 감동의 회상
> 에 젖던 옛 동화집 몇 권이 들어 있었다. 이 가을, <u>동심으로</u>
> <u>의 피정(避靜)</u>은 그렇게 시작되었다.
>
> _김병익, 〈동심으로의 피정〉, 《한겨레》, 2020년 10월 29일.

칼럼은 이런 내용이에요. '세상이 울울했다며 잔뜩 답답한 심사를 하나씩 열거한 후 아내가 건넨 상자에서 자식들이 예전에 보던 동화책을 발견하게 되고, 한 권씩 찬찬히 읽어 내려가던, 여든이 넘은 노학자는 이 과정을 "동심으로의 피정"이라고 명명하더라'는 상황이네요.

여전히 끝을 볼 수 없는 코로나19, 길고도 강하게 불어닥쳐 큰 피해를 준 장마와 태풍, 싸움을 멈추지 않는 한심한 정치판을 접한 독자라면 칼럼 필자와 마찬가지로 갑갑하다고 느끼지 않을까요? 마치 세상의 모든 우울이 일시에 몰려나온 듯한 이 상황에 숨이 막히지 않는 사람이 있을까요? 잠깐만이라도 이런 시끌시끌한 속세에서 벗어나 차분히 명상하며 나를 들여다보고 싶은 마음이 간절하지 않을까요? 우연히 손에 든 동화책을 읽은 소회를 고요하고 성스러운 기도와 수련을 의미하는 피정이라고 표현한 칼럼 필자의 다음 이야기가 궁금해지는 건 당연할 듯싶습니다. 공감할 수 있는 분위기를 충분히 끌어올렸으니까요. 더군다나 제목에서 사용된 구절을 첫 문단 마지막 부분에서 다시 만난 독자는 반가운 마음을 감추지 못할 겁니다.

이처럼 사유의 여행이 시작되는 첫 문단은 기점을 지니면 좋습니다. '출발합니다'라는 안내 방송과도 같은 첫 문단은 승객을 불편하게 만들지 않으면서 잔잔하게 이동시킵니다. 하지만 이것만으로는 아쉬운 느낌이 들어요. '출발합니다'라는 멘트에는 무엇인가 빠진 듯한 느낌이 들지 않나요? 열차가 아주 부드럽게 움직이더라도 어디로 가는지 알려 주지 않는다면 승객은 다소 불안할 수도 있으니까요. 칼럼도 마찬가지입니다. 어느 쪽으로 가야 글의 중심부에 닿을 수 있는지, 마지막 역에 도착하는 내내 어떤 풍경을 보여 줄지 귀띔해 준다면 독자로선 부담 없이 칼럼을 읽게 됩니다. 즉, 첫 문단 곳곳에 방향성을 방향제처럼 뿌려 주면 좋습니다.

다음 글의 특징을 생각해 봅시다.

> 사회과학 용어 중에 소프트 파워(soft power)와 하드 파워(hard power)라는 것이 있다. 따지고 들자면 꽤 복잡한 뜻과 용례를 가진 개념이지만, 거칠게는 다음과 같이 정의할 수 있다. 하드 파워는 강제적인 수단을 통해 상대에게 영향을 끼치는 역량이고, 소프트 파워는 비강제적인 수단을 통해 상대에게 영향을 끼치는 역량이다.
>
> _김영민, 〈권력자가 꾸는 꿈이란?〉, 《중앙일보》, 2021년 3월 4일.

칼럼 〈권력자가 꾸는 꿈이란?〉의 첫 문단입니다. 소프트 파워와 하드 파워가 무엇인지 정의 내립니다. 간단명료하면서도 핵심 부분을 대비해서 보여 줍니다. 강제적이냐 비강제적이냐에 따라 의미가 나뉘네요. 독자로서는 무리 없이 뜻을 파악할 수 있을 거예요. 동시에 앞으로 두 용어가 글 전반에 걸쳐 중요한 역할을 하리라는 걸 직감하게 됩니다. 그렇지 않다면 시작부터 골치 아픈 "사회과학 용어"를 강의하듯 늘어놓을 리 없습니다. 실제로 이 칼럼은 권력자는 소프트 파워를 "지향"한다는 논지를 담았습니다. 더군다나 칼럼 필자는 제목 '권력자가 꾸는 꿈이란?'에서 질문을 던지는 중입니다. 그러니까 제목에서 질문을 투척한 후 첫 문단에서 선택지 두 개를 제시한 셈이지요. 나머지 본문은 칼럼 필자가 세워 놓은 답을 향해 흘러가고요.

첫 문단만으로도 칼럼의 방향을 명확히 보여 준다는 걸 알 수 있습니다. 전체적인 글의 여로를 그리게 하면서 구체적인 풍경을 기대하게 만듭니다. 다시 떠올리면 제목마저 열차가 이미 출발했다는 걸 실감나게 합니다. 드디어 그곳을 향해 여행이 시작된 것입니다. 이처럼 첫 문단은 글의 시작을 넌지시 알려 주고 여정을 암시합니다. 즉, 시작점과 방향성을 담습니다.

> 🚩 **출발선으로서의 첫 문단의 요소**
>
> • 시작점
> • 방향성

이처럼 여행을 떠날 때 독자가 불편하지 않도록 신경을 쓰는 건 중요합니다. 그런 면에서 시작점과 방향성을 느끼도록 알려 준다면 첫 문단의 역할은 성공이라고 볼 수 있어요. 하지만 모든 출발이 이런 기본 또는 정석을 반드시 지켜야 할 필요는 없습니다. 뜬금없어 보일 정도로 갑자기 본문부터 시작하는 느낌을 주거나 상황 설명은 하지 않은 채 사건이 나열되기도 합니다.

이런 성격을 지닌 영화 첫 장면을 생각해 보면 좋습니다. 허우 샤오시엔 감독의 영화 〈자객 섭은낭〉은 당나귀 옆에 서서 한쪽을 바라보는 두 여인의 모습에서 시작해요. 하얀 옷을 입은 여자가 검은 옷을 입은 여자에게 암살 지시를 내리고 단도를 건넵니다. "저놈은 아비를 독살하고 형제를 죽였으니 죗값을 치러야 할 터. 조용히 처리하거라." 섭은낭은 스승의 지시를 그대로 따릅니다. 천천히 말을 타고 가는 남자에게 살며시 다가가 사뿐히 공중으로 도약해 '한 번에' 목을 칩니다. 들판은 고요하고 다만 나무에 길게 뻗은 이파리들만이 바람 소리를 냅니다. 다음 장면에서 섭은낭은 또 다른 사람을 죽이기 위해 칼을 들고 가택에 침입하지만 어린아이와 놀고 있는 남자를 물끄러미 바라보다 자리를 뜨고 맙니다. 장면이 바뀌어 스승은 암살에 실패한 섭은낭에게 이렇게 말하지요. "너의 검술은 완벽하나 마음이 문제로구나." 이어서 스크린 가득 '자객 섭은낭'이라는 타이틀이 아주 천천히 뜨고 영화는 이어집니다.

여기까지 진행되는 동안 영화는 약 8분 정도가 흘러요. 음성은 고작 스승의 말 몇 마디. 주인공 섭은낭은 한 마디도 없습니다. 섭은낭이 두 차례 칼을 들고나오지만 첫 번째는 너무 싱겁게 끝나고 두 번째는 목숨을 살려 줍니다. 관객은 고요하다 못해 적

칼럼 레시피

막하게 흐르는 영상을 보고 좀이 쑤실지도 몰라요. 제목은 물론 소재로 보아 액션 영화가 분명한데 이렇게 지루할 수가.

흥미도 끌지 못하고 몰입하게 만들지도 못한다면 영화의 첫 장면으로 부족하지 않을까 생각할 수 있습니다. 평단은 물론 영화를 사랑하는 관객으로부터 작품성을 인정받았다고 하더라도 이렇게 불친절한 영화라니. 저도 처음 이 영화를 보고 너무 졸려 도무지 집중되지 않았습니다. 첫 장면이 주는 고즈넉한 분위기가 내내 이어졌고, 자상한 설명도 없이 사건은 느릿느릿 때로는 훌쩍훌쩍 지나갔거든요. 하지만 나중에 다시 보자 첫 장면이 주는 의미가 나름대로 다가왔어요. 섭은낭은 무예가 굉장히 출중해 그야말로 완벽하다는 것, 검보다는 마음으로 사람을 본다는 것, 고적하고 적요한 분위기가 이 영화의 정서라는 것 등을 알려 주었던 셈이에요. 즉, 첫 장면에서 인물과 정서의 기본적이며 핵심적인 사항을 관객에게 공지한 것입니다.

이런 기법은 칼럼의 첫 문단에도 적용됩니다. 독자의 관심은 물론 시작점과 방향성도 고려하지 않은 것처럼 보이지만 가만히 살펴보면 다른 문단과 밀접하게 연결되면서 주제를 선명히 드러내는 역할을 합니다. 상냥한 안내도 없이 멋대로 불쑥 시작해 버리지만 전체 글 흐름으로 볼 때 아주 요긴한 사항들을 포함하는 출발입니다. 다음 글에서 확인해 볼까요?

바둑에서 먼저 돌을 깔고 두는 걸 접바둑이라 부른다. 알파

고와 겨뤘던 이세돌 9단은 "석 점을 깔면 인공 지능 아니라 신과 대국해도 아마 지지 않을 것"이라고 말한 적이 있다. 그만큼 접바둑은 승패를 가르는 데 절대적이다.

_박찬수, 〈방미 대통령이 꼭 읽어야 할 '워싱턴 고별사'〉, 《한겨레》, 2023년 4월 24일.

칼럼 〈방미 대통령이 꼭 읽어야 할 '워싱턴 고별사'〉는 제목과 전혀 상관없는 접바둑을 이야기하며 시작합니다. 분명 일종의 포석에 해당하는 내용일 텐데, 이런 경우는 독자의 호기심이 사라지기 전에 실마리를 남겨야 합니다. 다음 문단을 봅시다.

보통 접바둑은 실력이 모자라는 하수(下手)에게 혜택을 주어 호각을 이루기 위한 대국 방식이다. 그런데 반대로 상수(上手)에게 미리 돌을 깔고 바둑을 두게 하면 어찌 될까. 26일(현지시각) 열리는 한-미 정상회담이 꼭 그런 접바둑처럼 보이는 건 나만의 생각일까.

접바둑을 정상회담으로 비유한 점을 일찌감치 밝히면서 제목에서 언급된 '방미 대통령'과 긴밀히 연결하며 글 초반을 마무리합니다. 1, 2문단 분량이 적어 하나로 합쳐도 될 테지만 구태여 분리한 이유는 제목에서 감지되는 느낌과는 다른 '의외성'에 중점을 두었다고 여겨도 무방하지 않을까요. 궤도에 안착한 글은 이후, 직전에 열린 한일 정상회담과 "미 정보기관의 대통

령실 도청 문제를 우리가 먼저 나서 '아무것도 아닌 일'로 덮어
버린" 일을 각각 접바둑에 깐 첫수와 두 번째 돌에 빗대며 논의
를 이끌어 갑니다.

다음 글도 뜬금없는 내용을 독자에게 불쑥 던지면서 시작합
니다.

> 의외의 사실. 트럼프는 이번 대통령 선거에서 패배했지만,
> 히스패닉과 흑인 유권자의 지지율은 4년 전보다 더 높았다.
> 이는 2016년 백인의 지지율이 워낙 높았기 때문에(백인 여
> 성 50% 이상이 트럼프에게 투표했다), 상대적인 수치이기도 하
> 지만 왜 사회적 약자가 특권층에게 투표하는가라는 해묵은
> 질문을 다시 제기한다. 더구나 트럼프는 '새로운' 시대를 예
> 고하는 증후적 인물이었다. 노골적으로 여성과 유색인종에
> 대한 혐오와 불이익을 공언했다는 점에서, 새삼 '불쾌한'
> 의문이 아닐 수 없다.
>
> _정희진, 〈흑인과 헤겔〉, 《한겨레》, 2021년 2월 16일.

인용한 글은 2021년 2월 16일 《한겨레》에 실린 〈흑인과 헤
겔〉이라는 칼럼의 첫 문단입니다. 2020년 11월 초에 치러진 미
국 대통령 선거 결과를 분석한 후 의문을 제시하는 내용인데
요. 이야기 전달 방식이 자못 단도직입하듯 거침이 없습니다. 상
황 묘사나 배경 설명 없이 거두절미하고 사실을 언급한 후 질

문을 제기할 뿐이에요. 독자 입장에서는 칼럼 성문을 열고 들어 가자마자 다짜고짜 질문 세례를 받는 모양새입니다. '히스패닉 과 흑인 유권자는 왜 트럼프를 찍었다고 생각해?' '트럼프는 여 성과 유색인종을 혐오하는 사람이잖아, 그런데 왜 그들은 트럼 프에게 투표했지?' '사회적 약자는 자신에게 불이익을 주는 특 권층을 선택하더라, 이거 모순 아냐? 너무 불쾌해!' 안락한 여 행을 기대했던 독자는 올라타자마자 질문을 마구 쏟아 내는 실 내 방송을 듣고 어리둥절하게 됩니다. 시작점과 방향성을 무시 한 일방적인 출발처럼 여겨집니다. 하지만 자세히 들여다보면 독자에게 필요한 것을 알람처럼 전하는 문단이에요. '제가 드리 는 질문을 꼭 기억하세요, 앞으로 논의가 복잡해지더라도 우리 는 이 질문을 향해서 걸어갈 겁니다, 길을 잃거든 질문을 떠올리 세요'라며 당부하는 칼럼 필자를 상상해 볼 수 있거든요. 실제로 칼럼은 제시된 질문을 차근차근 탐색해 나갑니다.

마지막으로 지금까지 이야기 나눈 점들을 토대로 다음 글을 읽고 칼럼의 첫 문단 역할을 복기해 봅시다.

급기야 'K신파'라는 말까지 나오고 말았다. 한국 영화가 '눈 물을 짜내는 플롯·연출'에 의존한다는 힐난이 담겨 있는 말 이다. 흥미로운 점은 소비자가 싫다는데도 생산이 멈추지 를 않는다는 것이다. 이유는 간단하지 않을까. 싫다는 사람 이 시장에서 소수이기 때문이다. 신파는 한국의 대중서사

소비 집단을 다수파와 소수파로 구획하는 기준이 된 것 같다. 신파로 분류되는 것들 중에서 특히 소수파의 거부감이 심한 소재는 '부모의 희생'으로 보인다. 〈7번 방의 선물〉〈국제시장〉〈신과 함께: 죄와 벌〉〈부산행〉 등 천만 관객을 동원한 영화들의 본의 아닌 공통점이 그것이다. <u>여기서 여러 질문이 발생한다. 첫째, 한국 영화에서 부모들은 왜 희생되는가. 둘째, 왜 다수의 관객들은 그것을 기꺼이 용납하는가. 셋째, 소수의 반대자들은 누구인가.</u>

_신형철, 〈K신파와 출생률의 상관성 가설〉, 《경향신문》, 2021년 2월 22일.

이 글은 《경향신문》에 게재된 칼럼 〈K신파와 출생률의 상관성 가설〉의 첫 문단입니다. "급기야"라는 부사로 글을 시작하며 막다른 골목에 이른 다급한 심경을 표출합니다. 독자로선 관심을 가질 수밖에 없어요. "K신파"를 언급하며 제목과 첫 문장을 자연스럽게 연결하는 점도 발견합니다. 시작점을 확실히 명시하면서 독자의 등을 슬며시 밀며 여행을 시작하게 합니다. 첫 문단의 대부분을 차지하는 내용은 "질문이 발생"한 배경인데요. 돌직구를 던지듯 질문을 바로 제기하지 않고 질문을 할 수밖에 없는 상황이 무르익도록 독자에게 충분히 설명합니다. 최대한 편안하게 출발할 수 있도록 섬세하게 분위기를 만드네요. 드디어 첫 문단 마지막에 세 개의 질문을 명료하게 제시합니다. 글의 방향성을 뚜렷이 보여 주는 지점이에요. 이후 칼럼은 질문에 대한 답을 한 문단씩 할애하며 논의를 전개해 나갑니다.

지금까지 첫 문단이 지니는 역할을 중심으로 어떻게 칼럼을 시작하면 좋을지 살펴보았습니다. 세상엔 수많은 칼럼이 있는 만큼 첫 문단도 다양한 내용과 형식을 띕니다. 이번 장에서 언급하지 않은 형태의 첫 문단도 많을 거예요. 칼럼을 읽을 때마다 첫 문단의 특징을 정리해 두면 좋은 글쓰기 공부가 되지 않을까요? 그것을 토대로 나만의 첫 문단 방식을 개발해 봅시다. 글의 분위기, 문장 어투, 글 흐름 등에 따라 변주해 보세요. 막막했던 칼럼 쓰기를 좀 더 쉽게 시작할 수 있습니다.

5장

굽고 삶고 찌고 끓이고:
글을 어떻게 전개할 것인가

어느 정도 팬이 달구어졌다면 이제부턴 본격적으로 가열할 때입니다. 어떻게 하면 준비한 재료를 알맞게 익힐 수 있을까요? 시작점과 방향성을 지닌 첫 문단 이후는 어떻게 풀어 가면 좋을까요? 5장에서는 칼럼을 전개할 때 필요한 사항들을 살펴보고 우리가 직접 쓸 때 적용이 가능한 글쓰기 방법들을 찾아봅시다.

　같은 재료라 하더라도 불을 다루는 방식에 따라 다른 요리가 됩니다. 육수를 우려낸 냄비에 손질한 미꾸라지를 넣고 끓이면 얼큰한 추어탕이 되고, 미꾸라지에 밀가루를 골고루 묻힌 후 튀김가루와 카레 가루로 튀김옷을 입혀 기름에 튀기면 미꾸라지 튀김이 완성됩니다. 굽고 끓이고 삶고 찌는 열처리 방식에 따라 스테이크, 찌개, 탕, 국, 지짐, 숙회 등으로 재료의 운명은 다양하게 나뉘죠.

칼럼도 마찬가지입니다. 글 기조에 사용할 기법을 결정해야 해요. 주제를 정하고 사용할 소재를 준비했다면 어떻게 '요리' 하면 좋을까요? 칼럼 쓰기의 조리 방법을 결정해야 일관되게 글이 흘러갈 뿐 아니라 개성이 확연한 분위기를 살릴 수 있습니다.

가령 4월의 칼럼으로 세월호를 잊지 말고 애도하자는 주제를 담는다고 가정해 봅시다. 시간이 흐를수록 기억은 물론 슬픔도 풍화되어 사라지기 쉽고, 더군다나 아직 진상 규명이 확실하게 정리되지 않은 사안이라면 조사의 동력이 약해질 수도 있습니다. 환기하고 다짐하는 마음을 전하기 위해 어떻게 쓰면 좋을까요? 세월호 참사가 발생한 당시 상황과 개요를 언급한 후 여전히 밝혀지지 않은 참사라는 걸 직설적으로 이야기한다면 독자는 주제를 명확히 인식할 것입니다. 또는 개인적인 경험을 중심으로 전개한 후 세월호를 잊지 말자고 당부하는 흐름을 택할 수도 있고요. 그도 아니면 세월호와는 다소 무관해 보이는 사적인 이야기를 늘어놓은 후 슬픔의 정서와 연결하는 것도 가능합니다.

같은 재료도 조리법에 따라 다른 요리가 된다

칼럼 몇 편을 잠깐 살펴볼까요. 인권재단 '사람'의 박래군 소장의 〈안산으로 가는 길에는〉(《경향신문》, 2021년 3월 3일.)은 세월호 참사 1주기 때 정부의 안일한 대처에 저항했던 유가족들의 도정을 간략히 설명합니다. 시간이 흘러 7주기를 맞았지만 "'선택적 정의'에 입각해 세월호 참사의 진상 규명을 오히려 방해하는 결과를 초래"했다며 검찰의 수사 결과를 강력히 비판한 후 세월호를 기억하는 작업이 멈추지 않고 추진되는 현황을 보여주며 노란 리본을 달자고 권유합니다.

영화감독이자 작가인 이길보라가 쓴 칼럼 〈당신의 사월〉(《한겨레》, 2021년 4월 14일.)은 자신이 만든 다큐멘터리가 완성되는 과정을 담습니다. 베트남 전쟁 때 민간인을 학살한 한국군에게 가족을 잃은 베트남인들이 2015년에 한국을 방문한 이야기를 들려주는데요. 광화문을 지나던 그들은 노란 리본을 발견하게 되고 이전 해 4월, 한국에서 벌어진 세월호 참사를 전해 듣게 됩니다. "전쟁 당시의 학살과 세월호 참사" 모두 "이해할 수 없는 사건"이며 우리는 이것을 "정확하게 기억"해야만 한다고 다짐합니다.

박래군 소장의 글이 마치 불에 바로 가열하는 그릴링Grilling처럼 소재를 직접 드러냈다면, 이길보라 감독은 뜨거운 물에 삶는 포칭Poaching처럼 간접적으로 소재와 연결해 주제에 접근합니다. 굽기나 삶기와는 다르게 좀 더 에둘러 의견을 전하는 방법도 있습니다. 증기의 기화열을 이용해 조리하는 경우입니다. 이안 시인이 《한겨레》에 쓴 〈사월 꽃말〉(2021년 4월 12일.)은 제목처럼 미선나무와 꽃기린의 꽃말을 활용해 시를 쓰는 과정을 보여 줍니다. 직접 지은 시 두 편을 소개하고 "슬픔은 마르는 게 아니라 잘린 자리에 뿌리를 내리고 내 안에서 함께 살아가는 것"이라며 글을 맺습니다. 슬픔 중엔 잊지 말고 되새겨야 하는 그런 슬픔이 있다는 듯 세월호를 잊지 말자고 넌지시 건네는 글이라고 볼 수 있어요. 마치 수증기가 지닌 열이 공기를 거쳐 재료에 닿아 요리되는 스티밍Steaming처럼, 소재를 드러내지 않은 채 슬픔의 정서를 매개로 세월호를 기억하고 품에 안아야 한다고 이야기합니다.

이처럼 동일한 소재를 품었더라도 그것을 다루는 방식에 따라 주제는 변형, 확장되어 개성을 지닌 칼럼이 됩니다. 따라서 굽기와 삶기, 찌기 등 주요 조리 방법을 중심으로 회, 탕, 구이, 튀김, 말이처럼 변용되고 접목되는 방식을 관찰하고 탐구한다면 칼럼 쓰기에 도움이 될 듯싶어요.

가령 추석 연휴 느긋하게 집에서 쉬고 있던 여러분이 TV를 켠다고 가정해 봅시다. 뉴스 앵커가 어느 다가구주택 화재 사건을 보도합니다. 혼자 집을 보던 아이 한 명이 숨졌고, 부모는 일터로 출근한 상태였다는 말에 여러분은 자신도 모르게 혀를 찹니다. 안타까운 마음이 들지만 이런 사건, 사고야 늘 일어나게 마련이라며 끙 신음 소리를 짧게 내고 TV를 끕니다. 하지만 여간 신경이 쓰이는 게 아니에요. 어른들 모두 집을 비운 사이에 홀로 남은 아이가 맞이했을 끔찍한 순간이 떠올라 마음이 편하지 않습니다. 그것도 남들은 오랜만에 가족을 만난다는 추석 연휴에 말이죠.

거기에 10여 년 전 언론에서 심층 보도한 화재 사건이 갑자기 기억나 여러분을 괴롭힙니다. 비닐하우스 셋집에서 잠을 자던 아이 두 명이 그만 참변을 당했습니다. 제빵 공장에서 밤샘 작업을 하는 엄마를 기다리다 지친 형제에게 들이닥친 끔찍한 재앙이 지금 생각해도 이해가 되지 않는 거예요. 여러분은 대체 무엇이 문제이기에 이런 사건이 일어나는지 답답해합니다. 여기서 그치지 않습니다. 아주 오래전 1990년대 초반에도 연립주택 지하 셋방에 불이나 5세, 3세 아이들이 숨진 사건이 있었습니다. 당시에도 경비원과 파출부 일을 하는 부모는 "부엌칼과 연탄불에 아이들 다칠까 봐" 문을 자물쇠로 잠그고 일찍 출근한 상태였어요. 3평 단칸방을 모조리 태운 끔찍한 화재였지요.

약 30년 전에도, 십수 년 전에도, 그리고 최근에도 변하지 않고 발생하는 사건이라는 것을 깨닫고 여러분은 어처구니없는 기분입니다. 맞벌이거나 어른이 없는 저소득층 가정에서 어린 생명들이 화마에 목숨을 잃는 사건이 여전히 일어나는 사회에서 우리가 살고 있다는 사실에 경악합니다. 이제 여러분은 노트북 앞에 앉아 이 감정을 끌어올려 글을 쓰려 해요. 어떻게 쓰면 좋을까요?

우선 이런 형식이 무난합니다. 뉴스 앵커가 들려준 기사를 요약한 후 이런 일이 일어난 사회 현실을 통탄하고 대안이나 대책 마련을 촉구하며 글을 맺는 방식입니다.

기사 요약 ⇨ 사회 현실 비판 ⇨ 대책 마련 촉구

이런 글 구성도 물론 훌륭합니다. 하지만 내가 받은 충격을 독자에게 좀 더 고스란히 전하는 방법이 없을까요? 감정과 논리로 무장하지 않고 잠에서 깨듯 화들짝 놀라도록 벼락처럼 안겨 줄 수는 없을까요? 권태호 논설위원은 〈 '우리들의 죽음', 27년 뒤〉(《한겨레》, 2017년 10월 9일.)라는 칼럼에서 200자 원고지 4.5장의 분량으로 구현했습니다. 어떤 방식이었을까요?

총 다섯 문단으로 서술된 글은 위에서 언급한 세 가지 사건을 기사 형식으로 담담히 처리합니다. 사건 발생 연도와 상황이 서술되어 사건 개요는 물론 유사한 문제가 27년이 흐르도록 방치된 채 여전히 터지는 현실을 한눈에 보여 줍니다. 1990년 3월, 2005년 10월, 2017년 10월 발생한 화재 사건을 이야기하면서도 글쓴이의 감정을 덧붙이지 않습니다. 오로지 사실 전달에 집중합니다.

마치 싱싱한 재료를 훼손하지 않고 날것 그대로 먹는 회처럼 팩트만 나열해 쓴 칼럼입니다. 이런 글을 '회 칼럼'이라고 하면 어떨까요? 회 칼럼은 요란한 수사법이나 큰 목소리도 없습니다. 감정을 최대한 절제한 글은 오히려 독자의 감정을 이끌어 낼 수 있습니다.

날것의 재료마저도 칼럼으로 가능하게 하는 건, 말도 안 되는 사건이 반복되는 사회 현실을 참담하게 느낄 줄 아는 공감력

칼럼 레시피

입니다. 글쓴이의 이런 태도는 간절함을 만들어 냅니다. 다 함께 이 사회 문제를 들여다보고 함께 느끼게 하자는 절실함에서 우러나오는 글쓰기는 독자의 마음을 뒤흔듭니다. 한나 아렌트 Hannah Arendt가 말한 '공통 감각'과도 같습니다. 공동체를 살아가는 우리가 서로의 고통을 감지하는 그런 인식은 울림을 주는 글을 쓰기 위한 기본적인 자세입니다.

차곡차곡 울림을 주는 빌드업

한편 재료를 어떻게 다루면 좋을지 살펴보는 방향도 필요합니다. 막 채취한 싱싱한 소재를 실질적인 한 편의 칼럼으로 가능하게 하는 건 바로 '빌드업build-up'입니다. 빌드업은 축구 용어로 많이 알려져 있는데요. 진용을 정비해 상대 골문을 향해 서서히 압박해 들어가는 과정을 말합니다. 패스나 드리블 등 다양한 방법을 취해 골을 만들어 내는 일종의 공격 형태라고 볼 수 있어요. 골을 넣기 위해 하나씩 하나씩 쌓아 가는 움직임입니다.

칼럼 역시 빌드업이 필요해요. 말하고 싶은 바를 효과적으로 무사히 전달하기 위해, 준비한 이야기를 차곡차곡 쌓아야 합니다. 그렇게 응집된 이야기는 적절한 시점에 터지며 주제에 울림을 줍니다. 축구 경기 중 골키퍼가 상대편 골대를 향해 날린 롱킥이 그대로 그림 같은 골로 연결되었다고 생각해 봅시다. 현실에서는 보기 힘들 뿐이지 훌륭한 득점이 아닐 수 없습니다. 하지만 칼럼은 조금 달라요. 첫 문단에서 바로 주장을 펼친다고 해서 득점을 보장하지 못합니다. 거두절미하고 불쑥 드러낸 주제로는 독자의 마음을 흔들어 놓기에 부족하거든요.

그렇다고 여러 차례 문을 쿵쿵 두드리면 독자가 마음을 열까요? 예전에 오디션 프로그램인 〈슈퍼밴드2〉에 참가한 밴드가 강력한 사운드로 경연에 나섰습니다. 일렉 기타, 거문고, 나각, 북, 거기에 시종일관 관객을 압도하는 퍼포먼스로 그야말로 무대를 찢었는데요. 현장은 환호와 경탄의 소리로 꽉 찼습니다. 하지만 심사 위원 모두를 만족시키지는 못했어요. 관객과는 달리 무표정한 모습으로 무대를 감상한 유희열 심사 위원은 이렇게 말했습니다. "음악은 좀 안 보였어요." 거대한 무대와 강력한 퍼포먼스가 인상적으로 다가왔지만 정작 음악이 실종된 느낌을 받았다는 평이었어요.

모든 관객을 감동시키는 음악은 없습니다. 마찬가지로 모든 독자를 만족시키는 칼럼도 존재하지 않아요. 하지만 소수 의견에 귀를 기울일 필요가 있습니다. 대부분의 독자가 놓치게 되는 부분을 알려 주기 때문입니다. 유희열 심사 위원의 심사평에서 우리는 빌드업이 무엇인지 생각해 볼 수 있어요. 그는 밴드에서 프로듀서 역할을 하는 사람이 2명이다 보니 각각 편곡하는 과정에서 꽉 찬 소리가 계속 이어진다고 말했어요. 사운드가 풍성하지만 이미 앞에서 터트렸기 때문에 더 올라가지 못하는 현상을 짚은 거예요. 문을 멈추지 않고 쾅쾅쾅 두드린다고 해서 독자의 마음을 열 수 있는 게 아닙니다. 칼럼에서도 일종의 진폭과도 같은 세밀한 조절이 요구됩니다. 바로 빌드업이 말이죠.

그렇다면 주제를 전달하면서 울림도 줄 수 있는 빌드업은 어떻게 해야 할까요?

매끄러운 전개를 위한 꼬리 물기

칼럼에서 다루는 이야기는 일종의 요리 재료라고 볼 수 있습니다. 칼럼 필자의 경험, 누군가로부터 들은 에피소드, 조사나 검색으로 정리한 자료, 새로운 정보, 일반 상식을 포함한 지식 등이 여기에 해당합니다. 이야기의 배치는 준비한 여러 재료를 언제 넣을 것인가의 문제와 같아요. 매운탕을 끓일 때 냄비에 미나리부터 넣지는 않잖아요. 같은 채소라도 콩나물이나 대파, 양파, 애호박은 생선이 익어야 넣습니다. 매운탕이 거의 마무리될 때쯤 그제야 쑥갓, 미나리, 팽이버섯을 투하합니다. 재료가 온전히 보존되면서도 자기 역할을 하기 위해서는 칼럼 역시 순서가 중요해요.

순서는 문단을 유기적으로 연결합니다. 즉, 문단이 서로 밀접하게 관련되어야 글이 매끄럽게 흘러갑니다. 기본적으로 사용하는 방식을 짚어 봅시다.

1문단: (전략) 이 영화는 책을 쓰는 과정보다는 <u>인물들이 변해가는 과정을 꼼꼼히 따라가며</u> 감정을 만들어낸다.

2문단: 섬에 도착할 때만 해도 정약전은 '깨어 있는' 사람이긴 했지만, 삶 자체에서 성리학적 세계관을 완전히 지우진 못한 상태였다. 이후 흑산도에서 세월을 보내며, 그 자연과 사람들에 융화되며, <u>그는 변해간다.</u>

_김형석, 〈자산어보〉, 《중앙일보》, 2021년 5월 16일.

1문단과 2문단은 '인물의 변화'로 서로 연결됩니다. 1문단 마지막 부분에서 인물의 변화 과정이 영화에 나타난다는 점을 언급한 후 2문단을 시작하며 정약전이 변해 가는 모습을 서술합니다. 이런 서술을 '꼬리 물기'라고 표현해 보면 어떨까요? 이전 문단에서 말한 부분을 다음 문단에서 언급하며 이어 나가는 방식입니다.

너무 티가 나면 흥미가 떨어집니다. 꽃이 나온 후 다음 문단에 화병이 이어진다면 조잡하게 이어 붙이는 구조로 보일 수도 있어요. 일종의 절단 신공이 필요합니다. K-드라마에서 사용하는 정의와는 다른 의미로요. 극적인 순간에 이번 회를 끝내며 시청자의 흥미를 배가한 후 궁금증을 유발해 다음 회를 보게 만드는 비법이라기보다는, 꼬리 물기는 독자에게 동일한 단어나 같은 내용을 사용하지 않는 것처럼 보이게 하면서도 매우 부드럽게 연결되는 느낌을 주는 방식을 일컫습니다. 이 칼럼에서처럼 글을 읽고 분석하고 나서야 비슷한 단어나 내용을 확인하게 되는 것처럼요. 형식은 단순하지만 수준 높은 기술입니다.

드러내지 않으면서 꼬리 물기로 문단을 연결하기 위해서는 우선 흐름을 유지하게 하는 이음새를 세워야 합니다. 칼럼 〈자산어보〉에서는 1, 2문단에서 언급된 '인물의 변화'가 각각의 이음새가 됩니다. 더군다나 이음새 사이에 '정약전의 상태'를 삽입해 이음새가 돌출되지 않아 글이 무척 자연스럽게 여겨집니다.

인물들이 변해 가는 과정을 꼼꼼히 따라가며
(인물의 변화)

⇨ (정약전 상태 서술) ⇨ 그는 변해 간다.
　(삽입)　　　　　(인물의 변화)

이처럼 동일한 내용을 뜻하는 구절을 각 문단의 이음새로 설정하기도 하지만, 이음새끼리 일종의 관계를 부여하면 앞뒤가 좀 더 긴밀하게 연결됩니다. 다음 글에서 이음새를 찾아봅시다.

'외로움'은 '전 세계에서 분열을 조장하고 극단주의를 부추겨 우파 포퓰리즘이 득세'하는 토양이 되면서, 정신건강을 넘어 정치적·경제적 배제와 단절이라는 실존적 의제가 된다. 미국의 전통적 민주당 지지층인 테네시주 동부 탄광 철도 노동자들은 2008년 금융위기 이후 도널드 트럼프의 열성 지지자로 돌아선다. 사회경제적 지위가 급락함과 동시에 찾아온 그들의 주변화되고 무시당한다는 느낌, 즉 외로움과 고립 때문이라고 한다. 트럼프는 이민자들에 대한 혐오로 그 화살을 향하게 하고 그들의 지지를 얻는다.

나치가 그랬듯 전 세계적으로 <u>우파 포퓰리즘</u>은 사람들이 배제되고 주변화된 느낌을 더욱 부채질해 타자에 대한 존중보다는 <u>혐오를 부추긴다</u>. 한국 사회에서 페미니즘이 양성평등을 통해 남녀 모두의 인간 해방을 이루어나가는 운동으로보다는, 힘없고 외로운 청년들을 자극하는 분열의 포인트가 되어 버린 과정에, 이를 자극해온 정치세력이 있다.

_강민정, 〈'외로움'을 악용하는 사람들〉, 《한국일보》, 2021년 12월 9일.

밑줄 친 부분이 인과관계로 이어지며 글을 이끌고 있습니다. 즉, 이음새가 서로 원인과 결과가 되어 글의 흐름을 책임지는데요. 사이에 각각 '트럼프 열성 지지자로 돌아선 탄광 철도 노동자'들과 '한국 사회의 페미니즘'을 사례로 배치해 글을 풍부하게 하면서 앞뒤 문장들을 꽉 조입니다. 일종의 보이지 않는 꼬리 물기 방식을 취해 이야기를 서술했어요.

꼬리 물기는 표면적인 형태를 이르는 말일 뿐입니다. 문단과 문단의 연결에 더욱 중요한 것은 방향을 지니며 전개되는 문단의 배치입니다. 즉, 빌드업 궤도를 향해 문단들이 이어지면서도 유기적이라고 볼 수 있지요. 예측할 수 없는 문단이 계속 이어지다 마지막 문단까지 모두 읽은 후에야 이미 구상해 놓은, 큰 그림하에서 이루어진 전개였다는 것을 알게 되는 순간 독자는 무릎을 팍! 치게 됩니다.

생생한 대화 문장 활용하기

이야기 중 가장 손쉽게 사용할 수 있는 소재인 경험을 여러 문단으로 이어 써야 할 때 어떻게 빌드업을 하면 좋을까요? 최근에 직접 겪은 일일수록 독자에게 임팩트를 주기에 유리합니다. 기억이 생생해 그때 휩싸인 감정이 강하게 남아 소상히 쓰고 싶은 욕구도 생기지요. 그래야 독자가 내 생각을 공유할 거라는 믿음도 생기고요. 하지만 글쓰기에는 절제가 필요합니다. 자칫 하다가는 'TMI'로 글이 장황해지고 갈피를 잡지 못하게 됩니다. 특히 다양한 시간대를 지나면서 겪은 경험이라면 더욱 그렇습니다. 어떻게 하면 좋을까요?

대화 문장을 활용해 봅시다. 소설처럼 대화로 이어지는 서술이 아니라 필요한 지점에 한두 문장만을 삽입하면 상황을 함축적으로 전달할 수 있어요. 가독성은 물론 환기 측면에서도 효과적이에요. 그렇다고 해서 자주 사용하면 긴장감이 떨어지니 나름의 기준을 두면 좋아요. 가령 과거를 거쳐 현재로 이어지는 경험이라면 현재를 서술하는 부분에서만 대화 문장을 쓰는 식으로요. 방금 벌어진 일처럼 생생하게 분위기를 전하게 됩니다.

시간 순서 재배열하기

시간을 재배열하는 방법도 근사합니다. 시간이 흘러가는 순서로 사건을 기술하면 명료하긴 하지만 뭔가 밋밋할 수도 있어요. 칼럼은 제한된 짧은 분량으로 독자가 이해하도록 친절하게 써야 하지만 동시에 흥미를 느끼도록 해야 합니다. 영화에서 활용하는 플래시백처럼 현재와 과거가 오고 가는 장면들을 서술한다면 꽤 재미있지 않을까요? 다음 글을 보면서 확인해 봅시다.

1. 빈자리가 보이지 않았다. 대기 줄에 선 채 스마트폰을 검색하고 있는데, 누군가 불렀다. "점심이 늦었네. 이리 와요, 오늘도 나하고 같이 먹으면 되겠어." 시장 초입에서 해산물 가게를 하는 아주머니가 저쪽 테이블에서 나를 불렀다. 그렇게 우리는 또다시 마주 앉아 칼국수를 먹게 됐다.

2. 2년 전 그때도 나는 혼자 이곳 대기 줄에 서 있었다. 지금보다 훨씬 분주하게 뛰어다니던 가게 직원은 앞뒤로 혼자였던 나와 아주머니에게 일인용 바 대신 테이블에 합석해도 되겠냐고 물었다. 둘 다 눈웃음을 지으며 동의했던 걸로 기억한다.

3. 고향에서 파를 한 아름 들고 왔던 날, 해물파전을 부쳐 먹고 싶어 해물전에 갔다. 낯익은 얼굴이라는 생각이 들던 순간, 그가 내 손을 덥석 잡았다. 얼마 전 칼국숫집에서 합석했던 분이 이 가게의 주인이었던 거다. (중략) 그렇게 나는 가게의 단골이 되었고, 뭐라도 챙겨주려는 사장님의 마음이 부담스러워 그이가 자리를 비운 틈을 공략하기도 했다.

4. "그러잖아도 가게에 들르려고 했어요. 저녁때 나이 어린 손님 두 명이 오는데, 자기들이 도착하자마자 먹을 수 있도록 시원한 꽃게탕을 끓여놓으라고 협박하는 거예요." "오늘 꽃게가 아주 좋아. 맛없다고 타박 들을 걱정은 없을 거야." 식사를 마친 우리는 나란히 해산물 가게로 향했다.

_지평님(황소자리 출판사 대표), 〈[삶과 문화]오늘 내게 가장 중한 것〉,
《한국일보》, 2021년 10월 22일.

칼럼 중 네 부분을 발췌했습니다. 1번부터 4번까지 각각 '현재-과거1-과거2-현재'의 순서로 경험을 서술합니다. 대화 문장은 현재를 나타내는 1번과 4번에 등장하고요. 1번에서 2번으로 넘어갈 때 "2년 전 그때도"라는 표현을 쓰며 시간이 거슬러 올라갔다는 걸 보여 줍니다. 3번 역시 "고향에서 파를 한 아름 들고 왔던 날"로 시작하며 또 다른 과거라는 점을 이야기하고요. 4번에서는 대화 문장으로 시작하면서 현재로 다시 돌아왔어요.

이러한 극적 구성을 취하는 기술 방식은 마지막 문단에서 의미를 부여하거나 정리할 때 효과적입니다. 칼럼 필자가 제시한 경험처럼 "우연한 만남과 온기"가 소중한 인연이 되어 제목에서 언급된 "오늘 내게 가장 중한 것"이 무엇인지 독자에게 생각하도록 만들어요.

질문으로 문제 제기하기

앞에 소개한 칼럼은 경험을 담담히 쭉 풀어 쓴 후 의미를 모으는 방식을 취했습니다. 하나의 사건을 마치 소설을 들려주듯 선보인 후 주제를 전달하는 방법입니다. 한편, 경험이 아니라 주변으로부터 들은 에피소드나 언론에서 확인한 정보 또는 문학 작품 속 사례 등을 언급할 때도 있지요. 논지를 이끌어 내기 위해 이야기를 활용하는 방편인데 독자를 위해 친절한 이정표 역할을 합니다. 이야기로부터 문제를 제기하려면 독자를 주목시켜야 합니다. 명확한 질문이나 논의하고 싶은 점을 문장으로 배치하면 좋습니다. 추혜인 전문의는 칼럼 〈며느리 같아서 좋냐고요?〉에서 돌봄 공간으로 활용되는 빌라에 방문한 고위 공무원의 이야기를 들려줍니다.

며칠 전 우리 동네를 방문한 고위 공무원 한 분이 이 빌라도 둘러보러 왔다 한다. 주택 한 곳을 방문했을 때, 지체 장애를 가진 70대 여성 어르신이 활동지원사와 함께 생활하고 있는 모습을 보고 "어르신, 며느리 같고 참 좋으시지요?"라고 물었다 한다. 이 질문에 어르신은 "며느리는 무슨 며느리입니까. 나를 돌봐주는 선생님이지"라고 답하셨단다.

(중략)

며느리 같고 좋으시지요? 사실 질문이 아니라 칭찬이라고 한 말이다. 노인과 장애인은 응당 가족들이 돌보는 것이 최선이라고 생각하기 때문에, 그 가족 중에서도 여성(며느리, 딸, 부인, 어머니 등)이 돌보는 것이 당연하다고 생각하기 때문에 이런 칭찬이 가능하다. 가족이 돌보는 것 이외의 상상력이 없기 때문에 '가족처럼 돌본다'는 것을 마치 최고의 돌봄인 것처럼 여기는 것이다.

_추혜인, 〈며느리 같아서 좋냐고요?〉, 《경향신문》, 2021년 8월 11일.

고위 공무원이 어르신에게 한 질문을 다시 던진 이유는 독자에게 이 부분을 눈여겨보아 달라는 요구에서입니다. 저 질문에 깔린 문제점을 생각해 보자며 화두를 제시한 거지요. 독자에게 이런 문제를 환기시키면서도 글의 방향타 역할을 합니다.

질문은 너무 많으면 좋지 않아요. 글을 쓰다 보면 강조를 위해 서너 번 연속해서 질문하기도 하는데, 독자로서는 다소 피곤합니다. 독자는 칼럼을 통해 도움을 받고 싶어 하지, 여러 질문에 답하기 위해 칼럼을 읽지는 않거든요. 필요한 지점에서 한두 문장으로 질문해 글 분위기를 이끌어 나가야 합니다.

여러 이야기를 나열하고 결합하기

지금까지는 하나의 이야기로 전체 칼럼을 꾸리거나 잠깐 활용한 에피소드로 글을 이어 갈 때 어느 지점에서 어떻게 하면 이야기를 효율적으로 풀어 갈 수 있을지 살펴보았습니다. 영화 속 주인공의 인물 변화, 일상의 인연, 고위 공무원의 실언 등이 칼럼의 주요 소재였지요.

한편 칼럼은 여러 개의 이야기를 꿰어 글을 전개하기도 합니다. 유의미한 정보의 나열은 빌드업의 훌륭한 초석이 됩니다. 글이 진행되면서 하나씩 배치한 이야기가 퍼즐 조각이 되어 마침내 전체 그림을 완성하게 되는 것이지요. 각각의 이야기는 서로 연관이 없어 보일 수도 있지만 화학적 결합을 취해 준다면 근사한 흐름이 탄생합니다.

화학적 결합은 선보인 이야기들을 하나의 기준으로 용해시킵니다. 가령 이안 시인은 칼럼 〈시간의 문을 열고〉에서 류선열 시인의 동시 두 편을 각각 한 문단에 할애해서 배치했습니다. 〈잠자리 시집보내기〉와 〈개구리 장사지내기〉라는 동시인데, 잠자리를 유인해 잡은 다음 "꽁무니에 밀짚을 매달아" 멀리 날아가기 시합을 하거나 개구리를 잡은 다음 "똥구멍에 바람을 넣"

는 아이들의 놀이를 담았어요. 이안 시인은 자신도 어린 시절 그런 "못된 짓"을 했다며 다음과 같이 고백합니다.

> 류선열의 작품이 직접적으로 독자의 반성을 촉구하는 건 아니다. 까맣게 잊고 지냈던 어린 시절의 한 장면을 인상적으로 재구성해 독자 앞에 놓아줄 뿐이다. 그래서 어린 시절과 어른이 된 나 사이에 객관적 거리가 확보되고, 그 거리를 통해 어린 시절의 내 행동을 바라보게 한다. 독특하게 설치해 놓은 '시간의 문'이다.
>
> _이안, 〈시간의 문을 열고〉, 《한겨레》, 2021년 2월 8일.

우리가 주목할 지점은 "시간의 문"입니다. 시인은 정보를 열거한 후, 두 동시를 통해 생명을 함부로 다루었던 어린 시절의 나를 들여다보게 되었다고 말하는데요. 동시들이 하나로 융해되어 성찰을 이끄는 일종의 거울이 된 것입니다.

화학적 결합의 결과를 칼럼 필자가 직접 보여 주기도 하지만, 그렇지 않고 독자가 유추하도록 만드는 칼럼도 있습니다. 우린 이미 이런 글을 함께 살펴봤어요. 바로 '회 칼럼'이라고 명명했던 권태호 논설위원의 〈'우리들의 죽음', 27년 뒤〉입니다. 사실을 기사처럼 배치하면서 정서를 형성해 심상을 전했는데요. 칼럼 전문을 통해 기술된 여러 사건의 결합을 명확하게 지칭하지 않았지만, 칼럼을 읽은 독자는 마음속에서 이야기들을 결합하게 됩니다.

　이처럼 대등한 몇 가지 사례를 병렬로 서술해 나가는 방식은 생각보다 강력해요. 하나의 주제를 설명하기 위해 관련된 정보를 나열하고 마지막에, 벌여 놓은 이야기를 그러모으는 방식은 꽤 흥미롭습니다. 칼럼 쓰기는 그때그때 떠오르는 단상으로 진행하는 과정이 아닙니다. 설계도를 예리하게 작성한 후 계획에 맞춰 차곡차곡 쌓아 가는 집짓기와도 같습니다. 기둥을 여기저기에 하나씩 세우고 모두에 걸맞은 지붕을 얹을 때 전율을 경험하게 됩니다. 이안 시인의 칼럼이 두 편의 동시를 활용했다면 정은령 박사의 〈달려라, 여자들〉(《경향신문》, 2019년 7월 16일.)에서는 여러 개의 기둥을 바닥에 박습니다. 재미있는 건 사용된 기둥이 마치 갈피를 잡지 못한 것처럼 느껴질 정도로 다채롭다는 점이에요.

　첫 번째 기둥으로 열다섯 살인 양예빈 선수의 육상 경기를 담은 동영상을 배치했어요. 두 번째 기둥은 서른네 살인 축구 선수 메건 러피노Megan Rapinoe의 프리킥 영상이고요. 다음은 베트남 출신 아내가 남편에게 구타당하는 동영상이고 마지막 기둥은 바버라 크루거Barbara Kruger 전시회에서 본 '당신의 몸은 전쟁터다 Your Body Is A Battleground'라는 포스터입니다.

　언뜻 보기에 연관성이 강해 보이지 않는 기둥들이에요. 두 개의 스포츠 장면과 사건, 사고 영상과 전시회 포스터는 마치 황량한 들판에 아무런 규칙 없이 임의대로 박은 막대기처럼 느껴집

　　　　　　　　　　　　　　　　　　　　칼럼 레시피

니다. 거기다가 칼럼의 제목인 '달려라, 여자들'마저도 여기에 일관성을 부여하기에는 도움을 주지 못해 보여요. 과연 이들을 기둥 삼아 어떤 천막을 칠 수 있을까요?

대등한 사례를 병렬적으로 배치할 때 기둥들이 마치 릴레이 하듯 바통을 전달하는 모습을 상상해 보아요. 기둥들이 하나씩 설치될 때마다 기둥에서 다음 기둥으로 옮겨지는 바통에는 의미가 하나씩 누적되며 결합됩니다. 양예빈 선수가 경중경중 달리며 역전하는 모습에서 메건 러피노의 유려한 골 영상이 추가되는 순간 힘차게 움직이는 역동적인 여성의 몸이 떠오르게 됩니다. 여기에 가정 폭력이 자행된 참혹한 장면이 뒤이어 소개되면 폭력에 무방비 상태로 노출된 여성의 몸을 상기하게 되고요. 선수들이 보여 준 몸의 통쾌한 아름다움에 매료될수록 우리 사회에 존재하는 어둡고도 짙은 모순을 크게 자각하게 됩니다. 정은령 박사는 이러한 점을 다음과 같은 문장으로 이야기합니다. "그 분노 때문에 거칠 것 없이 내닫던 두 여자의 모습을 보고 또 보았는지 모르겠다." 여기에 마지막 네 번째 자료인 "당신의 몸은 전쟁터다"라는 문장이 덧붙여지면 이제껏 기둥을 세울 때마다 바통 속에 쌓여 온 의미가 여성의 몸으로 응집됩니다.

이야기를 열거할 때 이처럼 논의가 점점 모이도록 배치하면 글 흐름이 돋보이게 됩니다. 다른 종류의 이야기들이 서로 긴밀한 관계로 구축될 때 독자는 그야말로 읽는 맛을 느끼게 되죠. 서로 어울릴 것 같지 않은 재료들의 엉뚱한 조합으로 근사한 맛을 내는 요리처럼요.

이제 기둥 위에 천막을 걸칠 차례입니다. 칼럼 〈달려라, 여자들〉에서는 여성의 몸으로 화학적 결합을 이룬 기둥들을 통해 한국 사회에서 여성의 몸이 위험과 폭력에 어떻게 노출되는지 사례로 보여 줍니다. 도어록 비밀번호를 들킬까 불안해하고 공공장소에서 불법 촬영 당할까 공포에 떨 수밖에 없는 현실과 그로인해 주눅 들 수밖에 없는 환경에서 우리가 살고 있다는 점을 피력합니다. 그동안 세운 여러 기둥을 마치 모둠 꼬치처럼 하나의 꼬챙이로 재료를 꿰는 방식인 겁니다.

사유하고 확장하기

열거한 후 결합하는 단계에는 치열한 사유가 필요합니다. 생각을 깊고 넓게 해야 논의를 확장할 수 있으니까요. 〈달려라, 여자들〉에서 여러 에피소드가 여성의 몸으로 집약될 수 있었던 건 사회에서 여성이 어떻게 살아 나가는지를 끊임없이 고민하고 관찰한 덕분입니다. 문제의식을 지니고 그것을 해결하려는 노력의 결과지요. 이런 자세는 칼럼에서 활용할 이야기를 확장하는 데 큰 도움이 됩니다.

사유는 "대상을 두루 생각하는 일"입니다. '두루'란 '빠짐없이 골고루'라는 뜻을 지닙니다. 따라서 사유는 그때그때 떠오르는 생각과는 달리 면밀히 살피고 사고하는 일입니다. 그래서인지 사유하는 게 상당히 부담스럽게 다가오기도 합니다. 그 이유는 어떻게 해야 제대로 사유할 수 있을지 도통 감을 잡을 수 없어서예요. 또 고뇌를 담은 통찰이어야 한다는 선입견 때문이기도 합니다.

하지만 사유는 반드시 번뇌를 통해야만 이루어지는 작업이 아닙니다. 울림을 주는 자극이 있을 때 그냥 지나치지 말고 가만히 들여다보는 성심을 갖는다면 누구라도 사유를 즐겁게 향유할 수 있습니다. 홍은전 작가는 칼럼 〈엄청나게 멀고 믿을 수 없게 가까운〉에서 사유 과정을 솔직하게 풀어놓았습니다. 어쩌면 우리는 이 칼럼에서 사유하는 방법을 발견할지도 모릅니다.

칼럼은 용접공으로 일하는 이십 대 친구가 산티아고 순례길을 다녀온 이야기로 시작합니다. 친구는 어느 마을 숙소에서 하루를 머물다 낡은 피아노를 쳤는데, 며칠 후 한국 남자의 피아노 연주에 위안을 받았다는 한 순례자의 경험을 접합니다. 이 친구는 자신의 연주로 감동한 사람이 있다는 사실에 감격해서 꿈이 생겨요. 이 말을 들은 작가는 현실적으로 불가능한 꿈일까 봐 조마조마했다고 합니다. 가령 피아니스트가 되겠다는 그런 꿈일까 봐요. 하지만 기우였어요. 친구는 조율이 잘된 피아노라면 더 깊은 감동을 주지 않겠냐며 피아노를 고치는 사람이 되겠다고 했거든요. 홍은전 작가는 친구의 말에 깜짝 놀란 후 사유하기 시작합니다.

피아노를 치는 게 아니라 피아노를 고치는 일이라니. 한 번도 상상해 본 적 없는 세계였다. 나는 뭔가 부끄럽기도 하고 뭉클하기도 하여 목울대에 힘을 꽉 주고 냉면을 오물거렸다. 머릿속이 아득해지면서 동시에 환해졌던 그 순간에 대해 종종 생각했다. 반으로 접혀 있던 어떤 세계가 확 펼쳐진 듯한 느낌이었는데, 나는 그것이 말로만 듣던 '진짜 노동자'의 세계인가 했고, 그러면 언제나 함께 드는 생각은 이런 것이었다. 어째서 그 세계를 마흔이 되어서야 접했고, (중략) 나에게 그 세계는 왜 전혀 보이지 않았던 걸까. 우리 집 한편에도 늘 피아노가 있었지만 피아노를 만들거나 고치는 사람들의 세계에 대해선 들어본 적도 생각해 본 적도 없었다. 스마트폰이나 노트북, 티브이나 냉장고에 대해서도 마찬가지였다. 그 세계는 엄청나게 멀고 믿을 수 없이 가까웠다.

_홍은전, 〈엄청나게 멀고 믿을 수 없게 가까운〉, 《한겨레》, 2019년 6월 10일.

어쩌면 사유는 부끄러움을 자각하는 데서 시작하는지도 모릅니다. 내가 미처 알지 못한 세계가 존재한다는 걸 발견할 때 화들짝 놀라며 사유는 진행됩니다. 피아노나 스마트폰, 노트북을 사용하면서도 몰랐던 세계를 비로소 감지할 때 전해지는 전율을 놓치면 안 됩니다. 그런 전율은 하늘에서 잠시 내린 일종의 동아줄과도 같아요. 당기는 순간 장대 끝에 매달린 박이 터지면서 말려 있던 긴 현수막이 주르륵 아래로 풀려 알록달록한 금박

칼럼 레시피

종이가 휘날리는 광경을 상상해 보세요. 거기엔 이렇게 적혀 있을지도요. '진짜 노동자의 세계를 탐구하라!' 실제로 홍은전 작가는 피아노를 고치는 세계를 접한 후《나, 조선소 노동자》라는 책을 찾아 읽었다고 합니다. '조선소 크레인 충돌 사고 현장을 목격한 노동자들'의 목소리를 기록한 책을 읽고 산재 처리가 취약해 노동자의 인권이 짓밟혀도 무력할 수밖에 없는 우리 사회의 구조를 확인하게 됩니다. 대양을 누비는 거대한 배를 만드는 인류가 비겁한 구조를 양산하는 행태를 발견하게 된 것이죠. 피아노를 고치겠다는 친구의 꿈을 듣고 사회 모순을 독자에게 알리는 과정으로 변모한 칼럼은 이렇게 마무리됩니다. "세상에 대해 잘 알지도 못하는 내가 세상에 대해 읽고 쓴다는 일이 말할 수 없이 부당하게 느껴진다. 부끄러움을 견디면서 쓴다." 이 문장은 읽을 때마다 울컥해지네요.

경험에서 시작해 인식의 확장을 거치는 칼럼을 쓰기 위해서는 우리 머릿속에 잠깐 내려온 동아줄을 놓치지 말고 당겨야 합니다. 거기에서부터 사유는 시작됩니다. 그렇다고 거창하지도 않습니다. 인식의 범위를 넓히기 위해 일상의 공간에서 우리가 보이는 반응을 관찰하면 도움이 됩니다. 가령, 유기견이 구조되는 모습을 우연히 접하고 불쌍한 감정이 들면서 다행이라고 생각했다면 우리는 이렇게 질문할 수 있겠지요. 내가 보인 반응은 어떤 의미로 전개될 수 있을까? 생명을 함부로 학대하고 버리는 인간의 야만스러운 행동에 분노하고, 말하지 못한다는 이유로 동물이 그렇게 취급을 당해서는 안 된다는 생각으로 말이죠. 미처 알지 못했던 동물권의 세계를 접했다면 피터 싱어의《동물 해방》과 같은 책을 읽고 의식의 폭을 넓힐 수 있어요. 홍은전 작가가《나, 조선소 노동자》를 읽은 것처럼요. 만약 이것을 소재로 칼럼을 쓴다면 구조 경험이 동물권으로 훌륭히 확장하게 되는 셈이지요. 물론 중요한 것은 나의 감정에 문을 두드린 동아줄을 잡는 일이고요.

이번에는 이야기에서 시작해 사유를 거쳐 사회적 이슈로 확장을 거듭하는 칼럼을 잠깐 살펴볼게요. 조기현 작가의 칼럼〈아픈 몸의 노동권〉(《한겨레》, 2021년 7월 19일.)을 키워드 중심으로 글 흐름을 보면 다음과 같습니다.

- 이야기 1: 파킨슨병이 찾아왔지만 일하기를 원하는 동료의 아버지
- 이야기 2: 치매가 시작되었지만 일하기를 원하는 칼럼 필자의 아버지
- 이야기 1 + 이야기 2: 적당한 일 = 자기 돌봄
- 확장 1: "아픈 몸 노동권에 대한 논의" 필요
- 확장 2: 여성, 장애인, 노인의 노동과 연동될 수 있는 아픈 몸 노동권 논의

필자는 두 개의 이야기를 먼저 제시한 후 적당한 일은 자기

돌봄이 될 수 있다고 주장합니다. 몸이 아프더라도 활동 가능한 일을 할 때 치료에 오히려 도움이 된다는 의견을 근거로 해서요. 이야기를 결합시킨 후에는 "아픈 몸 노동권"으로 확장하고요. 개인적인 건강의 격차뿐 아니라 과다한 노동 시간, 취약한 산업 재해 구조 등의 이유로 일하는 도중에 언제든 아플 위험을 지닌 사회에서, 몸이 건강한 이들에게만 노동권을 한정하는 건 바람 직하지 않기 때문이에요. 칼럼은 여기서 그치지 않고 한 번 더 도약하는데요. "아픈 몸 노동권"에 대한 논의는 여성, 장애인, 노인 등 사회적 약자의 노동에 존재하는 문제점을 살펴볼 수 있 다고 주장합니다. 또한 "공정과 능력 이슈"에도 논의점을 제공 하고요.

개인 경험에서 머물지 않고 나와 동료가 겪는 현실이 사회 전 체가 풀어야 할 숙제라는 것을 일깨우는 점이 인상적입니다. 이 과정에는 일종의 사유하는 태도가 영향을 주지 않았을까요? 건 강을 잃은 사람들에게는 과연 노동의 권리가 없는 것인지, 몸의 상황에 적절한 노동이 도리어 삶의 질을 향상시키는 건 아닌지, 만약 그렇다면 나와 동료만의 문제가 아니라 늙고 병드는 숙명 을 지닌 사회 구성원 모두의 문제가 아닌지를 고민하면서 사유 는 확장되지 않았을까요?

깊은 사유로 인해 우리는 글 흐름의 단계를 자유자재로 만들 게 됩니다. 마치 피아노 소리가 나는 건강 계단을 한 번에 7~8칸 훌쩍 뛰어오르거나 내려갈 수 있는 초능력을 지니게 되는 거지요. 한 옥타브를 뛰어넘는 음을 낼 수 있는 만큼 칼럼은 훨씬 그윽해질 겁니다.

📙 빌드업 방법

1. 꼬리 물기.

2. 대화 문장을 활용해 보자.

3. 시간을 재배열하자.

4. 질문 문장으로 문제를 제기하자.

5. 나열한 후에는 결합하자.

6. 사유하라 그리고 확장하라.

6장

나만의 비법 레시피 활용하기:

글의 격을 높이는 고급 기법들

개념 설명으로 더욱 친절하게

5장에서는 크게 두 가지 측면에서 이야기를 나눴습니다. 재료를 다루는 방식에 따라 칼럼의 기조가 다양하게 변화하는 점을 굽기, 삶기, 찌기로 비유해서 확인해 보았고요. 소재를 어떤 형태로 빌드업 하면 글감으로 안착될 수 있는지 칼럼을 통해 살펴봤습니다. 두 방향 모두 칼럼을 전개할 때 사용하는 방법입니다. 6장에서는 논의를 펼 때 도움이 되는 실전용 기술들을 알아볼게요. 독자에게 좀 더 효과적으로 전달하기 위해서는 전략이 필요합니다. 칼럼의 성격이나 깊이, 방향 등에 따라 활용할 수 있는 다양한 기법들을 연마해 봅시다. 일종의 고급 조리법이라고 보면 되겠네요.

효과적인 방법 중 하나가 개념을 소개하는 일입니다. 이를테면 앞에서 다룬 조기현 작가의 칼럼 〈아픈 몸의 노동권〉에서

"아픈 몸 노동권"이라는 개념을 도입하면서 개인 경험을 사회가 고민해야 할 문제로 과녁의 폭을 넓혀 나간 경우도 여기에 해당합니다. 양성희 기자의 칼럼 〈육아 휴직이 이렇게 어려워서야〉에서도 그러한 점을 발견할 수 있습니다. 글 흐름을 간단히 정리해 볼게요.

> 1. 사건 발생: 육아 휴직을 쓴 여성 팀장에게 인사상 불이익을 준 남양유업
> 2. 소송 과정 현황
> 3. 사안 확장 1: 육아 휴직자에게 불이익을 주는 후진적 직장 문화, 통계 자료 활용
> 4. 사안 확장 2: 팬데믹 쉬세션^{Shecession}(여성 대량 실업), 용어 설명

육아 휴직을 마친 직원에게 인사상 불이익을 준 기업에 초점을 맞췄던 칼럼은 절반 정도 진행되자 사안을 확장합니다. 비단 이 회사만의 문제가 아니라며 "육아 휴직자에게 불이익을 주는 후진적 직장 문화"가 만연하다는 걸 구체적인 통계 자료를 근거로 보여 줍니다. 여기서 멈추지 않고 "쉬세션"이라는 용어를 도입해 코로나19로 인한 경기 침체로 여성이 남성보다 더 큰 피해를 볼 수밖에 없는 "한국 노동 시장"의 폐단적인 구조를 설명합니다.

칼럼 레시피

코로나가 남성보다 여성의 일자리를 빼앗아 여성이 경기 침체를 심하게 겪는 '쉬세션(여성대량실업·Shecession)'은 이미 전 세계적 화두다. 쉬세션은 여성(She)과 경기 침체(Recession)의 합성어다. 남성 실업이 많은 일반적인 경기 불황과 달리, 코로나19는 여성 노동자가 많은 서비스·교육 등 '대면' 업종의 타격이 심했다. 학교나 어린이집 휴원으로 육아 부담이 폭등해 어쩔 수 없이 직장을 그만두는 사례도 많다. 여기에 "경제 위기 때마다 큰 피해를 보는 비정규직과 특수 고용직에 여성이 몰리는 한국 노동 시장의 전형적 폐단"(신필균 복지국가여성연대 대표)도 있다.

_양성희, 〈육아 휴직이 이렇게 어려워서야〉, 《중앙일보》, 2021년 9월 15일.

한 기업에서 발생한 사건에서 출발해 직장 문화를 짚고 노동 시장까지 건드리는 전개 방식을 취했습니다. 이처럼 일개 사안으로 치부하는 게 아니라 사건의 사회적 의미를 다루기 위해서는 통찰이 필요합니다. 다른 이들이 보지 못한 층위에서 현상을 바라보는 눈을 가져야 합니다. 물론 미시 사건을 거시적 관점으로 다루기 위해서는 꾸준한 독서와 사색 등을 통해 글쓴이의 역량을 키우는 게 우선이지만 그런 입장을 글 흐름에 자연스럽게 얹는 방식의 칼럼들을 살펴보는 것도 중요합니다. 용어를 활용하면 도움이 됩니다. 정의를 구체적으로 설명하면 논의 대상이 명확해져서 독자가 이해하기 편해요. 지식이나 정보가 제공되기에 독자의 만족도도 높아집니다.

비교와 대비로 더욱 명료하게

다음으로 비교와 대비 역시 논의를 전개할 때 사용하면 좋습니다. 비교는 대상의 속성을 드러낼 때 꽤 쓸모가 있어요. 가령 최근 구입한 버티컬 마우스의 특징을 서술할 때 기능, 가격, 디자인 등을 기준으로 다른 제품과 비교한다면 보다 명료하게 전해지겠죠.

칼럼에서도 마찬가지예요. 예를 들어 대중의 이목을 끌었던 넷플릭스 드라마 〈D.P.〉를 소재로 글을 쓴다고 가정해 봅시다. 몇 가지 기본적인 문단이 떠오를 거예요. 작품을 전체적으로 소개하고 줄거리와 같은 주요 내용을 서술하는 부분이 필요합니다. 아마도 주제가 될 가능성이 큰 폭력적인 군대 문화를 비판하는 문단도 배치해야 하고요. 물론 다른 방향으로 주제를 잡아도 괜찮습니다. 어쨌든 작품과 연관되어 전달하고 싶은 내용이 들어간 핵심 문단이 있어야 합니다. 마지막에 결론을 맺으면 전체적인 흐름이 완성될 겁니다.

이렇게 계획을 잡고 쓴다면 무난한 구성을 갖춘 데다, 관심이 집중되는 소재를 다뤄 꽤 근사한 칼럼이 탄생할 겁니다. 하지만 다소 밋밋할 가능성도 없지 않아요. 내가 아닌 다른 사람들도 이미 생각해 봄 직한 구성과 주제라면 진부할 확률이 커지기 때문입니다. 따라서 대상을 전달할 때 좀 더 효과적인 방식을 찾아보는 건 유의미합니다. 평범해 보이는 시금치무침조차도 참기름과 함께 양념할지 아니면 고추장을 넣어 매콤하게 할지에 따라 강조 지점이 달라지잖아요. 칼럼에서는 비교가 논의를 도드라지게 만들어요. 비교를 적극 활용한 김선영 TV 평론가의 칼럼 〈망각의 시간을 넘어서〉를 살펴볼까요.

1. 비교 1: 2015년, 만화 〈D.P. 개의 날〉 vs. 예능 〈일밤-진짜 사나이〉

2. 비교 2: 2021년, 공군과 해군의 성추행 사건 vs. 예능 〈가짜 사나이〉 〈강철부대〉

3. 작품 소개: 드라마 〈D.P.〉의 날카로운 비판 의식과 대중적 재미

4. 줄거리: 드라마 〈D.P.〉의 주요 내용

5. 확장: 드라마 〈D.P.〉가 글로벌 시청자까지 사로잡은 이유

6. 마무리: 드라마 〈D.P.〉의 성과

드라마 〈D.P.〉를 이야기하기 전에 원작 만화인 〈D.P. 개의 날〉을 먼저 언급하면서 시작하네요. 특히 만화가 연재된 시기인 2015년에 방송된, 군대 소재를 다룬 예능 프로그램과 비교하며 두 작품의 차이를 확연히 보여 줍니다.

군의 협조를 얻은 〈진짜 사나이〉가 군대를 밝고 친근한 얼굴로 그려낼 때, 〈D.P 개의 날〉은 그렇게 애써 포장한 군의 잔혹한 이면을 정면으로 고발했다. 두 작품은 대한민국 군대의 가장 어두운 역사 중 하나로 기록된, 2014년 '윤 일병 폭행 사망사건'에 대한 우리 사회의 대조적 두 반응이기도 하다. 〈D.P 개의 날〉이 '윤 일병 사건'의 교훈을 계속해서 환기할 때, 〈진짜 사나이〉는 그 역사를 빠르게 망각시키는 데 일조했다. 군 당국이 표면적으로는 병영문화 개선에 적극적 의지를 표명하자, 사회적 관심도 서서히 사그라들었다.

_김선영, 〈망각의 시간을 넘어서〉, 《경향신문》, 2021년 9월 10일.

집단 구타로 사병이 사망한 사건을 바라보는 관점이 극명하게 갈리면서 〈D.P. 개의 날〉의 정체성과 속성, 가치 등이 자연스럽게 강조됩니다. 이런 비교는 칼럼을 발표할 즈음인 2021년의 뒤틀린 현실을 폭로하는 데 효과적이에요. 군대 내 성추행 사건과 여전히 "군대에 대한 환상을 심어 주는 예능들"이 공존한다는 걸 부각합니다. 2015년이라는 과거 시점에서는 작품들을 비교하고, 2021년이라는 현재 시기에서는 현실에서 벌어지는 서로 다른 양상을 비교하면서, 시간이 흘러도 개선되기는커녕 관심조차 받지 못하는 "부조리한 군의 실태"를 고발합니다.

이후에야 칼럼은 비로소 드라마 〈D.P.〉를 등장시킵니다. 총 여섯 문단 중 세 번째 문단이므로 다소 늦었다고 느껴질 수도 있지만 결코 그렇지 않습니다. 오히려 두 번의 비교를 충분히 활용한 상태이므로 현실을 비판하면서도 대중의 흥미까지 갖춘 작품이라는 점을 소개하기에 용이합니다. 칼럼은 여기서 그치지 않고 한 번 더 확장하는 모습을 보입니다. "군대는 현실의 차별 기제를 그대로 반복하는 우리 사회의 축소판"이라며 드라마에서 표현한 군의 왜곡된 서열과 차별이 사회 문제를 그대로 반영한다고 주장하거든요. 비교와 확장을 통해 군대의 민낯을 수면 위로 끌어올린 드라마의 성과를 보여 주기에 적절한 구성을 지닌 칼럼입니다.

대비 또한 칼럼의 논의를 명확하게 전달합니다. 비교가 둘 이상을 견주면서 비슷한 점, 차이점 등을 살펴보는 과정이라면 대비는 차이를 밝히는 데 주력하는 과정입니다. 다른 대상과의 차이점을 짚는 건 논의 대상의 특징을 나타내려는 목적이므로 칼럼을 쓸 때는 굳이 비교와 대비라는 용어를 명확히 구분하지 않아도 될 듯싶어요. 다음 칼럼의 한 부분을 분석해 보면 도움이 되리라 봅니다.

> 대통령 후보는 자신을 기술적으로 복제하는 것이 아니라 구체적인 시간과 장소에서 타자를 대변함으로써 또는 그 타자가 됨으로써 자신의 신념을 표출한다. 반면 에이아이 후보가 어디든 가서 누구든 만난다고 할 때 사실 그는 어디에도 있지 않고 누구도 만나지 않는다. 에이아이 후보는 후

보를 대행할 뿐 그 어떤 유권자도 대표하거나 대변하지 못한다.

_전치형, 〈AI 복제 시대의 대통령〉, 《한겨레》, 2021년 12월 9일.

칼럼은 대선 과정에서 여러 후보가 자신을 복제한 디지털 인간, 디지털 아바타, 인공 지능 대변인 등 "인공 지능 분신을 퍼뜨리는 것"을 비판합니다. 유권자를 혼란에 빠뜨릴 수 있다고 우려를 제기해요. 동시에 "진짜 후보는 대체 어디에서 누구와 함께 있는가"라는 질문도 던져요. 여기서 '대통령 후보는 A한 반면 에이아이 후보는 B하다'라는 표현을 활용합니다. 대통령 후보와 에이아이 후보를 대비하며 그들의 역할이 결코 같을 수 없다고 말합니다. 즉, 에이아이 후보가 대통령 후보를 대행한다고 해서 유권자의 대표가 될 수는 없다고 주장하는 거지요. 대선 당시 후보들이 자신을 복제한 "인공 지능 분신"으로 유권자를 찾아가 소통하겠다는 발상이 허무맹랑한 기만일 뿐이라고 일침을 놓은 것입니다.

이처럼 대통령 후보와 에이아이 후보의 차이점을 보여 준 후 "대통령은 모든 곳에 모든 이와 함께 있는 사람이 아니라 자신이 어디에서 누구와 있어야 할지 정확히 알고 실천하는 사람이다"라는 논지를 도출해 냅니다. 논의를 전개하거나 확장할 때 비교, 대비를 적절히 사용해 봅시다.

은유와 상징으로 더욱 세련되게

한때 정치권에서 '별의 순간을 잡아라'라는 말이 회자되었습니다. 당시 국민의힘 김종인 비상대책위원장이 대선 주자로 거론되던 윤석열 검찰총장에게 별의 순간이 곧 나타날 것이라고 말한 게 그 시작이에요. 이 표현은 즉시 언론과 대중의 이목을 끌었습니다. 만약 '운명을 결정짓는 순간'이나 '숙명의 시기' 또는 '중요한 시점'이라고 말했다면 그들의 관심이 그토록 폭발적이었을까요?

내용을 직접 드러내지 않고 비슷한 속성을 지닌 다른 사물에 빗대어 표현하면 의미가 강렬해집니다. 심상이 가슴을 통과해 심장을 박동시키기 때문이에요. 이미 우리가 은유라 알고 있는 이 방법은 생각보다 강력합니다. '별의 순간을 잡아라'라는 표현도 일종의 은유지요. 대권을 도전하는 적절한 타이밍을 놓치지 말라는 평범한 뜻이, 한번 지나면 돌아오지 않는 유일무이한 순간이니 반드시 거머쥐라는 계시로 강하게 다가옵니다. 이 말을 듣고 당시 대권을 꿈꾸던 이들은 이런 생각을 하지 않았을까요? 내게 별의 순간은 다가오고 있는지, 아니면 이미 지나갔는지 말이죠. 대권 하마평에 오르내리던 사람들은 머릿속에서 주판알을 튕기고 언론은 담론을 생성하며 대중은 흥미를 갖게 됩니다.

메시지가 은유에 담기면 강렬해질 뿐 아니라 추상적인 의미나 복잡한 내용이 쉽게 이해되어 관심을 불러일으킵니다. 칼럼을 쓸 때 은유를 사용해 보세요. 어려운 개념이나 다층적인 상황을 명료하게 전달할 수 있습니다.

칼럼 〈여우와 황새의 식사〉에서는 2019년 열린 하노이 2차 북·미 정상회담이 결렬된 상황을 이솝 우화에 등장하는 여우와 황새의 만남으로 표현합니다.

> 영변 핵 폐기는 사실상 불가역적 조치에 해당하지만, 핵심 제재를 마지막 순간 풀겠다는 미국 입장과는 균형이 맞지 않는다. 결국 공평하게 트럼프는 김정은 안을, 김정은은 트럼프 안을 거부했다. 단계적 과정이 없는 일괄타결, 최종 목표를 달성하는 방법이 없는 단계적·동시적 해법은 서로 엮일 수 없다. 그건 여우가 저녁 식사에 초대한 황새에게 바닥 넓은 접시에 수프를 주고, 황새는 호리병에 물고기를 담아 여우를 대접한 것과 같다.
>
> _이대근, 〈여우와 황새의 식사〉, 《경향신문》, 2019년 3월 5일.

당시 북한의 비핵화 과정에 대해 미국은 "단계적 과정이 없는 일괄타결"을, 북한은 "단계적·동시적 해법"을 각각 주장했는데요. 상충하는 방도를 들고 회담장에 앉은 북한과 미국의 모습을 여우와 황새의 식사로 은유한 거예요.

칼럼을 읽은 독자는 하노이에서 서로 마주 보던 김정은과 트럼프 앞에 놓인 접시와 호리병을 상상하게 됩니다. 북한의 비핵화를 위해 그들이 고수하는 방안의 차이를 구체적으로 알지 못해도 회담이 결렬될 수밖에 없었던 이유가 명확히 다가오게 되지요. 칼럼은 짧은 글이라 북한과 미국이 주장하는 비핵화 방식을 전문적으로 다루기에는 적합하지 않습니다. 또한 칼럼이므로 그럴 필요도 없고요. 비전문가인 독자에게 회담의 속성과 상황을 명쾌하게 전하면 됩니다. 꼬인 회담을 풀 수 있는 나름의 대안을 제시할 수 있다면 그것으로 족합니다.

은유를 효과적으로 활용하기 위해서는 소위 말하는 원관념과 보조 관념 사이의 유사한 점을 명확히 설정해야 합니다. 〈여우와 황새의 식사〉처럼 결정적인 부분에서만 은유를 쓴다면 그렇게 신경이 쓰이는 부분은 아닙니다. 하지만 처음부터 끝까지 글 전체에서 은유가 설정되는 칼럼에서는 주의하지 않으면 쓰는 사람의 의도가 독자에게 잘못 전달되기도 합니다.

칼럼 〈'역설적인' 야구의 인문학〉에서는 '야구는 판타지'라는 은유를 바탕으로 전개됩니다. 야구에서 발생하는 대타와 대주자, 번트와 외야 플라이, 구원 투수, 투수 교체 시 연습 투구를, 가상 세계에서 일어나는 초자연적이고 비현실적인 이야기와 유사하다고 설정합니다. 즉, 각각 대안, 희생, 구원, 기다림과 일대일 대응한다는 사실을 보여 줍니다.

이런 야구의 특성들은 관객이 역설적으로 야구를 즐기게 되는 잠재의식적 요인이 됩니다. 역설적이라 함은 우리 일상의 현실에서는 이런 일들이 희망 사항일 뿐 잘 일어나지 않기 때문입니다. 내 능력이 안 될 때, 누가 대신 경쟁의 마당에 나가주고 대신 뛰어주는 '인생의 대타와 대주자'는 결코 흔치 않지요. 나를 밀어주기 위해 누군가 선뜻 희생하는 일도 참 드뭅니다. 위기에 처한 나를 구원하기 위해 누군가 항상 준비되어 있고 언제나 나서는 경우가 일상사는 아니지요. 때론 '아무도 기다려 주지 않는다'는 느낌을 받을 때가 우리 일상입니다.

_김용석, 〈'역설적인' 야구의 인문학〉, 《동아일보》, 2017년 9월 16일.

뭔가 이상하다는 느낌을 받을 수 있어요. 대안, 희생, 구원, 기다림이 비현실적인 이야기라니? 칼럼은 우리가 사는 현실에서는 좀체 일어나기 어려운 일이라고 본 거예요. 서글프면서도 참혹한 전제라고 생각되지만, 바로 이 점에서 우리는 야구를 보며 열광합니다. 현실에서는 존재하지 않는 희망 사항을 그라운드에서 뜨겁게 외친다는 것. 따라서 '야구는 판타지'라는 은유가 완성됩니다.

원관념과 보조 관념의 흡사한 점을 파악해 일대일 대응을 이루기. 은유를 설정하는 방법을 이렇게 정리한다 해도 막상 칼럼에 적용하기란 쉽지 않습니다. 유사한 속성을 갖는 다른 대상을 떠올리기가 만만하지 않아서인데요. 글쓰기 훈련의 부족이라기보다는 대상을 향해 던지는 시선을 '은유적'으로 시도하는 게 익숙하지 않기 때문이에요. 일상에서 은유적인 발상을 하려고 노력한다면 사안을 접할 때 자연스럽게 은유적으로 풀어낼 수 있지 않을까요?

〈싱어게인2〉라는 오디션 프로그램에서 빨간 마녀, 파란 마녀라는 별칭으로 불린 두 명의 무명 가수가 짝을 이뤄 동방신기의 〈주문-MIROTIC〉을 재즈풍으로 부른 적이 있어요. 위치스(마녀들)라는 팀명답게 심사 위원석에 앉아 있던 이들은 묘한 화음과 분위기에 마치 마법에 걸린 듯 두 손을 번쩍 들거나 넋이 빠진 얼굴로 무대를 바라봤어요. 노래가 끝나고 심사평이 여기저기서 쏟아졌습니다. "세계적인 무대가 나왔다, 어떤 칭찬을 해도 아깝지 않은 노래다, 이 영상 천만 뷰 갑니다, 미쳤다, '개쩐다'" 등 열광적인 심사평이 이어진 후 김이나 작사가가 이렇게 말했습니다. "짤순이라고 하나요? 건조기에 들어간 느낌이었어요. 듣는 내내 몸이 비비 꼬였어요. 중력장이 비틀어진 것 같았어요. 여기 공간감을 이상하게 만들어 버리는 마력을 느꼈어요."

김이나 심사 위원이 사용한 말하기 방식은 은유입니다. 흐늘거리며 끊어질 듯 끊어질 듯 이어지는 두 명의 목소리가 묘한 화음을 이루며 듣는 이를 가만히 있게 하지 않고 몸을 앞뒤 좌우로 계속 움직이게 만든 마력을 비틀어진 중력장으로 표현한 것입니다. 아마도 작사가로서 곡에 함축적인 의미의 가사를 입히는 일을 늘 해 왔기 때문에 은유적 표현이 자연스럽게 나오지 않았을까요? 단순히 감정을 노골적으로 표현하지 않고 우회적으로 다른 사물을 빗대어 이야기하는 연습을 평소에 꾸준히 한다면 '은유적' 쓰기에 조금은 익숙해지지 않을까 싶네요.

위트와 풍자로 더욱 유머러스하게

예전에 주지훈 배우가 독일의 어느 매거진 인터뷰에 응했던 일화가 떠오르네요. 아시아 사람들이 모두 똑같이 생겼다는 말을 들으면 불쾌하냐는 질문에 이렇게 답했다고 합니다. 백인들도 다 똑같이 생겼다, 브래드 피트랑 톰 크루즈만 빼고. 당시 현장에서 인종차별적인 질문이 왜 나왔는지, 이후 상황이 어떤 방향으로 수습되었는지는 몰라도 응수한 문장으로만 본다면 재치 있게 받아넘기지 않았나 싶네요. 일종의 위트라 볼 수 있는데요. 위트는 의외성을 지녀 웃음을 유발합니다. 표준국어대사전에서는 "말이나 글을 즐겁고 재치 있고 능란하게 구사하는 능력"으로 정의하네요.

필자는 칼럼에서도 위트를 발휘하기도 합니다. 칼럼 〈애비 로드〉는 비틀스의 열한 번째 스튜디오 앨범인 〈Abbey Road〉의 앨범 재킷을 언급하며 시작해요. 아마 누구나 한 번쯤은 봤을, 런던의 애비 로드 횡단보도를 멤버 네 명이 차례대로 걷는 바로 그 사진입니다. 칼럼 필자는 2문단에서 면사무소 옆에 있는 초등학교 횡단보도로 이야기를 이어 나갑니다.

면사무소 옆 초등학교엔 횡단보도가 있는데 느림보 거북이 되어 차들이 지나가고, 아이들은 군것질하러 마트로 달려간다. 멀찍이서 엄마 아빠가 하교하는 아이들을 기다리곤 한다. 면 단위에 학교가 남아 있는 게 신기하고 다행스럽다. 횡단보도에서 <u>애비가 자식을 기다리면 그게 애비 로드가 된다.</u>

건너편 주택가엔 빨래들이 봄볕에 나부끼고, 사랑하는 사람들이 마을을 이뤄 살아가고 있다.

_임의진, 〈애비 로드〉, 《경향신문》, 2021년 4월 1일.

비틀스가 횡단했던 도로인 'Abbey Road'가 졸지에 자식을 기다리는 '애비 로드'가 되었어요. 영국의 런던과 한국의 면사무소, 비틀스와 엄마 아빠가 묘한 대조를 이루면서 두 개의 애비 로드가 겹쳐집니다. 뜻밖의 상황에 직면한 독자는 어이없어 헛웃음을 치면서도 인식의 간극을 칼럼이 어떻게 메워 나갈지 궁금해합니다.

지난달 서울 사는 아들이 잠시 쉬러 내려왔는데, 아빠 냄새가 좋다며 징그럽게시리 코를 킁킁 갖다 댔다. (중략) 부자 아빠 덕을 보며 사는 캥거루 아이들만 있는 게 아냐. 애비를 따라 가난한 그 길을 뒤따라 걷는 아이들이 배나 많다. 거짓말과 탐욕으로 살지 않았으니 아이들에게 부끄럽지 않고,

미안할 일도 없다. 부끄럽지 않을 때에만 애비 로드는 파란 신호등이 깜박거린다는 신비.

칼럼은 풍족하게 키우지 못했고 물려줄 재산도 없지만 성심껏 세상을 살고 있어 아이들에게 부끄럽지 않다고 말합니다. 그런 자격을 지녔을 때만 파란 신호등이 열리고 횡단보도를 건너온 아이들을 품에 안을 수 있다고요. 정직하고 청렴하게 살아온 이만이 애비 로드의 신호등을 밝힌다는 설정. 이 정도 마무리면 독자에게는 비틀스의 앨범 재킷에서 차용한 애비 로드가 꽤 위트 있게 다가오지 않을까요?

관계의 의외성에서 발휘되는 위트는 대상을 비틀어 풍자할 때도 사용됩니다. 대선 시즌이 되면 후보들의 돌발 행동이 세간의 주목을 받게 되는데요. 서정일 명필름랩 교수는 2021년 10월 당시 윤석열 후보의 손바닥에 적힌 '王' 자를 소재로 칼럼을 썼습니다. 윤 후보는 TV 토론에 참여하기 전 "기세 좋게 토론하라는 뜻"에서 "같은 동네 사시는 할머니께서 열성적인 지지자 입장에서 써 준 것"이라며 주술적 의미를 일축했지만 논란은 수그러들지 않았습니다. 칼럼은 윤 후보의 해명이 궁색하다는 논지를 폅니다. 다음은 칼럼 〈왕 자와 거짓〉의 후반부에서 발췌한 내용이에요.

대선 후보 간 치열한 공방의 배경에는 후보들의 서사가 있다. 평균적 결함이 인간의 본질이니 어느 후보도 느긋할 수 없다. 윤석열 후보의 손바닥에 쓰여진 '왕' 자가 논란이다. 경쟁자들의 추궁에 윤 후보 캠프에서 던진 해명이 안타깝다. 이웃 할머니가 써준 '왕' 자이며 손을 대충 씻다 보니 지워지지 않았단다. 개연성이 마련되지 않아 '왕 자와 거짓'으로 풍자될 만큼 궁색하다.

_서정일, 〈왕 자와 거짓〉,《경향신문》, 2021년 10월 15일.

칼럼 필자의 주장에 공감한다는 전제하에서 이 사안에 대해 우리가 칼럼을 쓴다고 상상해 봅시다. '윤 후보 캠프의 말은 거짓말이야'라고 쓰면 독자는 감흥을 느끼지 못할 겁니다. 왜 거짓말인지 근거를 명확히 밝히지 않는 한 한낱 자의적인 글로 여겨질 테니까요. 더군다나 동네 할머니가 펜을 들고 손바닥에 글자를 적어 주었는지 그렇지 않은지는 그 자리에 없었으니 우리로선 도통 알 수가 없어요. 심증은 가지만 사실 확인이 불가능한 일이어서 근거를 갖춘 주장이 아닌 다른 방식이 필요합니다.

서정일 칼럼 필자는 어떻게 해결했을까요? 자연스럽지 않은 지점은 없는지 살펴보고 그 부분을 공략했습니다. 설령 동네 할머니가 팬심의 차원에서 글자를 써 주었더라도 TV 토론에 참가하기 전에 제대로 지우지 못했다는 말은 어색하다고 본 거예요. 아마 화면에도 도드라지게 잡힐 만큼 눈에 띄는 글자를 미처 지우지 못했다는 게 설득력이 없다는 의미가 아닐까요? 하지만 이런 의견도 일각에서는 어디까지나 추측이라고 주장할지도 모릅니다. 칼럼은 반론에 대비해 이런 정황을 "개연성"이 부족하다고 표현합니다.

개연성은 소설처럼 허구를 다루는 장르에서 주로 사용되는 용어입니다. 명확한 근거를 찾기는 어렵지만 일어날 수도 있는 일을 우리는 개연성이 있다고 말하지요. 가령 칼럼에서는 "〈오징어 게임〉은 사실적이지 않지만 죽음의 게임에 참여할 수밖에 없는 인물의 절박한 처지 설정으로 개연성을 단단하게 조이고 시작한다"며 서사의 구성이나 흐름에 개연성이 중요하다는 점을 강조합니다.

이런 설명은 윤 후보 캠프의 해명이 개연성이 구축되지 못한 이야기라고 전달하는 데 일조합니다. '거짓말이야'라고 내뱉는 게 아니라 개연성이 없다고 말함으로써 관련된 서사가 이야기로서 미흡하다는 점을 짚는 거지요. 억지스러운 이야기라고 핀잔을 주는 셈입니다.

여기에 칼럼은 마크 트웨인의 《왕자와 거지》가 개연성을 갖춰 얼마나 멋진 소설이 되었는지 설명하기 위해 세 문단을 할애합니다. 개연성에 관해 이미 두 문단 정도로 상세히 이야기한 후라 여기까지 읽은 독자는 '서사에는 개연성이 있어야 해'라는 생각이 들어차게 됩니다. 바로 이 지점에서 비로소 손바닥에 적힌 왕王 자 이야기로 시끄럽다는 점을 칼럼 후반부에서야 처음 언급한 후 "개연성이 마련되지 않아 '왕 자와 거짓'으로 풍자될 만큼 궁색하다"고 못 박습니다.

'왕자와 거지'에 대비된 "왕 자와 거짓"이라는 말의 묘미를 느낀 독자는 헛웃음을 짓게 되지요. 어느새 독자의 머릿속엔 그 말은 거짓이라는 생각이 자연스럽게 자리 잡지 않을까요? 이것은 조롱이 아닙니다. 조롱은 상대를 비하하며 비웃음을 유발해 저속한 쾌감을 느끼는 가학 행위일 뿐이에요. 반면 풍자는 비판적 웃음으로 조롱과는 다릅니다. 상대를 깔보거나 비난하지 않습니다. 품격을 잃지 않은 채 날카롭게 저항하는 일과 같아요. 풍자는 강자를 상대로 위트를 발휘해 예리하게 비판하는 일이기 때문이죠. 사장의 부당한 지침에 말단 사원은 풍자로 권력자를 비판할 수 있습니다. 하지만 사장이 직원을 상대로 풍자한다는 말은 어색하지 않나요? 마찬가지로 정부의 실책이나 정치인들의 불합리한 행동을 향해 국민은 위트와 풍자로 비판적 웃음을 이끌어 낼 수 있어요. 즉, 풍자는 권력을 상대로 불합리한 상황을 비틀어 고발하는 일과도 같습니다.

정교한 논리로 더욱 단단하게

진용을 갖춰 빌드업을 통해 상대 골문까지 당도했다면 슛을 날려야 합니다. 골대 바깥으로 벗어나지 않도록 유효 슈팅이 되려면 무엇이 필요할까요? 우선 골문 안으로 정확히 차야 합니다. 스트라이커의 조건이지요. 하지만 이것만으로는 부족합니다. 누군가로부터 절묘한 패스를 받아야 슛 기회를 잡을 수 있거든요. 즉, 어시스트가 없다면 공을 잡을 수조차 없습니다. 마찬가지로 상대 진영으로 원활하게 공이 배급되어야 어시스트도 가능합니다. 따라서 슛은 정확한 스트라이커, 결정적인 어시스트, 유려한 볼 배급이 조화를 이뤄 낸 결과입니다. 이것을 축구의 논리라고 지칭한다면, 칼럼도 마찬가지예요. 칼럼의 논리를 세우기 위해서는 다음 세 가지가 필요합니다.

📕 논리를 구성하는 요소

- 명료한 주장
- 탄탄한 근거
- 정교한 문단 배치

우선 주장하는 내용을 명료하게 문장에 담아야 합니다. 그렇다고 너무 치중할 필요는 없습니다. 주장하는 내용에 완벽을 기하려다 보면 너무 신중해져서 자신감을 잃을 수도 있어요. 완벽한 주장이란 과연 있을까요? 치밀한 논리로 주장하기 위해서는 논문을 써야 합니다. 칼럼은 논문이 아닙니다. 다소 어설프더라도 참신한 주장이라면 반향을 불러일으키기에 충분합니다. 주

저하지 말고 과감하게 주장하면 좋겠어요.

주장하는 문장은 또렷해야 합니다. 주장이 여러 개라면 첫째, 둘째, 셋째처럼 하나씩 짚어 주면 좋습니다. 전형적이지만 독자에게는 명확하게 다가가지요. 순서를 정해 쓰는 게 진부하게 보인다면 수사를 쓰지 않고 변화를 주어도 좋습니다. 다만 독자가 밑줄을 그어 표시할 수 있을 정도로 도드라져야 합니다. 모호한 단어를 피하고 적확한 지점을 언급하는 게 중요합니다.

주장하는 방식도 여러 면에서 살펴보면 도움이 됩니다. 문제 해결을 구체적으로 제시할 수도 있고, 방안을 내세우지는 않지만 개선할 점을 가리킨 후 각성을 촉구해도 괜찮아요. 또한 강하게 주장하는 대신 완곡하게 건네는 방법도 가능합니다.

가령 "~라는 뜻이 되지 않을까"라며 넌지시 의견을 보낸다면 확정하는 말투가 아니라서 독자로서는 거부감이 줄어들거든요. "~해야 한다"는 어조는 사안에 따라 강요하는 느낌이 들기도 합니다. 주장은 주로 마지막 문단에서 취하므로 이에 대한 구체적인 예는 7장에서 살펴볼게요.

논리를 구성하는 두 번째 요소는 탄탄한 근거입니다. 우리는 주장하는 글을 쓸 때 독자를 설득하기를 원하지만 생각보다 쉽지 않습니다. 아무리 논리 정연하더라도 모든 사람의 고개를 끄덕이게 만들 수는 없습니다. 삶의 방식이나 이력이 다를 뿐 아니라 가치관이나 정치적인 입장이 이미 고착된 상태라면 생각을 바꾸기란 거의 불가능할 듯싶어요. 그렇다고 해서 주장이 쓸모

없다고 말하는 건 옳지 않아요. 명료한 주장은 사안을 공론의 장으로 끌어냅니다. 이를 위해서는 근거를 갖춘 주장을 펼쳐야 합니다. 근거가 명확하면 설령 독자는 설득당하지 않더라도 적어도 주장의 과정이 타당하다고 여기게 되니까요. 글쓴이가 지닌 세계관에서 도출된 주장이 나온 과정을 이해할 수 있는 거지요. 주장에 동의하지 않더라도 상대의 입장에 공감하게 되니 토론이 가능합니다. 하지만 근거가 부족해 터무니없는 주장이라 간주된다면 동의는커녕 공론화될 수도 없습니다.

위에서 말한 것처럼 칼럼에서 근거와 주장은 마치 어시스트와 슛의 관계와 같습니다. 하지만 축구와 달리 칼럼에서 근거와 주장이 반드시 일대일 대응이 되지는 않습니다. 하나의 주장을 위해 여러 개의 근거가 배치되기도 해요.

연말을 맞아 새해에는 참혹한 현실을 뚫고 인류에게 희망을 주는 빛이 도래하기를 간절히 기대하는 칼럼을 쓴다고 가정해볼까요? 먼저 우리가 처한 칠흑처럼 어두운 상황을 이야기해야 합니다. 일종의 주장이에요. 하나의 근거로는 부족합니다. 개인이나 집단이 직면한 곤란함이 아니라 무려 인류가 사는 세상의 막막함을 이야기해야 하기 때문이지요. 단순히, 세상은 어둠에 쌓여 있으나 새해를 맞아 새로운 마음으로 희망을 지니자고 쓴다면 추상적으로 흐를 뿐 아니라 반발하는 이들은 이렇게 물을 수도 있어요. 세상이 어둡다고 단정할 수 있을까?

따라서 여러 개의 근거가 필요합니다. 가령 주도권을 장악하기 위한 열강들로 국제 정세가 불안하고, 혼란한 국내 정치도 여전히 지속될 뿐 아니라 전쟁과 폭동이 끊이지 않고 코로나19나 산불, 지진 등 재난이 빈번하게 발생하는 사례 등을 서술한다면 독자는 고개를 끄덕일 겁니다. 우리 주변만이 아니라 전 세계적으로 인간이 저지른 악행, 그로 인한 자연 파괴 등을 떠올린다면 분명 이 세상은 짙은 어둠에 잠겨 있다고 볼 수 있겠지요.

이처럼 주장과 근거가 1 대 1로 대응되거나 여러 개의 근거가 하나의 주장을 뒷받침하기도 합니다. 이런 경우는 1 대 다수로 표현할 수 있겠네요. 또한 주장이 또 다른 주장을 뒷받침하기 위한 근거로 작용하기도 합니다. 여러 개의 주장이 마치 차곡차곡 쌓여 마침내 탑을 이루는 경우인데요. 최종 주장은 탑의 꼭대기가 되는 셈입니다. '근거 ⇨ 주장 1(근거) ⇨ 주장 2(근거) ⇨ 주장 3(근거) ⇨ 최종 주장'이라고 표현하면 괜찮을 듯싶네요. 이처럼 주장과 근거가 다양한 방식으로 활용될 수 있다는 점을 기억하시면 좋습니다.

근거로는 어떤 자료를 사용하면 좋을까요? 통계나 기사, 수치, 전문가의 의견, 책, 용어, 사진이나 그림, 명제, 연구 결과 등 주장을 뒷받침할 수 있다면 근거가 될 가능성이 있습니다. 반면 출처가 분명하지 않은 일화나 글쓴이의 기억 또는 경험 등은 근거로 사용하기에는 조금 부족합니다. 어떤 차이가 있을까요? 객관적으로 확인할 수 있는 팩트는 신뢰를 줍니다. 거기에서 주장을 끌어내는 과정은 무리가 없어 보입니다. 하지만 주어진 자료가 주관적이거나 더 나아가 자의적이라고 판단된다면 독자는 주장에 공감하기 어렵습니다. 신빙성이 결여되어 있기 때문이 지요.

즉, 자료가 믿을 만할 때 근거가 될 수 있습니다. 하지만 '주 장할 때는 반드시 탄탄한 근거를 갖추세요'라는 말을 듣는다면 우리는 섣불리 칼럼을 쓰지 못하게 됩니다. 신뢰의 기준을 명확 히 세우기란 쉽지 않아서인데요. 통계나 책, 또는 연구 결과조차 도 늘 확실한 근거가 된다는 보장을 할 수 없어요. 그 분야의 전 문가가 아닌 한 의도된 목적을 위한 실험인 것은 아닌지, 공정한 절차를 거친 연구인지, 학계 정설로 인정된 의견인지 확신하기 어렵습니다. 또한 근거를 증명하기 위해 또 다른 근거가 필요하 다면 여러 단계를 거슬러 올라가 수학에서처럼 모두 인정하는 자명한 진리인 공리에 다다라야 합니다. 이런 조건을 모두 지녀 야 주장할 수 있다면 아마 한 줄도 쓰기 어렵지 않을까요? 더군 다나 칼럼은 겨우 한두 페이지 정도의 분량이 허용될 뿐입니다.

우리가 도전하는 분야는 논문이나 학술서가 아닙니다. 근거 의 조건을 검열하느라 급급하기보다는 가늠하되 주장으로 연결 되는 지점을 더 눈여겨보면 어떨까요? 그래야 부담을 내려놓고 칼럼 쓰기에 도전할 수 있으니까요.

마지막으로 정교한 문단 배치 역시 논리 구성에 빼놓을 수 없 습니다. 주장이 살아남기 위해서는 맥락, 서사가 중요합니다. 단 계를 밟아 나가야 합니다. 그중 한 부분을 짚어 봅시다. 가령 주

칼럼 레시피

장을 펼칠 때는 제기될 수 있는 반론을 미리 보여 주면 좋습니다. 반론의 문제점을 비판한 후 주장으로 이어진다면 독자에게는 좀 더 명쾌하게 다가갈 수 있어요. 다음 칼럼의 일부분을 살펴봅시다.

① 출산 점검표를 사용하면 몇 가지 잠재적 이점이 있겠지만 높은 유아·산모 사망률을 해결하려는 노력을 충분히 뒷받침해 주지는 못하고 있다.

② 그런데도 영국 의학 저널 《란셋》에 따르면 의료인에 대한 멘토링 등이 포함된 점검표와 같은 미시적 조치가 전 세계적으로 1차 진료의 질을 향상시키기 위한 전략의 72%나 차지한다. 이런 미시적 조치가 유아·산모 사망률을 낮추려는 노력을 향상시키는 데 도움이 된다는 걸 부인하긴 어렵다.

③ 하지만 의료인들은 일하는 방식을 바꿀 때, 특히 주변 상황이 도와주지 않는 경우 이미 손에 익은 방식으로 돌아가려는 경향이 있다. 미시적 조치로만 해결하려는 것은 제한된 시간과 자원을 소비하기 때문에 해로울 수도 있다는 얘기다.

_시마 스가이어 미국 하버드대 조교수(공중보건학),
〈아직도 신생아·산모 사망이 많은 이유〉, 《한국일보》, 2019년 7월 1일.

칼럼에서는 중·저소득 국가에서 신생아나 산모 사망률이 높은 이유로 의료인들이 지켜야 할 절차를 따르지 못하는 점을 듭니다. 문제를 해결하기 위해서는 그들이 그렇게 행동할 수밖에 없는 원인을 파악해야 한다고 주장합니다. 하지만 일각에서 "안전 출산 점검표"를 언급하며 분만실에 들어가기 전에 의료인들이 손은 씻었는지, 주요 기기는 이상 없이 작동되는지, 출산에 필요한 필수품은 구비되었는지 등을 체크하면 되지 않느냐고 문제를 제기할 수 있습니다. 이런 경우는 칼럼에 최종 주장을 담기 전에 예상되는 반론 내용과 그것이 부적합하다는 것을 미리 서술한다면 혼란을 미연에 방지하는 데 도움이 됩니다.

주장: ① 출산 점검표로는 유아·산모 사망률을 해결하지 못한다.
반론: ② 출산 점검표는 1차 진료의 질을 향상시키기 위한 전략의 72%나 차지한다.
재반론: ③ 출산 점검표와 같은 미시적 조치로만 해결하려는 것은 제한된 시간과 자원을 소비하기 때문에 해로울 수도 있다.

①, ②, ③이 포함된 문단을 먼저 배치하면 독자는 이후 주제에 해당하는 주장이 본격적으로 전개될 때보다 더 집중할 수 있습니다. 의문스러운 사항들이 해소되었기 때문이지요. 이처럼 논리가 자연스럽게 흐르도록 문단을 섬세하게 살펴보면 좋습니다.

7장

다 익었다고 끝난 게 아니다:

마지막 문단으로 피날레를 장식하는 법

재료가 익었다 싶으면 불을 꺼야 합니다. 그냥 방치했다간 졸아들거나 태우게 되니까요. 에어 프라이어처럼 땡 소리가 나면 음식이 완성되는 조리 기구도 있지만 칼럼 쓰기에는 아직 그런 마법의 도구가 없으니 마무리할 시기가 다가오면 그동안 펼치던 논의를 수습해야 합니다. 때를 놓치면 엉성하거나 질척이는 글이 됩니다. 분량을 채웠다고 해서 끓고 있던 냄비의 불을 냉큼 끄듯이 끝낼 수도 없습니다. 매운탕을 끓일 때 마지막에 그만 쑥갓을 넣지 않고 불을 꺼 버리면 고유한 향도 아삭한 식감도 놓칩니다. 불을 끄기 전에 여러 측면을 고려해야 하듯 칼럼을 맺을 때도 다양한 면을 생각해야 하는데요. 7장에서는 진행해 온 칼럼을 어떻게 정리하면 좋을지, 이야기를 회수하거나 주장을 변신시키는 내용적인 측면과 구성이나 어조, 인용 등 형식적인 관점에서 살펴보겠습니다.

마무리의 기술 1: 이야기 회수하기

먼저 '회수하기'입니다. 마라톤이나 쇼트트랙처럼 거리나 종목에 상관없이 좀 더 빨리 결승선을 통과하기 위해서는 역주가 필요합니다. 상대를 제쳐야 하고 시간도 단축해야 하지만 글쓰기는 전혀 다릅니다. 경쟁이 필요 없는 독자가 있을 뿐이며 마감이 아니라면 시간 싸움을 굳이 할 이유도 없습니다. 그러니 마지막 문단을 쓰기 전에는 서두르지 말고 뒤를 돌아보면 좋아요. 본문에서 사용한 소재나 언급된 주제 등을 하나씩 그러모으는 거지요. 벌여 놓은 이야기들을 찬찬히 살핀 후 마지막 문단에 요긴한 것들을 주워 봅시다.

가장 일반적인 방식은 주제를 정리하거나 밝히는 일입니다. 경험이나 설명 등이 다소 산발적이라 논의의 흐름이 갈피를 잡지 못하는 것처럼 보이는 경우엔 꼭 필요해요. 이기진 물리학과 교수의 〈고양이를 부탁해〉는 고양이 세 마리와 사는 칼럼 필자의 이야기와 '슈뢰딩거의 고양이'를 서술합니다.

고양이들과 함께 지내는 일상이 행복하다는 칼럼 필자는 그들이 놀라지 않도록 행동도 소리도 조심하며 지낸다고 합니다. 서로 도움을 주고 배려하며 사는 자신들의 공간이 멋지게 다가오는 이유라고 하는데요. 후반부에는 슈뢰딩거의 고양이로 "양자 역학의 미시 세계와 현실의 거시 세계를 구분하고 이해하는 방법론"을 간단히 설명합니다. 언뜻 보기에 전혀 어울리지 않을

칼럼 레시피

일상과 과학이 순차적으로 배치된 데다 아직 주제마저 나오지 않았습니다. 이런 상황에서 마지막 문단은 무엇으로 메우면 좋을까요?

과학 칼럼이니 새로운 발견이나 이론을 주장하기는 어렵습니다. 그런 내용은 논문에서 상세히 밝히면 됩니다. 그렇다고 사회 문제와 결부시켜 논의를 만들기도 쉽지 않아 보입니다. 물론 과학을 소재로 쓴 칼럼 중에도 시의성을 담을 때가 있기는 합니다. 하지만 이 경우는 달라요. 연재 칼럼 제목도 〈이기진 교수의 만만한 과학〉이에요. 대중에게 낯설고 어려운 과학을 쉽게 설명하는 게 칼럼의 의도지요. 더군다나 슈뢰딩거의 고양이가 아닌가요. 물리학자인 슈뢰딩거가 머릿속에 상자를 떠올리고 그 안에 고양이와 방사능 물질을 집어넣은 후 고양이의 파동 함수를 활용해 고양이를 과연 죽었다고 봐야 할지 아니면 살아 있다고 여겨야 하는지 살펴보는, 일반인에게는 과학을 한층 더 부담스럽게 만드는 바로 그 사고 실험!

그러니 가장 무난하게 마무리하기 위해서는 독자에게 어렵게만 다가갔던 슈뢰딩거의 고양이를 대중적으로 접근시키는 방법을 찾는 일일 겁니다. 실제로 칼럼은 다음과 같이 끝납니다.

고양이 세 마리와 살면서 사물의 이면을 많이 생각하게 된다. 조용한 고양이들의 움직임이 좌표축 공간을 만들고 난 그 공간 속에 한 점이 된다. 나와 고양이는 서로를 관찰한다. 이런 공간에서 만들어지는 고양이와의 관계는 마치 성질이 다른 두 개의 세상 같다. 나의 현실 세계와 슈뢰딩거의 고양이의 양자 세계처럼."

_이기진, 〈고양이를 부탁해〉,《동아일보》 2021년 11월 26일.

칼럼은 현실 세계와 양자 세계를 연결하기 위해 고양이를 선택했고 두 세계의 성질이 다르다는 점을 마지막 문단에서 언급했어요. 주제를 정리한 것이지요. 결코 깊게 들어갈 필요도 없고, 단지 양자 역학의 맛을 보여 주면 되는 칼럼의 목적을 염두에 둔 결론이라고 볼 수 있어요.

경험과 과학 지식을 회수해 주제를 정리한 예를 살펴봤는데요. 경험으로만 진행되다가 마지막 문단에서 스토리를 펼친 이유가 무엇인지 비로소 밝혀 주는 방식을 취하기도 합니다. 이 역시 회수가 우선 필요합니다. 김민섭 사회문화 평론가는 〈그들의 명복을 빈다〉에서 의무 소방원으로 군 복무하던 시절 강에 빠진 사람을 구하기 위해 응급 구조사와 함께 출동한 이야기를 들려줍니다. 하천 진입로로 구급차가 들어가지 못해 1킬로미터 넘는 거리를 왕복하며 산소통을 메고 달려야만 했는데요. 4분의 골든 타임이 훨씬 지난 시점이라 목숨이 경각에 달린 당시 상황을 긴박하게 전합니다. 남은 마지막 문단에서 그는 이렇게 말합니다.

병원으로 가는 동안의 CPR은 나의 몫이었다. 하나 둘 셋넷 (...) 열다섯. 출장소로 돌아온 소방관은 소주 한 잔을 바깥에 뿌리고 가만히 고개 숙였다. 명복을 비는 그만의 방식이었다. 그는 어떤 마음으로 '요구조자'에게 달려갔을까. 내가 만난 소방관들은 평범하고 각자의 욕망에 충실한 사람들이었지만 적어도 현장에서의 그들은 모두 단단한 사명감을 덧입고 있었다. 2년이라는 짧은 시간 함께했지만, 내가 제대한 이후 2명의 소방관이 순직했다. 한 명은 소방학교의 교관이었고 한 명은 출장소의 부소장이었다. 그렇게 누군가를 향해 달려가는 그들이 있기에 오늘과 내일의 안온한 우리가 있다. 화재 진압 중 순직한 이형석, 박수동, 조우찬 소방관의, 그리고 타인을 위한 일을 하다가 우리의 곁을 떠난 모두의 명복을 빈다.

_김민섭, 〈그들의 명복을 빈다〉, 《경향신문》, 2022년 1월 8일.

안타깝게도 목숨을 살리지 못한 그때의 경험을 서술한 이유를 마지막 부분에서 명확히 밝힌 것입니다. 칼럼이 지면에 수록될 당시 평택 물류 창고 신축 공사장에서 발생한 화재를 진압하다 순직한 소방관들을 향한 애도라는 점을요. 칼럼은 생명을 살리기 위해 위험을 무릅쓰고 분투하는 소방관들의 일상에 잠시 몸담았던 한때를 회상한 후 그들의 거룩한 희생에 예를 표하며 맺습니다.

주제를 정리하거나 명확히 밝히는 방법 이외에 회수한 후 반복하는 방식도 있어요. 이미 본문에서 언급한 사항을 다른 표현으로 되풀이하여 보여 주는 형식입니다. 내용 자체는 동일해 마치 재활용하듯 이야기가 반복되므로 다소 지루하게 여겨질 수는 있습니다. 하지만 독자에게 각인시키는 효과를 줘요. 강조하는 셈이니까요. 자연스럽게 주장을 공고히 하게 되는 거지요. 또한 두 번이나 나왔으니 이젠 글을 마칠 시점이라는 걸 독자에게 넌지시 알려 주기도 합니다. 이런 신호는 생각보다 꽤 쓸모가 있어요. 글의 여정이 무난하게 마무리되기에 안정감을 주기 때문입니다. 그렇다면 '회수한 후 반복하기'를 '회수한 후 다지기'로 일컬으면 좀 더 적절할 듯싶네요.

정서적으로 완결된 마무리는 영화처럼 갈등과 해소의 구조를 지닌 스토리에서 다지기로 종종 사용됩니다. 영화 〈극한 직업〉 마지막 장면에서는 경찰차가 도착해 경찰들이 사건 현장을 정리하는 사이 화면 후경에서 장 형사와 마 형사가 호들갑스럽게 키스를 하고 다른 출연자들 역시 시답잖은 농담을 하나씩 하는데요. 코미디 장르의 특성을 살려 낸 결말이라고 볼 수 있어요. 이제 곧 스크린이 꺼지고 불이 켜질 테니 집에 갈 시간이 다가왔다는 걸 관객에게 알리는 거죠. 칼럼 역시 서사를 지녔으므로 마지막 문단에서는 논의 사항에 관한 주장을 다시 언급하면서 맺는 흐름은 자연스럽습니다. 뿐만 아니라 주장을 명확하게 전달하는 효과도 낳고요.

주장을 확실히 뒷받침하기 위해 또 다른 사례를 언급하기도 합니다. 즉, '회수한 후 덧붙이기' 방법인데 동일한 내용을 반복하기보다는 새로운 이야기를 살짝 소개하면서 짧지만 강한 인상을 남길 때 사용하면 좋습니다. 칼럼 〈우리나라 법조인들이 노동법에 무지한 이유〉의 첫 문단과 마지막 문단을 중심으로 살펴봅시다. 첫 문단을 읽어 볼까요?

> 해고당한 노동자들이 회사 100미터 이내 장소에서 "노동자 단결 투쟁 우리는 승리한다!" "정리해고 분쇄, 비정규직 철폐!" 등의 팻말이나 펼침막을 거치하면 그때마다 회사에 백만 원씩 지급해야 한다는 법원의 결정이 나왔다. <u>서울 세종호텔에서 발생한 정리해고와 직장폐쇄를 둘러싸고 벌어진 일이다.</u>
>
> _하종강, 〈우리나라 법조인들이 노동법에 무지한 이유〉, 《한겨레》, 2022년 1월 18일.

칼럼은 노동 문제 사건을 다룬 법원의 판결을 소개하면서 시작합니다. 법원의 결정이 상식과는 거리가 멀다고 판단한 후 "법조인들 중에 노동법을 제대로 공부한 사람들"이 적은 점을 그 이유로 듭니다. 사법 시험이나 변호사 시험에서 노동법을 선택하는 경우가 극소수이며 사법 연수원에서도 노동법을 접하지 않는 이들이 많아 노동 문제를 사회법이 아닌 시민법 측면에서 접근하는 잘못을 자주 한다는 거지요. 물론 칼럼 본문에서는 시민법과 사회법의 차이를 구체적으로 설명하며 독자의 이해를 돕습니다. 우리가 주목할 부분은 마지막 문단(9문단)입니다.

> 프랑스 중학교 시민교육 교과서에는 세종호텔 사건과 거의
> 판박이처럼 비슷한 내용이 나온다. '직장폐쇄에 맞선 노동
> 조합'이라는 탐구 단원이 있고 '총정리'에서는 "이 사례를
> 기반으로 어떻게 노조가 노동자의 권리를 보호하는지 설
> 명해 보시오"라는 문제를 예시하고 있다. 프랑스에서는 중
> 학생들의 필수교양 지식에 해당하는데 우리나라에서는 법
> 조인들조차 제대로 설명하기 어렵다. 언제까지 이래야 하
> 는가?

칼럼은 첫 문단에서 언급한 사건과 비슷하다며 새로운 사례
인 "프랑스 중학교 시민교육 교과서"의 탐구 단원 총정리 문제
를 이야기합니다. 프랑스 중학생에게는 상식이 된 사항을 우리
법조인들은 알지 못한다며 비판한 겁니다.

의외의 예시를 들어 중학생과 법조인을 대비시켜 노동법 공
부 좀 하라는 주장을 강하게 내비친 거예요. 마치 권투에서 카운
터펀치를 날려 상대를 휘청거리게 만드는 회심의 마무리가 떠
오르는 방법입니다.

지금까지 회수해서 주제를 정리하기, 명확히 밝히기, 회수한
후 주장 다지기, 다른 사례를 덧붙여 주장 강화하기 등을 살펴보
았습니다. 이것 외에 한 가지 더 생각해 본다면 '회수한 후 살짝

칼럼 레시피

변형하기'를 들 수 있어요. 김은형 논설위원의 칼럼 〈인생에서 가장 불행한 나이는 몇 살일까〉의 마지막 문단을 읽어 봅시다.

중년을 벗어나 노년을 향하며 온몸으로 깨닫는 인생의 덧없음, 나는 별거 아닌 존재였다는 겸허한 인정, 이런 것들이 삶을 재정비하게 만든다고 한다. 안정, 성공, 변화, 혁신 등을 향해 질주하던 인생에 브레이크가 걸리면서 가족이나 친구 관계, 일상, 종교 같은 것들의 의미가 중요해지는 것이다. 아직 불행 올림픽에 출전 중인 나로서는 이런 연구 결과와 석학들의 말이 어느 정도 수긍은 가지만 아직은 잘 모르겠다. 특히 보람 있는 노년을 보내기 위해서 순간적 쾌락보다 삶의 의미를 추구해야 한다는 건 술 끊으라는 잔소리로만 들려 거부감이 드는 걸 보니 경기가 끝나려면 먼 것 같다.

_김은형, 〈인생에서 가장 불행한 나이는 몇 살일까〉, 《한겨레》, 2020년 9월 23일.

마지막 문단 중 앞부분에서는 이어지던 내용을 정리하고 뒷부분에서 조금은 상반된 의견을 추가합니다. 독자에게 지금까지 들려준 이야기를 마치 번복하고 있는 느낌마저 드는데요. 어떤 연유로 이런 마무리를 취했을까요?

칼럼은 "생애 주기별 U자형 행복 곡선"을 제시하는데 다양한 연구 결과에서 나타난 사실이라며 구간별 분포를 설명합니다. 행복의 만족도는 스무 살 즈음부터 시작되어 고공 행진하다가 30대를 지나며 감소한 후 40대~50대에서 바닥을 긴다고 해요. 칼럼은 그래프가 곤두박질칠 수밖에 없는 이유를 "부모를 부양하는 돌봄 노동"이나 "육아의 고통" "불안한 노후 자금과 직장생활의 진로" 등으로 생각해 보는데요. 노년에 이르면 곡선은 다시 상승하는데 "인생의 덧없음" "겸허한 인정" 등 삶의 깨달음 덕분이라고 합니다.

우리가 눈여겨볼 지점은 마지막 문단입니다. 결국 행복은 모든 것을 내려놓고 인생을 관조하는 넉넉함에서 온다는 말일 텐데 이러한 내용을 결론으로 삼아 글을 안정적으로 마무리할 수도 있겠지만 어딘지 너무 반듯한 느낌이 들어요. 자연스러운 삶의 과정을 연구 결과나 전문가의 말을 인용하며 서술했기에 반론을 제기하기에는 다소 무리가 있고 그렇더라도 인정하기에는 현실적으로 내심 불편합니다. 만약 힘겨운 일상을 겪는 사오십 대라면 불행의 터널을 벗어나기 위해서는 마음을 비우라는 말이 피부로 와닿기 어려울 테니까요. 더군다나 그 나이 또래인 칼럼 필자 역시 그런 마음이 들지 않았나 싶어요. 이런 상황에서 어떤 마무리가 좀 더 적절할까요?

칼럼 필자는 정직한 감정을 택했어요. "수긍은 가지만 아직은 잘 모르겠다"며 실은 "잔소리로만 들려 거부감"까지 든다고 솔직하게 말한 거지요. 얼핏 보면 주제를 부인하듯 보이지만 그보다는 주제를 이행하는 건 쉽지 않다는 걸 겸손하게 말하는 것이라 보여요. 고귀한 내용이니 독자에게 따르라고 강요하거나 가르치려 드는 게 아니라 이 문제에 대해 함께 생각해 보자는 의미를 담고 있어요. 독자의 처지에서 이야기를 전하고 있어 공감을 불러일으키는 마무리라고 볼 수 있지 않을까요?

회수하기를 정리해 봅시다.

📁 관점1: 회수하기

- 주제를 정리하자.
- 주제를 명확히 밝히자.
- 회수한 후 다지자.
- 회수한 후 덧붙이자.
- 회수한 후 변형하자.

마무리의 기술 2: 주장 변신하기

회수하기에 이어 결말을 짓는 두 번째 시점은 주장을 변신시키는 일입니다. 본문에서 이끌어 온 논의를 바탕으로 예상 가능한 주장에 다다르기보다는 반전이나 열린 결말, 확장이나 전망을 통해 하고 싶었던 이야기를 비로소 내비치거나 조금 다른 측면에서 글을 맺는 방식입니다. 독자로서는 뻔한 결말이 아니라 생각하지 않은 지점에서 글이 끝나므로 강한 인상과 신선한 느낌을 동시에 받게 됩니다. 물론 허술한 구성이라면 엉뚱한 결론이 되어 버릴 우려가 있으므로 체계적인 빌드업이 필요합니다.

먼저 반전을 활용한 예를 살펴봅시다. 김인숙 소설가의 〈콜롬비아 비극, 아주 먼 남의 얘기겠는가〉는 분량이 꽤 긴 칼럼입니다. 200자 원고지 14장으로 공백을 제외해도 2100자가 넘는 양인데 마지막 문단은 약 100자 정도로 구성됩니다.

> 이 며칠 계속 하마를 생각한다. 나도 동물원을 찾아가 하마를 보고 싶다. '바다에서 방향을 돌리는 배처럼' 서서히 변하는 것들을 생각해보고, 그럼에도 그 하마의 궁둥이처럼 힘찬 것들을 생각해보고 싶다. <u>소설 속, 주인공의 심정으로, 고 백남기 씨를 추모한다.</u>
>
> _김인숙, 〈콜롬비아 비극, 아주 먼 남의 얘기겠는가〉, 《경향신문》, 2016년 10월 5일.

그중 하마나 동물원을 포함해 인용된 부분은 본문에서 이미 나온 상태라 단지 회수한 내용에 해당합니다. 결국 처음 언급되는 "고 백남기 씨를 추모한다"라는 문장이 마지막 문단의 핵심인데요. 관점 1에서 살펴본 내용과는 성격이 다릅니다. 회수한 것들을 바탕으로 주제를 정리하거나 명확히 밝힌 것도 아니고, 반복되지도 않으므로 다지기라고 보기도 어렵습니다. 그렇다고 다른 사례를 덧붙이거나 논지를 살짝 변형시키지도 않았어요. 그야말로 자동차 핸들을 180도 틀 듯 입때껏 진행해 온 방향을 완전히 바꿔 버립니다.

사실 이 칼럼은 후안 가브리엘 바스케스가 쓴 소설《추락하는 모든 것들의 소음》을 내내 다룹니다. 주인공이, 퇴락한 동물원에서 하마가 방향을 돌리는 모습을 본 장면을 직접 인용하기도 하고요. 소설의 배경인 콜롬비아 내전으로 수많은 이가 죽고 다치는 상황을 전하기도 합니다. 칼럼 필자는 제목처럼 "콜롬비아의 비극이 먼 남의 얘기겠느냐"며 그들이 겪는 고통은 지구 반대편인 우리나라에서도 형태를 달리해 존재한다고 주장합니다. "사람은 죽고, 이념은 무기"가 된다며 본문을 맺은 후 마지막 문단에서 백남기 농민을 비로소 언급해요. 쌀 수매가 인상 등을 요구하는 민중총궐기 도중 경찰이 쏜 물대포를 맞고 쓰러져 결국 생을 달리한 인물을 갑자기 등장시키는 바람에 독자 중에는 어리둥절해하는 사람이 있을지도 모릅니다. 하지만 반전을 통해, 소설 소개로 그치지 않고 당시 사건을 담아 현실을 비판한 시의성 가득한 칼럼이라고 보는 게 더 적절합니다.

반전은 미처 알지 못했던 사항을 깨닫게 만듭니다. 이미 반전 영화의 고전이 된 〈유주얼 서스펙트〉나 〈식스 센스〉가 마지막 부분에서 관객을 경악하게 만드는 이치와 같지요. 영화 곳곳에 심어진 일명 '떡밥'들이 의미를 갖고 도열해 기존의 서사를 뒤집고 새로운 사실을 구축하는 겁니다. 앞의 칼럼도 마찬가지예요. 언뜻 보면 문학을 통해 단순히 사회 문제를 겨냥한 듯하지만 실은 공권력에 희생당한 사람을 애도하기 위한 장치로 소설을 활용한 겁니다. 농민의 부음이 알려진 지 얼마 지나지 않아 칼럼이 지면에 발표되었다는 점은 시사하는 바가 큽니다.

반전 외에도 주장을 변신시키는 방법 중엔 아예 결말을 짓지 않는 방식도 생각해 볼 수 있습니다. 보통 우리는 칼럼을 주장이 명료한 글이라고 여깁니다. 문제를 파악하고 해결 방안을 제시해야만 한다고 보는 거죠. 하지만 반드시 그럴 필요는 없습니다. 모범 답안이 무엇인지 찾아내는 일은 그 분야의 전문가가 해야 할 몫이에요. 문제 제기만으로도 훌륭한 칼럼이 될 수 있습니다. 다른 사람이 미처 보지 못한 부분을 자신만의 관점으로 질문하는 일은 무척 중요합니다. 불합리한 사항을 발견한 후 글로 옮기는 작업만으로도 독자에게 울림을 주거든요. 여론이 형성된다면 사회적으로 개선을 촉구하게 되고 실질적으로 문제를 푸는 단계로 나아갑니다.

김훈 작가의 〈강남역 7번 출구〉는 마치 카메라로 동영상을 찍듯 거리의 모습을 보여 줍니다. 강남역 7번 출구의 지상과 지하에는 "삼성전자, 삼성생명, 삼성화재의 고층빌딩들"이 즐비하게 서 있고, "삼성 갤럭시, 삼성 딜라이트, 영삼성의 신제품 매장"이 들어서 있습니다. 반면 출구 옆에는 "삼성전자 백혈병 피해자 단체인 '반올림'"에게서 자리를 물려받은 "삼성 피해자 공동 투쟁"의 천막이 보입니다. 칼럼은 거대한 "삼성타운"과 초라

한 농성 현장을 처음부터 끝까지 감정도 의견도 없이 묵묵히 묘사할 뿐이에요. 독자는 마지막 문단에 집중하게 됩니다.

> 온갖 욕망과 아우성, 번영과 소외, 첨단과 낙후가 뒤엉킨 이 거리는 올 때마다 평온하고 질서 잡혀 있다. 점심시간에는 회사 신분증을 목에 건 젊은 직장인들이 맛집 앞에 줄을 선다. 네거리 신호등에 따라 자동차들은 정확하게 움직이고 배달 라이더들이 코너링한다. 이 거리의 아우성은 듣는 이가 없어서 적막하고, 모든 표정들이 모여서 무표정하다. <u>이 거리는 난해하다.</u>
>
> _김훈, 〈강남역 7번 출구〉, 《한겨레》, 2020년 7월 20일.

칼럼 필자는 마지막까지 어떤 결론도 내리지 않습니다. 그나마 "이 거리는 난해하다"라고 심경을 언뜻 비출 뿐이에요. 강남역 7번 출구 거리를 당신은 어떻게 생각하느냐고 직접 묻지도 않아요. 문단 배치로 두 대상을 대비한 전개를 바탕으로 주장을 이끌어 내는 듯 보였지만 마치 소설의 열린 결말처럼 어떤 언급도 없습니다. 이것을 주장의 물리적인 변신이라고 보면 어떨까요? 잡힐 듯 말 듯 주제가 어렴풋이 형성되다가 마지막 문단에서 윤곽마저 신기루처럼 사라지니까요. 여운을 주며 칼럼에서 전한 내용을 독자가 적극적으로 생각하도록 만드는 거지요.

반전과 열린 결말에 더불어 논의 대상을 확장하거나 전망하는 방식도 눈여겨보면 좋습니다. 다루어진 소재나 분위기와는 전혀 다른 방향으로 돌리지도 않고, 염두에 둔 주장이 갑자기 연기처럼 없어지지도 않습니다. 본문에서 쌓아 온 자료, 정보, 의견 등이 고스란히 이어지되 과녁의 범위를 확장하거나 다른 지점에 적용되어 주장이 변신하는 마무리입니다. 다음 칼럼에서 생각해 봅시다.

김현아 작가는 〈바비큐 없는 환영파티를 떠올리다〉에서 청소년들과 함께 "유럽연합의 통합 과정을 촉진하고 교육·연구하는 기관"인 유럽 아카데미에서 보낸 일주일을 소재로 삼아요. "인류가 당면한 문제"를 풀기 위해서는 토론과 협력이 중요하다는 걸 이야기합니다. 칼럼의 전개 과정을 핵심어 중심으로 요약해 보면 글을 조망하는 데 도움이 됩니다.

유럽 아카데미에 도착 후 겪은 에피소드 ⇨ 유럽 아카데미에 온 이유 ⇨ 유럽석탄철강공동체 설립 과정 ⇨ 유럽 아카데미 탄생 ⇨ 현재진행형인 공동체, 유럽연합 ⇨ ?

칼럼은 차이를 인정하고 다양성을 추구하는 에피소드로 시작해 기후 문제, 한반도 평화 등의 해법을 배우러 유럽 아카데미를 찾은 동기를 소개합니다. 전쟁을 막기 위한 시스템을 구축하는 "협력과 통합의 과정"을 거쳐 지금의 모습을 이룩한 유럽연합도 꽤 상세하게 설명하고요. 이러한 글 흐름에서 마지막 문단을 어떤 내용으로 채우면 좋을까요?

본문에서 언급한 주요 사항을 회수한 후 주제 문장을 '잘' 정리할 수도 있습니다. 가령 '유럽연합이 취한 "협력과 통합의 과정"이야말로 문제를 푸는 열쇠다'라고 액면 그대로 쓰거나 '유럽 아카데미에서 유럽연합의 역사, 문제 인식과 실천 과정을 배운 소중한 일주일이었다' 정도로 마무리 지어도 괜찮을 듯싶습니다. 하지만 논의의 폭을 넓히면서 변화를 주는 것도 좋습니다. 칼럼에서는 실제로 어떻게 마쳤는지 살펴봅시다.

> 유럽 아카데미에서 보낸 마지막 밤, 누군가 유럽연합을 넘어 지구연방이 필요하다는 이야기를 했다. 유럽 아카데미 같은 학교를 판문점에 세운다면 좋겠다는 의견도 나왔다. 그 학교의 이름은 어싱(Earthing) 아카데미. 인간뿐 아니라 지구에 사는 다양한 생명 종이 함께 살아갈 수 있는, 인물을 넘어 만물의 서사를 함께 써나갈 수 있는 학교였으면 좋겠다고 그해 여름, 코로나 시대가 되기 전의 마지막 외국 여행에서 우리는 함께 얘기 나눴다. 이런 주제를 다루는 대선 토론을 볼 수 있기를 바라는 마음이다.
>
> _김현아, 〈바비큐 없는 환영파티를 떠올리다〉, 《한겨레》, 2022년 1월 18일.

우선 "지구연방"과 "어싱 아카데미"가 눈에 띕니다. 본문에서 주요 대상이었던 유럽연합과 유럽 아카데미의 확장판을 모두 언급한 셈이에요. 유럽이라는 공간에서 머물지 않고 지구 전체로 확대하거나 남과 북의 경계 지역인 판문점으로 이동해 인류와 자연의 공존을 모색합니다. 전까지 다뤘던 소재와 주제에 국한하지 않고 또 다른 기대를 얹는 방식은 마지막 문장에서도 확인할 수 있습니다. 당시 대선을 앞두고 후보들이 토론 여부는 물론 규칙과 일정 등으로 신경전을 벌였던 분위기를 상기한다면, 의혹을 폭로하는 네거티브 공방전이 아닌 "협력과 통합"을 위한 정책 검증의 토론장이 되기를 고대하는 심정을 담았다는 것을 알 수 있습니다. 주장의 변신이라 볼 만하네요.

주장을 변신시키는 방법을 정리해 봅시다.

관점 2: 주장을 변신시켜기

- 반전을 취해 보자.
- 열린 결말로 여운을 주자.
- 확장하거나 전망하자.

마무리의 기술 3: 구성, 어조, 인용 고민하기

지금까지 내용 면에서 칼럼을 어떻게 마무리하면 좋을지 생

칼럼 레시피

각해 보았습니다. 이번에는 구성이나 어조, 인용 등 형식을 중심으로 살펴볼게요. 마지막 문단이 주는 분위기는 꽤 중요합니다. 여러분이 만약 대선 후보로 TV 토론에 참석해 열띤 논쟁을 마친 후 약 1분 30초의 마무리 발언 시간이 주어졌다고 가정해 봅시다. 시청자에게 호소할 마지막 기회이기에 동일한 내용을 다시 언급하더라도 억양이나 표정, 말투, 몸짓 등에 좀 더 신경을 쓸 겁니다. 칼럼 역시 마찬가지예요. 정리한 내용을 어떤 형식에 담을지 고민할수록 독자가 체감하는 잔상이나 확신 등은 더욱 강렬해집니다.

강조하며 마치면서도 동시에 안정감을 주는 방법 중에 수미상관이 떠오르네요. 가령 김소월 시인의 시 〈엄마야 누나야〉는 "엄마야 누나야 강변 살자"를 첫 행과 마지막 행에 배치합니다. 동일한 문장을 반복하면서 처음과 끝을 연결합니다. 칼럼인 경우는 만약 첫 문단에서 주제문을 선보였다면 마지막 문단에서 다시 언급해 볼 수 있습니다. 단순하지만 강력한 효과를 발휘합니다.

물론 시는 운율적 측면에서 같은 구절이나 문장을 처음과 마지막에 놓아도 괜찮지만 칼럼은 분량이 적은 산문이라 표현마저 동일한 문장을 그대로 쓰기에는 부담스럽기도 합니다. 이런 경우는 1문단에서 제기한 질문을 마지막 문단에서 비로소 대답하는 방식을 취하면 괜찮아 보입니다. 본문에서 논의한 내용을 근거로 다시 처음으로 돌아가 문제를 풀게 되는 셈이므로 궁금증을 해소해 명쾌해지지요.

　다른 장르에서는 이와 비슷한 기법을 종종 활용하는데요. 양상을 눈여겨보면 도움이 될 듯해요. 예를 들면, 영화는 서사 구조를 안정하게 만들면서도 함의를 높이기 위해 사용합니다. 켈리 라이카트 감독이 연출한 2019년 작 〈퍼스트 카우〉는 한적한 들판에서 가지런히 놓인 해골 두 구가 우연히 발견되면서 시작해요. 곧 미국 서부 개척 시대로 장면이 바뀌어 쿠키와 킹 루라는 두 명의 남자가 우정을 나누는 이야기가 펼쳐지고 마지막 부분에서 다급히 도망가는 그들의 모습을 보여 줍니다. 소 주인 몰래 젖을 짜 우유를 훔쳤기 때문인데요. 머리를 다친 쿠키가 지친 몸을 이기지 못하고 땅바닥에 누워 눈을 붙이자 킹 루도 그 옆에 나란히 누워요. 잡히면 목숨을 잃는 상황이지만 친구를 버리지 않고 운명을 같이한 행동입니다. 영화는 하늘을 향해 눈 감은 두 남자의 얼굴을 비추며 끝나요. 관객은 영화 첫 장면에서 본 유골을 떠올리게 되고 그들이 우정과 신뢰를 나눈 시간을 거쳐 다시 마지막 장면을 응시하게 될 겁니다.

　칼럼은 영화처럼 영상물이 아니지만 영화와 마찬가지로 창작물이라고 볼 수 있어요. 단순히 의견이나 정보를 일방적으로 전달하는 무미건조한 글이 아니라 사안에 대해 깊이 고민한 흔적을 독자에게 전달하는 작품이라고 보아도 무방합니다. 즉, 독자를 설득하기 위한 대상으로 여기기보다는 감상의 주체로 여긴다면 마지막 문단을 어떻게 쓰면 좋을지 고민하는 데 도움이 되지 않을까요? 독자에게 좀 더 여운과 감동을 주기 위해 노력할 테니까요. 이런 면에서 김형석 영화 저널리스트의 칼럼 〈모가디슈〉는 꽤 흥미로운 결말을 지녔습니다. 아시다시피 영화 〈모가디슈〉는 내전으로 아수라장이 된 소말리아의 수도 모가디슈를 남한 대사관과 북한 대사관 사람들이 힘을 합쳐 필사적으로 탈출하는 과정을 담았어요. 칼럼 필자는 영화를 모가디슈 안과 밖에서 각각 살펴봅니다. 즉, 안에서 본다면 남북한 사람들의 탈출기가 되고 밖에서 본다면 다른 나라에서 벌어지는 내전으로 볼 수 있지요. 1, 2문단에서 이런 서로 다른 두 가지 시선을 언급해요. 1문단에서는 "분단 장르 영화"로, 2문단에서는 "기관총을 든 소년들"로 표현합니다.

주목할 부분은 마지막 3문단이에요. 글 맥락을 고려할 때 결말을 어떻게 맺는 게 좋을까요? 3문단 전문을 들여다봅시다.

그렇다면 이 아이들은 어디서 왔을까? 여기서 우린 영화 전반부에 바닷가에서 공을 차던 아이들을 떠올리게 된다. 전쟁은 아이들이 폭력을 놀이처럼 즐기게 만든 셈이다. 끔찍한 사실은 내전이 30년 가까이 지금도 지속되고 있다는 것. 인생의 대부분을 전쟁터에서 보낸 그 꼬마들은 지금 어떤 모습일까? 우린 탈출에 성공했지만, 모가디슈 사람들은 여전히 그 안에 갇혀 있다.

_김형석, 〈모가디슈〉, 《중앙일보》, 2021년 8월 15일.

"기관총을 든 소년들"이 어디서 왔는지, 세월이 흘렀지만 여전히 끝나지 않은 내전 속에서 그들은 어떻게 되었는지 질문합니다. 독자에게 답을 요구하기 위해서도 아니고 칼럼 필자가 제시하고 싶어서 던진 물음도 아니에요. 무고하게 희생된 아이들의 모습을 보여 주며 전쟁의 참상을 고발하려는 의도입니다. 특히 마지막 문장은 두 시선을 모두 포괄하면서도 대비되는 내용을 통해 비참한 현실을 극대화하지요.

- "우린 탈출에 성공했지만": 1문단에서 언급된 시선에서 확인 가능
- "모가디슈 사람들은 여전히 그 안에 갇혀 있다": 2문단에서 언급된 시선에서 확인 가능

즉, 칼럼 내에서 두 개의 시선으로 구조를 세운 후 그 틀에서 마지막 문장을 도출해 내는 형식입니다. 독자로서는 1, 2문단에서 언급된 시선을 회수해 단지 주제를 정리하는 데서 그치지 않고 대비 방식을 이용해 주제를 도드라지게 하는 점에 인상받게 됩니다. 설계한 내용을 하나도 버리지 않고 마지막 부분에서 고스란히 활용하고 있어요. 이런 방식은 칼럼이 지닌 고유한 구성에 따라 적용한다면 요긴하게 사용될 듯싶어요.

두 번째로 어조도 살펴보면 좋습니다. 사안을 비판하거나 주장할 때에는 느슨하기보다는 엄격한 분위기가 형성되기 쉬워

칼럼 레시피

요. 논리로 접근하는 전략을 취했다면 정확한 분석과 냉철한 판단은 필수입니다. 하지만 논쟁을 불러일으키는 문제를 다룰 땐 잊지 말아야 할 점이 있어요. 칼럼 주제에 동의하지 않거나 미심쩍어 하는 독자가 있을 가능성이 크다는 거지요. 민감한 의견이나 소수의 목소리는 이익에 영향을 받거나 다수의 입장에 속한 이들에게 무관심을 넘어 반감을 불러일으킬 수도 있기 때문이에요. '~해야 한다'로 강하게 마무리되면, 주장에 고개를 끄덕이는 경우라면 몰라도 다른 성향을 지닌 독자로부터는 이런 말을 듣기 쉽습니다. "끝까지 너무하네, 정말."

공감은커녕 논리 정연하게 서술했다고 느껴지던 본문마저도 눈에 쌍심지를 켜고 대들 듯 공격하는 인상으로 비치게 됩니다. 좋은 방법이 없을까요?

문장 억양을 완곡하게 써 봅시다. "~하면 어떨까?" "~라고 보면 되지 않을까?" "~경우도 생각해 보자" 등 부드러운 표현을 사용한다면 거부감이 들지 않아 독자에게 공감의 여지를 줍니다. 특히 실천을 요구하는 일이라면 독자에게 체감되는 무게는 표현에 따라 크게 달라집니다. 가령, 육식을 비판하는 칼럼을 쓸 때 기후 위기나 환경 오염, 공장식 축산의 폐해, 동물 실험의 잔인함, 동물권 등을 근거로 각성을 촉구하는 얼개를 생각해 볼 수 있는데요. 문제는 독자의 반응입니다. 고깃집을 제외한 식당가를 발견하기가 쉽지 않은 현실에서 대다수는 외면할 것입니다. 읽었지만 바로 잊어버리고 싶은 독자에게 엄중한 태도로

'당신도 동참해야만 한다'고 주장한다면 그는 이렇게 되물을 공산이 커요. '그러면 당신은 고기를 먹지 않소?'

이런 면에서 안희곤 사월의책 대표가 쓴 칼럼 〈치킨을 뜯으며〉의 마지막 문단은 생각해 볼 가치가 있습니다.

> 오늘 저녁, 올림픽 축구를 보며 치킨이나 먹자고 마음먹은 나는 무엇을 할 것인가. 배달취소 전화를 돌리자는 얘기는 아니다. 서민들의 저녁 한때를 즐겁게 해주는 치킨을 물린다고 해서 별반 달라질 것도 없는 이 세상을 걱정할 뿐. 그나마 닭들의 고통을 덜려고 하고 기후 위기를 걱정하는 양심에 끼지 못하는 나 자신을 탓할 뿐.
>
> _안희곤, 〈치킨을 뜯으며〉, 《경향신문》, 2021년 7월 29일.

저 역시 동물권을 다룬 칼럼을 읽을 때마다 죄책감에 휩싸이곤 했어요. 그래서인지는 몰라도 언젠가부터 육류를 지양하게 되었습니다. 소고기, 닭고기를 멀리하기 시작했지만 생선은 물론 우유나 달걀마저 포기하기는 어렵더군요. 쌀국수에 고명으로 올라가는 편육이나 만두소에 들어가는 고기를 생각하면 육식주의자로 살지 않기는 불가능하다는 결론을 내리려는 유혹에 빠지기도 합니다. 이런 상황에서 가까스로 페스코(육류와 가금류만을 금하고 유제품이나 달걀, 어패류 등은 섭취하는 채식주의자의 한 형태)를 유지하려는 저와 같은 독자에게 완전한 비건을 요구한다면 결과는 둘 중 하나로 좁혀질 겁니다. 절망하거나 성질을 내거나 말이죠.

〈치킨을 뜯으며〉는 취지에 공감하나 어설프기 그지없는 채식주의자는 물론, 실천하기를 망설이는 이에게도 용기를 줍니다. 칼럼은 닭이 "육류 생산과 소비에서 부동의 1위"라며 한국인이 "해마다 6억 마리"를 먹는 현실을 전하는데요. 동물 윤리를 과하게 드러내지는 않으면서도 닭 사육이 끼치는 기후 위기의 위험, 양계 농가의 열악한 현실 등을 차분히 서술합니다. 이런 흐름이라면 마지막 문단에서는 '닭을 먹지 말자'로 귀결되는 게 자연스러워 보여요. 하지만 칼럼 필자는 노골적으로 주장하지 않습니다. 오히려 제목에서 알 수 있듯 치킨을 뜯는 자신의 모습을 솔직하게 보여 주며 현실과 이상에서 고민하며 맺습니다. "~할 뿐"이라는 표현은 칼럼 필자의 부끄러움과 고뇌가 고스란히 전해져 설령 무관심했던 독자라도 이 문제에 잠시나마 응시하도록 만듭니다.

물론 부드러운 어조를 쓰는 건 전체를 조망해서 결정해야 합니다. 경우에 따라서는 마지막 문단에서 주장을 강하고 명료하게 드러내기 위해 질문하며 마치기도 합니다. 가령 분열과 혐오를 조장하는 정치를 질타한 후 '정치인들은 과연 소통할 태도를 갖추고 있는가?'라고 글을 마무리하면 독자 역시 감정 이입이 되어 함께 질문하게 됩니다. 독자의 동참을 이끄는 효과인 거죠. 이처럼 칼럼의 목적, 글쓴이의 성향 등을 염두에 두고서 다양한 어조를 고민해 변용하면 좋습니다.

구성과 어조에 이어 이번엔 인용으로 마무리하는 방식을 살펴봅시다. 우리는 글이나 말에서 인용을 자주 사용합니다. 논문을 쓸 때 다른 논문이나 보고서를 인용하는 일은 흔합니다. 일상대화나 강연에서도 어록이나 속담 등을 사용하는 경우를 쉽게 보지요. 주장이나 의견을 뒷받침하는 근거가 되기 때문인데요. 논지를 보강하는 역할도 합니다. 나의 견해가 주관적이 아니라는 것을 보여 주기에도 적절하고요. 인용한 부분은 독자나 청자에게 객관적인 서술로 다가갑니다. 지면이나 방송, SNS 등을 통해 발표되거나 회자된 말이나 글은 공신력을 갖는다고 여기는 측면도 인용을 즐겨 사용하는 데 한몫합니다.

우리가 관심을 두어야 할 지점은 형태적인 측면에서 마지막 부분에 활용된 인용의 효과입니다. 간접 인용보다는 큰따옴표로 문장이나 말을 그대로 가져와 표시하는 직접 인용을 사용하면 시각적으로도 눈에 들어옵니다. 칼럼에서 주로 사용되는 경향을 크게 세 부분으로 나누어 살펴볼게요.

먼저 본문 후반에 직접 인용을 한 후 마지막 문단에서 자신의 관점이나 해석을 덧붙이는 방법을 생각해 볼 수 있습니다. 논의를 정리하는 지점에서 관련된 문장을 소개한 후 나의 언어로 마무리하면 근거를 발판 삼아 주장을 확실히 다지게 됩니다. 물론 상황에 맞춰 마지막 문단에서 인용과 의견을 순서대로 배치해도 좋습니다.

　　　　　　　　　　　　　　　　　　칼럼 레시피

두 번째로 앞에서 살펴본 수미상관 형식을 취해도 괜찮습니다. 가령 칼럼 도입부와 마지막 부분에 시를 인용해 볼까요? 동일한 시의 앞부분과 뒷부분을 각각 배치하거나 같은 시인이 쓴 다른 시 일부를 처음과 끝에 배열하면 일관성을 유지하면서도 주제를 효과적으로 세울 수 있어요. 앞과 뒤를 시로 장착하는 셈이어서 안정감도 줍니다.

마지막 문단 전체를 인용문으로 구성하는 방식도 괜찮습니다. 다만 몇 가지 주의해야 할 필요가 있어요. 한 문단을 통째로 사용하는 경우라 분량이 과도해서는 안 됩니다. 인용 후에는 글이 바로 종료되기에 모호해서도 안 되고요. 설명이나 해석을 덧붙일 수가 없거든요. 문단 전체이므로 수미상관을 의도하기에도 쉽지 않습니다. 처음과 끝을 부피가 큰 인용으로 채우기에는 칼럼에 주어진 분량은 협소합니다. 즉, 결정적인 마지막 한 방을 사용하며 마쳐야 합니다. 이소영 교수의 칼럼 〈사소한 일에 마음을 담는〉에서 잠깐 살펴봅시다.

집작건대 담당 교직원 선생님이 단체 문자를 발송한 후 출근해서 직접 보니 '이거 눈이 쌓여도 너무 쌓였군' 싶으셨던가 보다. 그래서 재빨리 단어를 추가하신 걸까. 그 장면을 상상하니 심장이 따뜻해져 왔다. <u>내가 사소한 일 안에 담아 낸 마음 또한 누군가에겐 이렇듯 온기를 품은 채 타전되었으리라. 그렇게 생각하기로 했다.</u> 단편 소설에서 읽은 다음 구절이 기억났다.

"동봉한 편지에 아버지는 '나는 너를 믿는다. 네 소신껏 희망을 갖고 밀고 나가거라. 어차피 인생이란 그런 것이 아니겠냐'라고 써놓은 뒤, '아니겠냐'의 '겠'과 '냐' 사이에 V자를 그려놓고 '느'를 부기했다. 그 편지를 읽을 때마다 나는 '아니겠냐'라고 쓴 뒤에 그게 마음에 들지 않아 중간에 '느'자를 삽입하는 아버지의 모습을 떠올린다."(김연수, 〈뉴욕제과점〉)
_이소영, 〈사소한 일에 마음을 담는〉, 《경향신문》, 2022년 2월 3일.

우선 큰따옴표로 인용한 뒤에 출처를 밝힌 게 눈에 띕니다. 직접 인용이든 간접 인용이든 어디서 발췌한 문장인지 명확히 알려야 합니다. 또한 "사소한 일 안에 담아낸 마음"이 인용문 안에서 고스란히 발견됩니다. 자식을 믿고 격려하는 아버지의 심정이 "느"자를 끼워 넣은 흔적에서 전해지기 때문이에요. "아니겠냐"라고 쓴 후 행여 마음이 잘 담기지 않았을까 봐 "아니겠느냐"로 고쳐 썼다는 에피소드가 우연의 일치인 양 본문에서 서술한 사례와 들어맞는 점도 흥미롭습니다. 사실 칼럼 필자는 세미나 공지 메일이나 안내 문자를 보낼 때 문장을 공들여 다듬는 사소한 행위가 다른 이에게 온기를 전한다고 생각하거든요. 독자로서는 김연수 소설가의 작품에서 칼럼 필자의 생각을 확인하게 되는 셈이라 머리를 주억거리게 됩니다.

그럼 형식을 다각도로 고민하는 방법을 정리해 봅시다.

🔖 관점3: 형식을 다각도로 고민하기

- 구성
- 어조
- 인용

지금까지 마지막 문단을 어떻게 쓰면 좋을지 살펴보았습니다. 글을 쓸 때는 퇴고 과정도 중요하지만 초고를 쓰더라도 마무리를 최대한 짓는 게 필요합니다. 결말 부분을 신경 쓴다면 전체 글 흐름을 처음부터 다시 살펴보세요. 고구마를 찔 때도 잘 익었는지 확인하기 위해 젓가락으로 찔러 보듯 칼럼을 마무리할 때도 체크 포인트를 설정해 확인하면 좋습니다.

🐟 마지막 문단 젓가락으로 찔러 보기(체크 포인트)

1. 평범한 결론은 아닌지 확인하자. 누구나 하는 이야기라면 굳이 칼럼으로 쓸 필요가 없다. 물론 결론을 도출해 내는 과정이 개성 있거나 눈여겨볼 만하다면 괜찮다. 그런 경우는 마지막 문단에서 평범하게 정리해도 좋다. 하지만 누구나 이미 알고 있는 이야기를 결론으로 삼으면 다소 맥이 빠진다.

2. 독자를 불쾌하게 만드는 마무리는 아닐지 다시 살펴보자. 주장하는 내용이 타당하더라도 '싸잡아' 비판하거나 친절한 설명 없이 강하게 논의를 전개하면 '막무가내식'으로 밀어붙이는 것처럼 보일 수도 있다. 협박이나 으름장으로 느끼는 독자도 있다. 칼럼의 목적 중 하나는 소통하기다. 반드시 온건하게 전할 필요는 없지만 사안과 상황에 따라 적절한 표현인지 점검하자.

3. 독자가 공감할 수 있도록 맺어라. 가령, 실제 인물을 소설 인물로 비유하거나 최근 사건을 생생하게 언급하면 독자는 친숙함을 느낀다.

4. 방향을 잃지 말아야 한다. 좋은 칼럼은 마무리가 엉뚱하게 보이더라도 찬찬히 읽으면 뜻을 음미할 수 있다. 논의해 온 내용과 같은 방향을 취했기 때문이다. 때로 후퇴하거나 갈지자걸음이라도 큰 틀에서 보면 결국 한 방향으로 글이 흘러간다. 마지막 문단은 방향의 종착역임을 기억하자.

8장

단번에 완성되는 요리는 없다:

완성도를 높이는 퇴고 테크닉

가령 라면을 끓였는데 물을 많이 넣는 바람에 싱거웠던 적은 없었나요? 국물을 졸이겠다며 더 끓이면 안 됩니다. 면발이 바로 불어 버리니까요. 좋은 방법이 없을까요? 지체하지 말고 액젓을 반 숟갈 정도 넣어 봅시다. 액젓 속에 함유된 다량의 아미노산이 감칠맛을 만들어 싱거움을 잡을 수 있어요. 물이 적어 짜다면? 당연히 물을 넣어야 합니다. 하지만 마찬가지로 면이 불어요. 이땐 식초를 한 숟가락 떨어뜨리면 면발이 탱탱하게 유지됩니다. 아세트산 성분이 라면에 들어 있는 단백질을 응고시키는 기능을 하기 때문이에요.

글쓰기도 마찬가지입니다. 초고를 마친 후에는 칼럼이 풍기는 맛을 살펴봐야 합니다. 구조가 엉성하거나 문장이 늘어진다면 손을 볼 필요가 있습니다. 간을 잡기 위해 액젓이나 식초를 투하하듯 적절한 대책을 취해야 해요. 그것으로도 부족하다면 초고를 무너뜨리는 특단의 조치도 감행되어야 하고요. 대공사가 되겠지만 공들여 쓴 글을 무용지물로 만들 수는 없으니까요.

초고를 뒤집어도 된다는 건 글쓰기가 요리와는 다른 특징을 지녔다는 점을 알려 줍니다. 요리는 이미 진행된 상황에서는 시간을 거슬러 올라갈 수 없어요. 다른 재료나 양념 등을 추가해 망칠 뻔한 맛을 살려 낼 뿐입니다. 반면 글쓰기는 초고를 쓴 후 맨 첫 문단으로 돌아가 요리 과정을 복기하며 글을 소생시킬 수 있습니다. 이 얼마나 다행스럽고 고마운 일인가요. 우리에겐 퇴고라는 아주 멋진 과정이 있으니까요.

퇴고의 진정한 힘

평소 헬스로 몸을 단련하기로 유명한 연예인인 김종국 씨가 어느 방송 프로그램에 나와 운동을 마쳤습니다. 곧장 냉장고로 가 닭가슴살, 채소, 방울토마토, 딸기, 바나나, 무순 등을 꺼내 믹서기에 갈더니 걸쭉한 셰이크를 만들어 벌컥벌컥 들이켰어요. 옆에 있던 동료 연예인이 놀란 표정으로 입을 다물지 못하자 그는 이렇게 말했어요. "운동은 먹는 것까지가 운동이야."

비슷한 우스개는 많지요. 퇴근은 회식까지라는 둥 요리는 뒷정리까지라는 둥. 여기에 하나를 더 얹어도 나쁘지 않을 듯싶네요. "글쓰기는 퇴고하기까지가 글쓰기야." 바로 퇴고의 첫 번째 힘입니다. 이것을 '완성력'이라고 부르면 어떨까요? 글은 퇴고로 완성됩니다. 초고의 첫 문단이 항상 최종본의 첫 문단이 되는 건 아닙니다. 퇴고를 통해 초고의 마지막 문단이 글의 맨 앞으로 이동해 글이 더 자연스러워진 경우도 있어요. 문단의 배치를 수정하거나 단어를 빼거나 구절을 추가해 글의 완성도를 높이는 거지요. 따라서 퇴고는 글쓰기의 필수 과정입니다.

마이클 그랜디지 감독의 2016년 작 영화 〈지니어스〉에서 천재 작가 토머스 울프는 편집자인 맥스 퍼킨스의 사무실로 종이 뭉치 여러 개가 가득 담긴 궤짝을 가지고 옵니다. 퍼킨스는 5000페이지나 되는 원고를 꼼꼼히 읽어 나가며 구절을 지우고 단어를 뺍니다. 편집자인 퍼킨스는 울프가 미처 마무리하지 않은 글쓰기 마지막 단계를 일깨워 줍니다. 고치고 빼고 지우고, 고치고 빼고 지우는 과정을 거쳐 비로소 글이 된다는 것을요. 토머스 울프가 미처 몰랐던 점은 바로 퇴고라는 과정이었습니다.

퇴고의 두 번째 힘은 '공감력'입니다. 칼럼을 쓰는 목적은 독자에게 내 생각을 전달하는 거예요. 다양한 방식으로 글이 완성의 경지에 수렴한다 해도 독자가 읽기를 중간에 그만둔다면 실패한 칼럼이 되고 맙니다. 끝까지 읽었더라도 이해하지 못한다면 글은 기능을 다하지 못한 셈이지요. 주장을 받아들이는 것과는 별개로 글 주제가 독자에게 건네져야 합니다.

강 건너 독자에게 내가 보내는 글이 안착하려면 무엇이 필요할까요? 독자의 시선을 지녀야 합니다. 글쓴이가 아닌 제3자의 눈으로 고치고 다듬어야 해요. 예전에 한 수강생의 글을 첨삭한 적이 있습니다. 집안 형편으로 입시 학원에 등록하지 못해 느낀 서러움과 원망부터 천신만고 끝에 대학에 붙는 과정, 그리고 어쿠스틱 밴드를 하며 뮤지션의 꿈을 키워 나갔지만 결국 팀이 와해되는 이야기까지. 감정의 파노라마가 격렬하게 요동치는 글이었어요. 간결하고 힘 있는 문장으로 과거의 소회를 잘 담았지만 어딘지 아쉬움이 남았습니다. 곰곰이 생각해 보니 광풍처럼 몰아친 감정이 명확히 드러났지만 독자의 마음에 잔존하지 못하고 사라졌기 때문이에요. 전 그에게 다음과 같이 몇 줄의 문장을 썼습니다.

"전체적으로 간결하면서도 힘 있는 문장으로 구성된 글입니다. (중략) 감정을 표현하는 방식을 우리는 고민해 봐야 합니다. 글과 내가 어느 정도 거리를 두어야 하는가, 이 문제는 상당히 중요합니다. 여과 없이 감정을 풀어놓을 때 과연 독자를 공감시킬 수 있는지 생각해 보면 좋겠습니다. 독자를 명중시키고 공간으로 흩어지는 글인지, 아니면 독자의 가슴 안으로 스며들어 온몸을 흔들어 놓는 글인지. 이것의 기준은 나와 글과의 거리에 달렸습니다. 제가 말씀드린 내용을 참고하셔서 퇴고해 보시기 바랍니다."

과잉된 감정을 추스르기 위해서는 독자가 되어 여러 번 글을 읽고 고쳐야 합니다. 표현된 단어를 교체해 보고, 강한 어조가 이어진다면 생략도 하고, 관념적이고 추상적인 구절이 보인다

칼럼 레시피

면 구체적인 문장으로 수정해서 독자의 공감을 이끌어 내기 위해 노력해야 합니다. 이 과정이 퇴고의 힘입니다.

퇴고의 마지막 힘은 '실력'입니다. 퇴고는 글 쓰는 능력을 향상시킵니다. 초고를 구석구석 살피다 보면 자리와는 영 어울리지 않는 단어를 발견하게 되고, 적확한 어휘는 없는지 궁금해 사전도 찾아보게 됩니다. 중복되는 게 거슬려 다른 구절로 표현하다 보면 나도 모르게 어휘력이 향상됩니다. 문단 배치를 슬쩍 바꿔 가며 글 흐름을 매끄럽게 만드는 훈련도 할 수 있어요. 어떤 부분을 첫 문단으로 할지, 마지막 문단에 적절한 내용은 무엇이 좋을지 고민도 하게 됩니다. 직접 옷을 바꿔 입으며 의류 매장 거울 앞에 서서 얼굴색이나 헤어스타일과 어울리는지, 표정과는 어색하지 않은지 확인하는 과정과도 같습니다. 퇴고는 그 자체가 글쓰기 훈련입니다.

조금 다른 측면에서, 쓰는 사람의 정의를 인식할 때 우리는 비로소 글을 잘 쓰게 됩니다. 김연수 소설가는 어느 강연에서 '소설가는 고치는 사람'이라고 했어요. 소설가는 소설을 쓰는 사람이라기보다는 쓴 글을 계속 매만지는 사람이라는 뜻일 겁니다. 이는 소설가에게만 국한되지 않습니다. 모든 글을 쓰는 이에게 퇴고는 숙명과도 같습니다. 직면해야 한다면 의연하게 대면할 때 비로소 소설가가 되고 글 쓰는 사람이 되지 않을까요?

고친다고 해서 포장한다는 의미는 아닙니다. 내면의 참모습을 가장 명확한 문장으로 확인하게 만드는 과정을 뜻합니다. 자신을 솔직히 드러내야 진의가 독자에게 닿기에 퇴고는 분명 글쓰기에 필요한 단계이지요. 여기서 놓치지 말아야 할 점이 있습니다. 솔직함과 노골을 분별해야 합니다. 진실한 태도와 경박한 표현은 다릅니다. 가감 없이 드러내는 노골적인 표현은 서툰 글을 만들고 맙니다. 원색적인 비난으로 흐르거나 두서없이 감정만 폭발시킵니다. 반면 숨김이 없는 솔직한 태도는 신뢰가 고스란히 글에 박힙니다. 내가 쓰려는 내용이 맞는지 살피기 위해 문장은 물론 단어나 조사 하나에도 신경을 쓴 글에는 나무랄 데 없는 솜씨가 느껴져요. 에두르거나 회피하지 않으려면 마찬가지로 퇴고라는 훈련이 필요합니다.

📘 퇴고의 힘

- 완성력(글): 퇴고는 글을 완성시킨다.
- 공감력(독자): 퇴고는 독자를 붙잡는다.
- 실력(필자): 퇴고는 글쓰기 실력을 키워 준다.

고치고 고치고 또 고치고

이쯤에서 좋은 글을 쓰기 위해 거치는 과정을 살펴볼까요?

보통 크게 두 가지로 나눠요. 초고 쓰기와 퇴고하기. 여기에 몇 단계를 추가로 설치하면 더 좋은 글이 됩니다.

> 1단계: 초고를 쓴다.
> 2단계: 퇴고를 한다.
> 3단계: (   )
> 4단계: (   )
> 5단계: (   )

빈칸에 무엇을 집어넣으면 적절할까요? 답은 '퇴고를 한다' 입니다. 단순한 말장난이 아니에요. 퇴고는 위에서 살펴보았듯이 완성력과 공감력과 실력에 영향을 줍니다. 고치고 다듬을수록 글은 견고해집니다. 물론 초고 쓰기에 역점을 두어 글쓰기의 막막함이나 두려움을 이겨 내는 방식도 중요하고, 7장에서 언급했듯이 초고는 꼭 마무리짓는 게 좋습니다. 하지만 초고를 마쳤다는 건 좋은 글을 쓰기 위한 초석을 비로소 다졌다는 걸 의미해요. 퇴고하기에 돌입하는 순간부터가 글쓰기의 진짜 공정이 시작된다고 보아도 무방합니다.

따라서 퇴고할 땐 집의 인테리어를 바꾸거나 리모델링하듯 보수 공사 차원에서 접근하면 안 됩니다. 필요에 따라서는 기존의 골조를 헐고 다시 기둥을 세우고 들보와 도리를 제작할 수도 있다는 각오를 지녀야 합니다. 퇴고를 대하는 태도가 글의 수준을 결정하니까요.

칼럼도 마찬가지입니다. 더군다나 분량이 많지 않은 글이기에 퇴고 횟수에 따라 칼럼은 초고에서 무한 변신, 무한 발전이 가능해요. 그렇다면 어떤 지점을 눈여겨 퇴고하면 좋을까요?

반드시 유념해야 할 궁극적 방향

퇴고의 힘이 제대로 작동할 수 있는지 살펴보면 좋습니다. 내가 고치고 다듬는 수고로 완성력, 공감력, 실력이 발휘되는가를 기준으로 확인하면 효과적이에요.

첫째, 완성된 글을 향해 나아가야 합니다. 이 부분은 당위적 측면의 성격이 강해요. 수정하는 방향이 대체로 정해지니까요. 가령 완성되었다면 끝이 있다는 걸 의미합니다. 마지막 문단을 읽었는데도 글이 이어져야만 할 것 같은 기분이 든다면 아직 끝난 게 아니에요. 매듭을 지어야 합니다. 7장의 '마지막 문단 젓가락으로 찔러 보기'를 확인하면 도움이 될 듯싶네요.

완성된 칼럼에서는 글의 목적을 명확히 발견할 수 있어요. 더군다나 주제를 담은 문단이 있다면 명료합니다. 또한 특정 독자를 향해 제안하거나 요구하는 글이라면 대상이 뚜렷하게 명시되어야 하고요. 이를테면 시의성을 다룬 글에서 정부나 정치인에게 촉구하는 형태를 떠올려 보세요.

흐름이 자연스러운지 살펴보는 것도 완성의 척도가 됩니다. 처음과 중간, 끝처럼 글 여정의 지점이 자기 자리에 배치되어 있는지, 문단의 순서가 부드럽게 다가오는지 확인합시다. 이것은 응축과 발산이 적절히 이루어지는가의 문제와도 같아요. 겉으로 보기에는 직접적으로 연관이 없더라도 이후에 주제가 빵 터지면 성공적입니다. 거꾸로 주제를 드러낸 후 여운을 남기는 문단이 뒤를 이어도 괜찮습니다. 주안점을 어디에 두느냐의 문제예요. 중요한 건 자연스러움입니다. 자석 주위로 뿌려진 철가루가 일사불란하게 N극에서 S극으로 방향을 가리키며 정렬하듯 문단은 글 주제가 내뿜는 자장 안에 놓여야 합니다. 따라서 칼럼한 편을 구성하는 모든 문단은 결국 주제로 수렴해야 해요.

만약 따로 노는 문단이 발견되었다면 날려 버리거나 수정해 보세요. 주제를 구축하는 데 어떠한 역할도 하지 않는다면 과감히 삭제하세요. 가령 독자의 몰입을 높이기 위해 첫 문단에서 사례를 사용해 초고를 썼다면 퇴고할 때 글의 주제와 연결되는지 확인해야 합니다.

칼럼 여정이 늘어진다면 역시 줄이거나 삭제해야 해요. 칼럼이 피해야 할 적 중 하나는 지루한 전개입니다. 주로 중언부언한 내용이 많거나 단어나 표현이 중복될 때 나타나는 증상인데요. 글을 처음 쓰는 사람에게서는 물론 전문 칼럼니스트의 글에도 자주 발견됩니다. 다음 예를 살펴봅시다.

문명이냐, 야만이냐는 냉장고에서 반찬통 꺼내 그대로 먹
느냐, 아니면 예쁜 접시에 덜어 먹느냐에 따라 결정됩니다.
<u>화장을 하는 사람이 하지 않는 사람보다 부지런한 것처럼,
그릇을 많이 쓰는 이가 안 쓰는 이보다 부지런한 겁니다.</u> 물
론 문명 생활의 대가는 엄청난 설거지거리입니다.

_김영민, 〈설거지의 이론과 실천〉, 《한국일보》, 2018년 3월 4일.

《한국일보》에 연재된 칼럼 〈설거지의 이론과 실천〉은 김영민
교수의 책 《아침에는 죽음을 생각하는 것이 좋다》에 실렸는데
요. 원문과는 달리 밑줄 친 부분이 책에는 다음과 같이 수정되었
습니다.

<u>화장을 하려면, 그릇을 많이 쓰려면, 보다 부지런해져야겠
지요.</u> 물론 문명생활의 대가는 엄청난 설거지거리입니다.

중복된 단어인 '부지런하다', '사람', '이'를 정리했다는 것을
알 수 있습니다. 물론 강조나 운율 효과를 의도하거나 문체의 특
징으로 동일한 단어가 반복되는 경우도 있어요. 흠잡을 일은 당
연히 아닙니다. 하지만 출판되기 전 글을 다듬는 과정을 통해 이
처럼 표현이 바뀌기도 합니다. 우리는 중복된 단어를 간추린 방
식에 주목하면 좋습니다. 전문 칼럼니스트도 이처럼 무한 퇴고
를 하는데 우리도 부지런해져야겠어요!

없애는 과정뿐 아니라 추가하는 절차를 거쳐서도 글은 완성됩니다. 줄이고 덜어 내어 글의 군살을 빼는 것도 중요하지만 중간에 연결 고리가 빠졌다면 이를 그냥 지나쳐서는 안 됩니다. 나사 하나가 단단한 이음새가 되듯 한두 개의 구절이 문단과 문단, 문장과 문장 사이를 긴밀히 이어 주기도 하니까요. 하지만 글쓰기가 익숙하지 않은 초보자들에게는 이 연결 고리를 놓치는 경우가 자주 발생합니다. 가령, '어른들은 하고 싶은 일보다는 해야 하는 일이 중요하다고 말씀하셨지만 이건 내가 생각한 답이 아니었다. 아무도 나를 모르는 곳인 파리로 떠났다'라는 문장을 생각해 봅시다. 언뜻 보아서는 두 문장이 무리 없이 진행되는 듯하지만 가만히 살펴보면 화자가 왜 파리로 떠났는지 명확히 드러나지 않습니다. 이후에 하고 싶은 일을 파리에서 펼치는 내용이 언급되지 않는 한 두 문장의 틈은 상당히 벌어져 있다고 볼 수 있어요. 그래서 아교 역할을 수행하는 구절이 필요합니다. '내가 생각한 답'을 찾기 위한 심경을 끼워 넣는다면 훨씬 부드러워질 겁니다. 예를 들어 '내게는 의무보다는 욕망이 우선했고, 패션을 배울 수만 있다면 어디든 가고 싶었다'라고 쓴다면 두 개의 문장은 튼튼하게 이어지지요.

덧붙일 때는 이음새뿐 아니라 하고 싶은 이야기가 제대로 담겼는지도 확인해야 해요. 칼럼은 지면의 한계로 세부적인 표현이 절약될 수밖에 없는 경우가 많아 의중이 담긴 부분을 빠뜨리기 쉽거든요. 언급한 개념의 가치를 명시하거나 역할을 보탠다면 훨씬 뚜렷해집니다. 구체적인 사례를 추가해도 좋고요. 글이 풍성해져 기존의 일부분을 단락으로 따로 떼어 내 강조 효과를 낼 수도 있어요. 단, 그 과정에서 글이 비대해지는 상황은 경계해야 합니다. 실제로 발표된 칼럼이 다시 매만져진 후 칼럼니스트의 개인 블로그나 SNS 등에 게재되기도 합니다. 분량 제한으로 못다 한 아쉬움을 어떻게 살려 냈는지 그 고민과 결과물을 살펴볼 수 있는 좋은 기회인데요. 주요 논지는 그대로 유지하면서도 좀 더 자유롭고 생생한 이야기로 발전하는 것이지요. 결론적으로 칼럼이 더 완성된 방향으로 나아가게 됩니다.

이런 사례는 우리에게 큰 격려와 위안이 됩니다. 칼럼 쓰기 전문가도 이렇게 줄이고 추가하며 고치는데요. 하물며 칼럼 쓰기를 공부하는 우리는 퇴고하기를 소홀히 해서는 안 되겠지요. 전체 분량이 적절한지, 띄어쓰기나 맞춤법, 주술 호응 등 문법에 맞는 문장인지, 오타는 없는지 등도 확인하시면서 글을 완성해 보세요.

둘째, 퇴고는 독자를 향해 나아가야 합니다. 이 부분은 당위적이라기보다는 유동적 측면의 성격이 강하다고 볼 수 있어요. 명료하게 주제 부각하기, 글 흐름은 자연스러울 것, 중복은 정리하기, 빼먹은 부분은 추가할 것, 비문은 고치고 오타는 잡아 주는 것처럼 완성을 위한 수정 방향은 마치 정답이 있듯 정해지지만 독자를 염두에 둔 퇴고는 고착 지점이 없습니다. 독자는 움직이는 등대이기 때문이지요.

독서는 래프팅과 같아서 독자는 글이라는 계곡물에 보트를 띄워 물의 흐름을 즐기려 합니다. 고속도로나 폭포수처럼 일직선으로 질주하는 느낌을 원하기도 하고, 굽이굽이 이곳저곳으로 데려다주기를 바랄 수도 있습니다. 어떤 곳에서는 빠른 유속을, 또 다른 장소에서는 완만한 흐름을 기대합니다. 즉, 독자는 읽고 있는 지점에 따라 다채로운 경로와 속도를 바랍니다.

독자가 칼럼을 끝까지 읽고 이해하게 만들려면 그의 마음을 간파해야 해요. 완성을 향한 수정도 중요하지만, 변덕스러운 독자의 눈으로 글을 다듬는 노력을 반드시 해야 합니다. 다음과 같은 부분에 신경을 써 봅시다.

우선 과한 곳은 없는지 살펴보세요. 감정이 지나치면 독자는 부담을 느낍니다. 동일한 부분이라 하더라도 쓰는 사람과 읽는 이가 체감하는 감정의 깊이는 달라요. 심취해 쓰다 보면 조금 전 늘어놓은 이야기를 재탕하게 됩니다. 마치 소용돌이에 갇힌 보트처럼 흘러가지 못하고 맴돌죠. 독자로서는 싫증이 날 수밖에 없어요. 정보가 필요 이상으로 많아도 독자는 거북합니다. 주제를 강화하거나 이해를 돕기 위해 다양한 사례를 제시하려는 의도는 좋지만 읽어야 할 양이 넘치면 독자는 피로해지거든요. 독자가 집중할 수 있을지 가늠해 봅시다. 주장이 너무 강한 건 아닌지도 확인하면 좋아요. 명령조로 일관하면 거부감이 들기 쉬워요. 과격한 내용이라면 선뜻 읽으려 하지 않을 겁니다. 감정이나 정보, 주장 외에 과도하게 흘러 독자의 눈살이 찌푸려질 만한 요소는 없는지 찾아보세요.

문장의 길이는 어떨까요? '과도하게' 길다 보면 독자가 흐름을 놓치게 될까 우려되기도 합니다. 그렇다고 눈에 보이는 족족 문장을 잘라 간결하게 만드는 게 능사일까요? 이 부분은 문체와 관련되기도 하는데요. 10장에서 자세히 다루겠지만 퇴고의 관점에서는 일단 다음을 생각해 봅시다. 맥락으로 볼 때 긴 문장이 꼭 필요한지, 첫 문장부터 읽어 온 독자의 컨디션이 감당할 수 있는 길이인지를요. 이 두 가지를 모두 만족한다면 긴 문장을 과감하게 사용해도 좋습니다. 하지만 문장이 길다 보면 중언부언할 가능성과 비문일 확률도 높아지므로 이 점도 경계해야 합니다.

독자가 보기에 매력적인 지점이 있는지도 생각해 봅시다. 재미있는 영화는 기억에 남는 장면이 있기 마련이에요. 마음을 울리는 노래는 나도 모르게 흥얼거리는 구간을 갖고요. 매력적인 칼럼 역시 밑줄을 긋고 싶거나 나도 모르게 감탄이 흘러나오는 지점이 있습니다. 공감을 이끌어 내기 위해 사용한 전략이 제대로 구현되었는지, 감성을 두드리는 표현이 존재하는지, 유익한 정보가 제공되는지, 꼬집는 대목에서는 화끈하게 서술되었는지, 여운을 의도했다면 독자에게 스며들지 고민해 봅시다.

독자를 향한 퇴고는 독백이 아니라 대화를 하는 과정입니다. 메아리를 듣기 위해 외치는 '야호!'가 아니라 건너편 산 정상에 있는 독자에게 전달하는 신호입니다. 내 목소리에 공감한 독자라면 회답하지 않을까요? 퇴고의 수고로 공감력이 실행되는 겁니다.

마지막으로 글쓰기 실력 향상을 향해 나아가야 합니다. 여기서 기준은 '나(필자)'입니다. 완성력과 공감력이 제대로 발휘되는지 살펴볼 때와는 달리 여기서는 글에 초점을 맞추지 않습니다. 초고를 읽는 '나'를 주시해야 합니다. 즉, 글 쓰는 나를 점검하는 과정이에요. 몇 가지를 자문해 봅시다.

먼저 최적화된 상태를 찾으려 노력하셨나요? 초고를 쓸 때 떠올랐던 어휘가 그 자리에 유일하게 맞는 단어가 아닐지도 모릅니다. 비슷한말이 많아 하나하나 교체하는 수고로움을 거친 글과 그렇지 않은 글은 글맛에서 차이가 납니다. 문장도 마찬가지입니다. 같은 의미를 담아도, 가령 주어를 앞에 둘 때와 수식어 뒤에 배치할 때 전해지는 느낌은 사뭇 달라요. 어조 역시 다른 형태나 버전에 따라 글 전체 분위기를 바꿉니다. 문단을 이리저리 옮겨 가며 다양한 조합을 시도하다 보면 기대하지 않았던 글 흐름을 발견할 수 있습니다. 물론 정답은 없어요. 중요한 건 가장 알맞은 단어나 문장, 글투, 문단 배치가 아닙니다. 그것들을 찾기 위해 노력한 흔적이에요. 공들여 골라내고 다듬는 품이 쌓이면 습관이 되어 다음 글을 쓸 때 좀 더 괜찮은 초고를 만들어 내지 않을까요?

칼럼에서 다루는 사안을 위해 손품과 발품을 들이셨나요? 문제 인식을 느껴도 치밀한 자료 조사가 이루어지지 않는다면 이전에 알던 한계에 머물게 됩니다. 협소하거나 치우친 생각으로는 참신한 논의를 이끌어 갈 수 없습니다. 또한 노트북 앞에 앉아 관련 내용을 검색해도 좋지만 필요하다면 현장에도 직접 가봅시다. 책상에서는 결코 알 수 없는 지점을 발견합니다. 고병권 노들장애학궁리소 연구원은 오랜 역사를 지닌 생맥줏집이 강제 철거된 소식을 듣자 자신을 엄습한 "상실감"의 정체를 알기 위해 을지로로 향했습니다.

> 사회관계망서비스를 통해 을지OB베어의 강제 철거 소식을 접하고는 설명하기 힘든 상실감이 들었다. 이상한 말이지만 손님이었던 적이 없는 사람이 단골 가게를 잃은 느낌이랄까. 심지어는 내 것이 아닌 내 무언가를 누군가에게 강탈당한 느낌마저 들었다. 도대체 이 느낌의 정체는 무엇인가. 나는 그것을 알고 싶어 무작정 걸었다. (중략) 그러나 이 활기에 뭔가 잘못된 것이 있었다. 여기도 만선호프인데 저기도 만선호프이고, 앞쪽에도 만선호프인데, 돌아서도 만선호프였다. 주인은 같고 간판에 적힌 숫자만 달랐다. 모두 10호까지 있고 지금 을지OB베어를 밀어내고 11호가 생겨나는 중이었다.
>
> _고병권, 〈상생하라〉, 《경향신문》, 2022년 6월 24일.

그는 노가리 골목을 꽉 채운 이상한 "활기"에서 "뭔가 잘못된 것"을 감지합니다. 만약 책상에서만 이 사안을 다루었다면 결코 발견하지 못했을 내용일 거예요. 초고를 쓸 때 집요할 정도로 사안에 매달렸는지 되돌아봅시다. 손과 발을 충분히 사용해 적극적으로 임했는지 확인해 봅시다.

　시간을 충분히 쏟아부으셨나요? 글쓰기를 미루는 바람에 마감을 코앞에 두고서야 부랴부랴 급하게 쓰지는 않았는지 살펴봅시다. 글을 쓸 때마다 매번 허겁지겁 마친다면 원인을 파악해야 합니다. 어디서 시간이 낭비되는지 조사해 보세요. 그래야 실제로 글쓰기에 집중할 수 있는 시간을 늘릴 수 있어요. 흔히들 이야기하지만 결국 글쓰기는 엉덩이 싸움입니다. 시간을 확보해야 최적화 상태를 찾기 위한 노력도, 손품과 발품을 들이는 일도 가능합니다.

　글을 쓰는 동안 나의 상태가 어땠는지 살펴보셨나요? 쓰는 내내 즐거웠다면 성향에 맞는 소재와 주제라고 볼 수 있지만 그렇지 않았다면 혹시 쓰기 싫거나 회피하고 싶은 내용은 아니었는지 생각해 보세요. 이해되기는커녕 이해하고 싶은 마음도 없는 사안을 붙잡고 있다면 억지로 짜낸 글이 되고 맙니다. 궁합이라고까지 하기는 그렇지만 쓰고 싶은 욕구를 불러일으키는 글이 무엇인지 아는 것도 상당히 중요해요. 내가 잘 쓸 수 있는 분야, 쓰고 싶은 소재를 인식하는 데에도 노력이 필요합니다.

　글쓰기는 연마 측면에서 본다면 기술입니다. 듬직하고 날카로운 기술을 갖추기 위해서는 글 쓰는 나를 부단히 퇴고해야 합니다. 영혼 없이 관성으로 쓰지는 않았는지, 문제 인식 없이 선불리 덤벼든 건 아닌지, 정성을 기울였는지, 새로운 형식을 추구했는지 다각도에서 온전히 살펴볼 때 비로소 글쓰기 실력은 한 칸 올라서게 될 거예요.

내 글에 바로 써먹는 5가지 퇴고 요령

지금까지 완성력, 공감력, 실력을 키우기 위해서 무엇을 퇴고하면 좋을지 살펴보았습니다. 마지막으로 실전에 적용하면 도움이 될 만한 퇴고 요령을 알아봅시다.

1. 밑줄을 긋자

초고를 프린트한 후 연필로 밑줄을 그으며 읽어 내려갑시다. 눈으로는 놓친 부분을 발견할 뿐 아니라 초고 구석구석을 확인할 수 있습니다. 태블릿 PC를 활용해도 좋아요. 종이와 토너가 절약되니까요.

2. 낭독하라

처음부터 끝까지 또박또박 낭독해 봅시다. 튀거나 어색한 단어 또는 자연스럽지 않은 문장을 잡아내기에 편해요.

3. 녹음하라

낭독할 때 녹음을 한 후 들어 보세요. 호흡이 중간에 끊기지 않고 쭉 이어지면 전체 흐름이 유연하고 문장 면에서 괜찮다는 신호입니다.

4. 초고 쓰기 일지를 만들어라

그날 초고 쓴 분량과 그때 걸린 시간을 기록하세요. 글쓰기 태도를 객관적으로 확인하는 자료가 될 수 있습니다.

5. 퇴고 친구를 만들어라

제3자의 시선으로 퇴고하더라도 한계가 있기 마련입니다. 허심탄회하게 의견을 나누고 조언을 받을 수 있는 이에게 초고를 보여 주세요. 글쓰기를 잘 몰라도 상관없습니다. 독자는 최고의 제3자이니까요.

9장

맛깔난 요리는 이름부터 다르다:

매혹적인 제목 달기

불도장佛跳牆을 처음 접한 건 오래전 어느 특급 호텔이 외부에서 운영한 뷔페에서였습니다. 고가의 음식이라 그런지 인기가 꽤 많았어요. 두툼한 작은 뚝배기에 담겼는데 버섯, 죽순, 은행, 인삼은 물론 전복, 등심, 해삼이 동동 떠 있더군요. 갖은 고급 재료를 듬뿍 넣고 육수에 푹 고아 만든 음식이라 언뜻 보기만 해도 깊은 맛이 철철 넘치는 것 같았습니다. 하지만 막상 한 숟갈 뜨자 대추 향이 짙게 풍겨 삼계탕이 연상되었을 뿐 특유의 고유한 맛을 느끼지는 못했어요. 중식 전문 식당이 아닌 뷔페의 특성을 감안한다 해도 기대감과의 괴리가 인상적으로 남은 요리입니다.

비록 개인적으로는 풍미가 각인된 음식은 아니었지만 지금까지도 기억되는 걸 보면 아마 '불도장'이라는 이름 때문이 아닌가 싶어요. '뛰어넘을 도'와 '담장 장'으로 구성되어 스님들이 허겁지겁 담벼락을 뛰어넘게 만들 정도로 맛이 일품이라는 걸 알려 주기에 충분하네요. 한자어라 바로 뜻이 전달되지 않더라도 '스님이 이 냄새를 맡으면 어쩌고…' 하는 이름에 얽힌 고사를 듣게 되면 과장된 익살에 입을 벙글거리며 궁금증이 증폭되고 이런 말이 절로 나올 것 같아요. 정말? 얼마나 맛있기에? 한번 먹어 볼까? 음식 이름처럼 글에도 참신한 제목이 붙게 되면 무릎을 치게 됩니다.

제목의 다양한 기능

칼럼도 마찬가지로 제목을 가집니다. 꼭 제목을 달아야 할까요? 네, 그래야 합니다. 잡초에도 이름이 있고 식당도 간판을 겁니다. 비슷비슷해 보이는 야생화들도 가만히 살펴보면 서로 달라요. 모양새를 구별 짓는 고유한 이름이 필요하지요. 식당 이름을 '부부식당'이라고 걸면 너무 많아 찾아갈 수 없습니다. '다정한 부부식당' '인심 좋은 부부식당'처럼 최소한 식별이 가능해야 합니다. 짧은 글이지만 칼럼도 엄연한 작품이에요. 설령 많이 읽히지 않더라도, 기억해 주는 이가 적더라도 이름을 붙여야 다른 칼럼과 분간됩니다. 이처럼 제목은 구분해 지칭하는 기본적인 기능을 지닙니다.

단지 구별하기 위해서라면 번호를 붙이면 됩니다. 하지만 제목은 어떤 내용인지 안내하는 역할도 합니다. '○○ 원조 족발집'에 가면 김밥이나 스파게티가 아닌 족발을 먹을 수 있다는 걸 알 수 있는 것처럼, 글 소재를 제목에 언급해 주면 독자는 제목을 보는 순간부터 관련 내용을 상상하기 시작합니다. 가령 〈여름의 초입에서〉(장석주, 《이투데이》, 2022년 6월 30일.)라는 칼럼의 제목은 독자에게 계절감을 넌지시 건넵니다. 지면에 실린 게 2022년 6월 말이니 시기상 맞춤한 제목이 된 셈이지요.

관심이 가는 분야라면 독자는 제목을 넘어 본문까지 읽게 됩니다. 예를 들어 〈'오징어 게임'의 빛과 그림자〉(서정민, 《한겨레》, 2021년 9월 26일.)라는 제목을 접하면 그렇게 대박이 난 드라마에 무슨 그늘이 있는지 궁금해지지요. 물론 어떤 명암인지는 본문을 읽어야 알 수 있지만요. 즉, 주요 소재를 활용한 제목은 운을 떼는 역할을 담당합니다.

봄이 가고 정말 여름이 시작되었네. 그런데 가뭄에, 산불에, 갑자기 폭우에 정말 여름의 초입에 다양한 일이 발생했어. 내게도 여러 사건이 터졌거든, 이러쿵저러쿵…. 〈오징어 게임〉이 말이야, 대박이 났는데 우리가 생각해 볼 지점도 있어. 뭐냐 하면 말이지, 어쩌고저쩌고…. 이처럼 글의 물꼬를 트는 역할을 제목이 맡는 것입니다.

〈오징어 게임〉처럼 제목에 사용된 소재가 이목이 집중된 사안과 결부되면 관심을 유도하는 데도 효과적입니다. 칼럼 〈유희열 사태가 남긴 것〉(양성희, 《중앙일보》, 2022년 8월 3일.)은 당시 유희열 작곡가의 표절 의혹 논란을 제목에 전면으로 실었습니다. 유명 방송인의 사과와 "유사해 보이지만 표절은 아니"라는 사카모토 류이치 측의 입장이 표명되었지만 여전히 문제를 제기하는 대중의 반응이 넘쳐 나는 상황이라 칼럼의 제목은 독자의 눈을 사로잡기 쉽습니다. 물론 그로 인한 교훈이나 고찰할 점은 본문을 읽어 봐야 알 수 있겠지요.

〈우영우가 말하고 싶었던 것〉(김명인,《한겨레》, 2022년 8월 18일.) 역시 높은 시청률을 기록한 드라마 〈이상한 변호사 우영우〉를 소재로 취합니다. 자폐 스펙트럼 증후군을 지닌 주인공이 법정 사건을 해결하는 과정에서 소수자를 바라보는 관점을 수많은 시청자에게 환기한 터라 충분히 제목으로 삼을 만해요.

처우 개선을 위해 시위하던 교내 청소 노동자들을 대상으로 학생들이 소음 때문에 수업권을 침해당했다며 소송을 제기한 사건이 있었습니다. 당시에 큰 반향을 일으켰는데 칼럼 〈연세대 청소노동자와 학생의 권리, 어느 게 우선일까〉(김만권,《한겨레》, 2022년 7월 17일.)는 이 일을 권리의 충돌 측면에서 살펴보겠다는 필자의 의도를 제목으로 명확히 표현합니다. 즉, 제목 안에 소재를 제시할 때 칼럼에서 다룰 주제의 방향이나 범위를 마치 가이드라인처럼 독자에게 알려 준 거지요. 마찬가지로 누구의 권리가 우선되어야 하는지, 이유는 무엇인지 등을 알기 위해서는 글 전체를 읽어야 합니다.

이처럼 소재가 담긴 제목은 운을 떼는 동시에 소재가 대중의 관심을 받는 일인 경우 좀 더 자연스럽게 독자에게 다가가게 하는 기능을 지닙니다.

주제를 콕 집어 가리키는 제목도 있어요. 〈실력은 디테일에 있다〉(장강명, 《중앙일보》, 2022년 6월 8일.)라는 제목은 어떤가요? 어떤 실력인지, 이유는 무엇인지는 몰라도 결국 디테일에 집중하라는 필자의 의견이 오롯이 담겨 있지 않을까요? 실제로 장강명 소설가는 칼럼을 통해, 정치계나 언론계를 포함한 모든 분야에서 디테일이 약하면 신념이나 당위가 제대로 작동하지 못한다는 취지의 주장을 합니다. 어설프게 알아서는 사회 비판도 정의감도 갑자기 폭삭 무너지는 모래성에 불과할 듯해요. 현실에서 벌어지는 상황을 구체적으로 알아야 소신이나 철학도 견고한 탑이 될 수 있지 않을까요? "실력은 디테일에 있다"는 제목은 이러한 내용을 요약해 보여 줍니다.

〈이준석의 '허망한 승리'〉(강준만, 《경향신문》, 2022년 8월 31일.)도 비슷합니다. 당시 법원이 "국민의힘 비상대책위원장 '직무집행 정지' 가처분 결정"을 내린 사안을 두고 '이준석의 승리'라고 선언한 일부 언론의 관점을 비판하며 "허망한" 승리라는 표현이 옳다고 말합니다. 제목에 필자의 의견이 뚜렷하게 담겨 있어 여당의 내홍에 관심을 기울인 독자라면 본문을 읽어 내려가게 됩니다.

이처럼 소재를 담은 제목이 운을 떼는 역할을 한다면 주제를 명시한 제목은 핵심을 가리킵니다. 두 가지의 제목 방식 모두 내용을 지시하는 기능을 합니다. 즉, 흥미 유발보다는 메시지에 치중한 제목이지요.

흥미 유도를 목적으로 제목을 짓기도 합니다. 앞에서 이야기한 〈오징어 게임〉이나 〈우영우〉처럼 널리 알려지거나 민감한 사안을 활용하기도 하지만 독자의 궁금증에 초점을 맞춘 제목도 있어요. 가령 〈새로운 아이디어는 어디에 있나?〉(최인아, 《동아일보》, 2022년 9월 3일.)라는 제목은 창조적이고 신선한 아이디어를 생산하는 방법을 고민한다면 눈에 확 뜨일 만합니다. 평소에 관심을 두지 않더라도 이런 내용은 알아 두면 득이 된다는 걸 직감하니까요.

답은 예상대로 본문에서 언급됩니다. 글 후반부에 칼럼 필자는 "통념을 넘어서라"고 말합니다. 독자에 따라서는 약간 김이 빠질 수도 있어요. 이미 상식이라고 여기는 이야기라 생각하기 때문인데요. 하지만 일부 사람에게는 때로 기본을 하찮게 여기거나 간과하는 경향이 있습니다. 심지어 이미 알고 있다고 착각하기도 하고요. 칼럼에서는 그러한 부분을 경계했는지 몰라도 필자의 여러 경험을 들려주며 논의를 완성합니다.

만약 '새로운 아이디어를 얻기 위해서는 통념을 넘어서라'고 제목을 달았다면 어땠을까요? 꽤 많은 독자가 본문을 보지 않았을 거예요. 이미 제목에 답이 나와 있거든요. 물론 질문과 답의 인과 관계에 주목한 독자라면 칼럼 필자의 논지 전개 방식이나 좀 더 자세한 사항을 살펴보기 위해 본문을 읽었을 겁니다. 하지만 핵심어인 "통념"을 노출하지 않고 "새로운 아이디어"를 찾는 방식을 질문할 때 좀 더 호소력이 큰 건 확실합니다. 독자의 눈길을 끌기 위한 구체적인 방법은 잠시 후에 살펴볼게요.

마지막으로 제목은 구분을 위한 지칭 기능, 내용 안내 역할, 관심 유도 작용 외에 이미지 구축에도 쓰입니다. 글 제목이 식당 간판과 비슷하다는 점을 상기한다면 쉽게 이해가 갈 겁니다. 화려한 이미지를 나타내고 싶다면 네온사인을 간판에 부착하기도 하고, 단순하면서도 세련미를 연출할 의도라면 어닝 간판을 설치하기도 합니다. 글자 하나만 도드라지게 설치해 개성 있는 디자인을 연출하기도 하고요.

책도 마찬가지입니다. 가령 다음 두 제목 중 어느 것이 마음에 드시나요? 〈청소용 양동이로부터의 보고서〉 vs. 〈수없이 많은 바닥을 닦으며〉. 모두 스웨덴 노동 문학가인 마이아 에켈뢰브가 약 50년 전에 쓴 동일한 책의 서로 다른 제목입니다. 청소 노동자인 그는 한 출판사 공모전에 1960년대에 쓴 일기를 투고해 선정되었다고 해요.

원제는 〈청소용 양동이로부터의 보고서〉인데 우리말 번역본은 에켈뢰브가 당시 응모할 때 사용한 원고 제목인 〈수없이 많은 바닥을 닦으며〉를 그대로 따랐다고 합니다. 내용은 같아도 제목에 따라 독자가 책에 기대하는 느낌이 사뭇 달라지기 때문입니다. 전자가 다소 딱딱한 분위기를 품는다면 후자는 격식을 신경 쓰지 않는 기분이 들기도 합니다. 보고서라는 글 양식을 통해 노동 계급의 일상이라는 사회적, 시대적 관점을 전달하려는 의지를 담았다면, 바닥을 닦는 저자의 일관된 행동에 초점을 맞춰 일기의 친숙함, 노동자 개인의 일상 등을 나타내려 했다고 볼 수 있습니다. 물론 두 제목 모두 기록이라는 함의를 놓치지 않기에 책 내용을 선보이는 데에는 손색이 없어 보입니다. 다만 제목만으로 첫인상이 달라질 수 있다는 것을 확인할 수 있어요.

칼럼도 제목이 주는 맵시가 다르면 내용을 유추하는 데 영향을 줍니다. 다음 두 개의 제목을 살펴봅시다. 우연히 조영학 번역가의 페이스북에서 다음 두 개의 제목을 발견했어요. "연식 인증 놀이 vs. 회충약 먹고 샛노란 하늘 본 적 있어?" 조영학 번역가가 《한국일보》에 쓴 칼럼의 서로 다른 제목입니다.

전자는 칼럼 필자가 작성했고, 후자는 신문에 실린 제목(《한국일보》, 2020년 12월 27일.)입니다. 언뜻 보아도 두 제목의 성격이 확연히 달라요. 명사형 구성과 물음표로 끝나는 질문 문장으로 대비되는 형태는 물론, 칼럼에서 다루는 소재를 언급하는 관점도 상이합니다. 한쪽은 전체를, 다른 한쪽은 그중 하나를 콕 집어 이야기합니다. 대뜸 회충약 먹어 보았느냐는 물음에 흥미를 느끼는 독자가 있을 것이고, 내용의 주 소재를 명확히 표현한 연식 인증 놀이에 관심이 가는 이도 있을 겁니다. 반말이라 좀 더 친근하게 여겨져 마음에 들기도 하고 다소 무게감이 주는 분위기를 선호할 수도 있겠네요.

물론 두 제목 모두 간판의 역할을 든든히 합니다. 어느 간판

칼럼 레시피

을 거쳐 들어왔든 본문을 읽고 나면 유년 시절 한창 즐겼던 놀이에서 시작해, 발전된 위생과는 달리 병든 자연과 팬데믹 시대에 우리가 해야 할 일을 환기합니다. 다만 어느 제목으로 읽기 시작했느냐에 따라 칼럼은 다른 인상을 풍기게 되겠지요.

📘 제목은 간판이다

- 지칭 기능
- 내용 안내
- 관심 유도
- 이미지 구축

또한 제목 달기는 화룡점정과도 같습니다. 제목을 확정하는 순간 눈동자가 그려진 용이 승천하듯 칼럼은 날개를 달고 하늘로 솟아오릅니다. 필자의 의도를 담아내어 글을 완성했기 때문인데요. 제목은 단순히 간판의 역할이라기보다는 칼럼 필자가 회심의 미소를 가득 짓게 하는 의미심장한 지장과도 같습니다. 다음 글을 살펴봅시다.

©강재훈

비둘기가 평화의 상징으로 인식되던 1970~80년대의 전국
체전이나 대규모 국가 행사에선 늘 비둘기 떼를 하늘로 날
려 보내며 대미를 장식하곤 했다. 그러나 세월이 흘러 이제
는 비둘기가 유해 조수로 지정되었고, 심지어 '닭둘기'로 불
리며 도시의 천덕꾸러기 신세가 되었다. 비둘기들 책임일
까, 사람들 잘못일까? 도시 전철의 교각 틈바구니에 쇠꼬챙
이를 설치하면 비둘기들이 사라질까?

_강재훈, 〈ㅇㅇㅇ〉, 《한겨레》, 2012년 9월 2일.

　두 발로 다리 기둥의 모서리를 아슬아슬하게 잡은 비둘기를
찍은 사진과 함께 게재된 칼럼인데요. 과거의 영광과는 달리 하
찮게 취급받는 존재로 전락한 비둘기의 처지를 담았습니다. 여
러분이라면 이 포토 에세이에 어떤 제목을 붙이겠어요? 가령 비

둘기 입장에 초점을 맞춰 '비둘기' '비둘기와 쇠꼬챙이' '비둘기의 영광과 추락' '비둘기의 영욕' 같은 제목이 떠오를지도 모릅니다. 무분별한 도시 개발을 질타하기 위해 '누구의 잘못일까'라고 되물으며 인간을 에둘러 비판해도 괜찮은 제목이 될 테고요. 고민하는 시간을 들일수록 좀 더 근사한 제목이 나타날 수 있겠네요. 문제는 필자의 의도입니다. 무엇을 전하고 싶은지, 강조점이 무엇인지에 따라 제목 역시 다양하게 변주가 가능합니다.

실제로 신문에 실린 제목은 〈무주택 설움〉이었어요. 독자로서는 제목을 접하는 순간, 어느 한 곳 발 딛지 못해 모서리를 간신히 잡고 버티는 비둘기에게서 내 집 마련을 하지 못한 도시의 서민을 떠올리게 됩니다. 쇠꼬챙이가 박힌 "교각 틈바구니"에서 오도 가도 못 하는 비둘기는 마음 편히 누울 집이 없는, 그렇다고 도시를 떠나지도 못하는 서민의 처량한 모습을 상징합니다. 〈무주택 설움〉이라는 제목이 확정되는 순간, 포토 에세이는 상징을 품고 비둘기 심경에 감정 이입하는 독자에게 날아가게 됩니다.

이처럼 제목은 글의 시작을 알리는 동시에 글을 완결하는 기능도 합니다. 간판을 걸어 내용을 요약해 슬쩍 보여 주거나 독자의 관심을 끌기도 하고, 용의 눈동자를 찍듯 글의 의도를 담기도 합니다. 본문에 위치하지는 않지만 글 전체를 포괄하는 역할을 하는 거지요. 마치 정성 들여 만든 음식 위에 얹어 놓는 고명처럼 제목은 조리할 때 들어가지는 않지만 반드시 필요한 절차인데커레이션과도 같습니다.

좋은 제목이란 무엇인가

무엇이 좋은 제목일까요? 혹시 여러분은 이 질문이 불필요하다고 보시나요? 더 중요한 건 내용이니 제목 자체에 집착할 필요는 없습니다. 하지만 적어도 제겐 두 가지 측면 때문에 이 질문을 살펴보고 싶어요. 후킹hooking과 '어느 칼럼 제목'. 후킹은 알다시피 마케팅 기술로 소비자를 유혹하기 위한 전략과 관계가 깊은 용어입니다. 마케팅에서는 영상을 포함해 온라인 미디어에 진열되는 콘텐츠의 클릭을 유도하기 위해 고심하지요. 칼럼 역시 마찬가지입니다. 언론사 홈페이지든 포털 사이트의 뉴스 플랫폼이든 하루에도 무수히 쏟아지는 칼럼 중 독자에게 선택받기 위해선 눈길을 사로잡는 방법을 궁리해야 합니다. 가장 먼저 제목이 떠오르는 건 당연하지요. 칼럼으로서는 제목 이외엔 마땅한 대책이 없기도 하니까요.

하지만 어떻게 대중의 이목을 끄는 제목을 지을 수 있을까를 골몰하다 보면 흥미나 자극에만 치중할지 모릅니다. 제목이 유치하거나 조잡해질 가능성이 크지요. 더 나아가 내용과 괴리가 크다면 엉뚱한 이야기가 전개되어 독자는 '낚시였네'라며 클릭을 후회할 것입니다. 이런 제목은 분명 '나쁜' 제목입니다. 중요한 건 우리가 늘 이런 종류의 제목을 접하고 있다는 점이에요. 더군다나 후킹으로는 내가 작성한 칼럼의 격을 제대로 세울 수 없습니다. 그러니 과한 후킹에서 벗어나야 합니다.

칼럼 내용이 유익하면 사람들은 글을 전파하게 마련입니다. 그렇다고 제목을 등한시하면 위에서 말한 간판이자 화룡점정의 역할을 충실히 수행하기도 어렵습니다. 밋밋하지도 않고 독자를 갈고리로 낚을 생각을 하지도 않는 방법은 없을까요? 우연히 눈에 띈 다음 칼럼의 제목에서 저는 '진정성'을 발견했습니다. 여러분은 어떠신지요?

칼럼 〈이대호와 낭만 야구〉(정승훈, 《국민일보》, 2022년 10월 11일.)의 제목은 야구팬이라면 당장 클릭할 만하지만 스포츠에 그리 관심이 크지 않다면 지나치기 쉽습니다. 하지만 당시 이대호 선수의 은퇴 경기 소식을 접한 저로서는 흥미가 당기는 제목이었어요. '낭만 야구'라는 어휘 때문입니다. 거포 이대호는 그 경기에서 마운드에 올라 투구를 했다는 사실, 상대 타자는 최고 마무리 투수인 구원왕 고우석이라는 점은 제목만으로도 칼럼에서 어떤 내용을 담을지 예측할 수 있었습니다. 타자와 투수가 서로 포지션을 바꿔 대결을 펼친다는 이야기만으로도 낭만이 그득하지 않을까요? 홈런 타자 이대호의 은퇴를 축하하는 멋진 팬 서비스 경기가 되는 셈이니까요.

실제로 칼럼에서는 볼 카운트 하나하나를 자세하면서도 박진감 있게 서술해 이런 기대를 충족시켰습니다. 뿐만 아니라 투타 대결에 관통된 두 선수의 자세를 언급하며 낭만 야구란 무엇인지 전달했어요. 칼럼은 이를 "진심 어린 승부"라고 표현했는데요. 이대호는 삼진을 잡기 위해 유인구를 던졌고 고우석은 끝까지 공을 보며 배트를 휘둘렀습니다. 팬을 위해 미리 "짜여진 각본"으로 성사된 겨루기였지만 최선을 다하는 당사자들의 모습에서 스포츠맨십이 발현된 낭만 야구를 칼럼에 담은 것입니다. 거기에 그치지 않고 낭만이라 일컫기에는 신산했던 이대호의 야구 인생을 덧붙여 은퇴의 아쉬움도 언급했습니다. 그래서인지 칼럼을 다 읽고 나면 다시 제목을 음미하게 되더라고요. 이대호라는 선수의 은퇴를 단지 기삿감으로 소진하지 않고 진심이 담긴 축하와 그동안 즐거움을 준 것에 대한 고마움이 묻어나기 때문이었어요. 이것을 '진정성'이라고 말한다면 무리한 표현일까요?

진정성은 후킹에 초연한 태도를 보입니다. 대신 글이 독자에게 가닿기 위한 심정에서 제목을 짓습니다. 간절함에서 피어난 제목이 내용의 본질도 잘 전달하면서도 독자의 눈에 반짝거립니다. 아까 슬쩍 언급한 '어느 칼럼 제목'을 소개할 차례가 되었네요. 〈유재석, 김연아, 그리고〉라는 제목을 보는 순간 어떤 생각이 드시나요? 전 국민이 다 안다고 할 정도로 유명한 인사들의 이름이 열거되어 우선 눈길이 갑니다. "그리고" 다음에 어떤 내용이 이어질지도 아마 궁금할 겁니다. 당장 클릭하지 않을까요? 하지만 잊어서는 안 될 점이 있습니다. 단지 후킹을 염두에 됐다면 좋은 제목이 아니라는 거지요. 그런데 유재석과 김연아를 언급한 것만으로 볼 때는 어쩐지 후킹 냄새가 농후해 보입니다. 과연 그런지 살펴봅시다.

2019년 7월 8일 자 《한겨레》에 실린 칼럼은 2017년 12월에 발생해 29명의 목숨을 앗아간 제천 화재 참사를 다룹니다. 합동 조사단의 조사를 통해 소방서의 초동 대처가 부실했다는 유감을 소방청이 표명했고 정치권과 언론은 정부의 미온적인 대응을 질타했습니다. 칼럼은 "안전 불감증 사회와 무능한 소방 당국이 키운 사회적 참사"라고 규정한 후 1년 반이 지났지만 건물주와 카운터 직원 등 "힘없는 개인들" 외에는 아무도 처벌받지 않은 현실을 비판합니다. 유가족은 충청북도를 상대로 손해 배상 청구 소송을 냈지만 패했습니다. 항고와 재정 신청도 모두 기각되었습니다. 칼럼은 일련의 과정을 요약하면서 딸을 잃은 아버지의 목소리를 전합니다. "우리나라엔 성역이 세 가지 있습니다. 유재석과 김연아, 그리고 소방관이요. 우리는 영웅과 싸우고 있습니다." 칼럼은 다음과 같이 마무리됩니다.

아무도 사과하지 않고 위로만 넘치는 사회에서 피해자들은 폐만 끼치는 존재가 되었다. 이제라도 충청북도는 책임을 인정하고 희생자들과 피해자들에게 사과해야 한다. 그것이 억울하게 죽은 고인들을 위한 최소한의 도리일 것이다.

_홍은전, 〈유재석, 김연아, 그리고〉, 《한겨레》, 2019년 7월 8일.

칼럼에서 유재석과 김연아가 언급된 건 단 한 번뿐입니다. 더군다나 그들에게서 일반적으로 갖게 되는 이미지와는 다른 "사회적 참사"를 다룹니다. '여전히 진행 중인 제천 화재 참사' '제천 화재 참사 그 후' '아무도 책임지지 않은 제천 화재 참사' 등과 같은 제목이 오히려 칼럼 내용을 잘 담고 있지 않나 싶기도 합니다. 유명인의 이름이 포함된 제목은 오히려 엉뚱하게 여겨질 수도 있습니다. 인용된 문장 외에는 연결 고리가 약해 적절하지 않을지도 모릅니다.

하지만 우리는 제목에서 칼럼을 쓴 필자의 심정을 알 수 있지 않을까 싶어요. 이 글이 반드시 읽히기를 바라는 절실함이 유재석과 김연아를 그야말로 '소환'했습니다. 애끊는 슬픔에 잠긴 유족은 소방 지휘부의 처벌조차 받아들여지지 않자 난공불락의 성역으로 비유하며 무력감을 표출했습니다. 유재석과 김연아라는 이름은 후킹에 쓰인 미끼가 아니라 참사의 현황을 알리는 진정성이라는 간판에 달린 간곡함이 아닐까요.

좋은 제목은 기발한 착상이나 얕은 단어 놀이로는 결코 완성될 수 없습니다. 자극적인 표현으로 조회 수를 잠시 늘릴지는 몰라도 결국 그런 제목은 대중의 뭇매를 맞게 될 게 뻔합니다. 칼럼은 필자의 이름이 걸리는 글입니다. 제목은 거기에 걸맞은 책임을 지녀야 하고요. 그것은 진정성에서 출발합니다.

눈길을 사로잡는 제목 메이킹 기술

제목을 짓는 기술은 '진정성'의 토대에서만 펼칠 수 있습니다. 그래야 좋은 제목이 될 수 있어요. 그렇다면 이를 염두에 둔 후 제목 짓는 방법을 살펴봅시다.

제목에서 핵심의 절반만 보여 주면 어떨까요? 답은 보류한 채 질문을 던지면 독자는 제목 앞에서 서성이다 결심합니다. 궁금하군, 뭐라고 썼는지 읽어 봐야겠어. 제목 짓기가 성공하는 순간입니다.

〈어느 프리랜서의 우울감 치유법〉(정여울, 《한국일보》, 2019년 8월 14일.)도 절반만 보여 줍니다. 마치 '우울감을 느낄 때 치유법은 과연 어디에 있나'라고 질문하는 듯하네요. 정여울 작가의 칼럼 제목에서는 이와 비슷한 감각을 자주 발견하게 되는데요. 가령 〈콤플렉스와 대면하기〉(《한국일보》, 2019년 3월 28일.), 〈나만의 독창적인 직업을 만들 수 있다면〉(《한국일보》, 2019년 9월 25일.)도 마찬가지입니다. 〈내 마음의 생존 배낭, 심리학〉(《한국일보》, 2019년 9월 11일.)은 질문과 답을 동시에 담고 있지만 여전히 절반은 커튼 뒤에 숨어 있어요. 심리학은 왜 생존 배낭이 될 수 있는지 묻는 셈이니까요.

〈행복의 비밀 병기 '그냥'〉(최인철, 《중앙일보》, 2019년 7월 3일.)도 역시 같은 부류의 제목입니다. 질문과 함께 답이 제시되지만 여전히 안개 속이라 궁금합니다. '그냥'이라니, 대체 그게 뭐지?

질문하는 제목이라면 대체로 궁금증을 자아내게 합니다. 〈선물 줄까, 현금 줄까〉(백영옥,《조선일보》, 2017년 9월 23일.)는 선택지를 준 후 질문하고 〈'서른 즈음에'와 '스물여덟 즈음에'의 차이〉(최인철,《중앙일보》, 2018년 8월 28일.) 역시 둘 사이에 어떤 틈이 있는지 묻습니다.

상식에서 벗어난 제목도 주의를 끕니다. 아까 언급한 '통념'을 전복하면 궁금해집니다. 〈삼만 년을 살아남은 씨앗〉(고규홍,《광주일보》, 2017년 7월 20일.)은 우리가 아는 종자의 수명에 반기를 듭니다. 상온에서 식물 씨앗은 길어야 보통 4~6년 정도 살 수 있습니다. 무나 배추가 여기에 속합니다. 씨앗 역시 생명이기 때문이지요. 그런데 3만 년이라니, 대체 어떤 씨앗이기에? 칼럼을 읽고 나서야 독자는 시베리아 어느 다람쥐 굴에서 발견한 식물 씨앗 이야기라는 걸 알게 됩니다. 〈제6의 계절〉(이나연,《한겨레》, 2022년 8월 28일.)이나 〈공은 둥글지 않다〉(김용석,《세계일보》, 2018년 7월 20일.), 〈나는 물탱크에 산다〉(천운영,《경향신문》, 2020년 3월 1일.)도 마찬가지로 상식에 위배되거나 믿기 어려운 내용을 제목으로 사용했습니다. 사계절의 이치나 도형의 규범, 주거의 통념이 여지없이 깨지거든요.

절반만 보여 주기, 상식에서 벗어나기 외에 흥미를 끄는 방법은 또 없을까요? 낯선 단어를 활용하는 건 어떨까요? 전혀 맥락을 알 수 없는 제목을 맞닥뜨렸을 때 경험하게 되는 뜨악함이 오히려 관심을 증폭하기도 합니다. 〈메리 그리숨었수〉(김곡,《한겨레》, 2017년 12월 25일.)는 짐작했듯이 크리스마스 시즌에 실린 칼럼입니다. 하지만 제목만으론 언어유희라는 정보를 제외하곤 내용을 도무지 알 길이 없어요. 역설적이게도 바로 그런 이유로 글을 터치하는 경우도 있기는 합니다. 뜬금없는 단어가 주는 매력에 자기도 모르게 빠지는 건 독자의 심리니까요. 〈이제 그만 'O업'하시면 어떨까요〉(김민섭,《중앙일보》, 2017년 7월 29일.)나 〈바험벅!〉(이정모,《한국일보》, 2019년 12월 24일.), 〈시로운 생각〉(오은, 《경향신문》, 2022년 6월 16일.)도 마찬가지예요. 당최 뜻을 가늠하기 어려운 'O업'이나 '험벅', '시로운'을 입으로 되뇌지만 궁금증은 배가 됩니다. 〈닉네임이 더치페이를 만났을 때〉(은유,《한겨레》, 2017년 10월 13일.)도 낯설기가 주는 효험을 활용한 제목이고요. 관계를 추측하기 어려운 두 외래어가 어떻게 연결될지 독자로서는 알고 싶어집니다. 이처럼 생소하거나 색다른 표현으로 제목을 지어 칼럼의 존재감을 키우기도 합니다.

김훈 작가의 〈올(All)불〉(《한겨레》, 2020년 10월 12일.)도 그러합니다. 영어 단어를 병기해 독자의 이해를 도우려는 흔적도 잠시, 그것으로 뜻을 유추하기에는 무리입니다. 역시 오리무중이에요. '올불'이라니, 오디션 프로그램에서 심사 위원이 버튼을 눌러 모든 불이 켜지는 그런 올불도 아닐 테고요. 참으로 난감합니다. 칼럼에선 정치권의 내로남불이 "서로의 '불'을 공격"하며 "내불남불"이 되었다며 "결국은 올불이 된다"고 꼬집습니다. 본문을 끝까지 읽고 난 후 독자는 'All'의 병기가 이해를 도우려는 의도라기보다는 죄지은 자들이 자기 죄는 모른 채 서로 비난하는 세태를 엄중하게 표현한 방식이라는 걸 깨닫게 됩니다. 낯선 단어로 독자를 불러들이고 거기에 걸맞은 품격 있는 내용으로 대상에 비판을 가한 거지요. 독자로선 제목이 주는 인상과 더불어 칼럼 자체가 자연스럽게 각인되는 셈입니다.

후광 효과를 겨냥한 제목도 있어요. 앞에서 잠시 언급한 〈오징어 게임〉이나 〈우영우〉, '유재석과 김연아'를 활용한 제목이 여기에 속하는데요. 칼럼 〈단밤포차의 미래〉(김상봉, 《한겨레》, 2020년 3월 10일.)도 당시 인기를 끈 드라마 〈이태원 클라쓰〉의 힘을 빌려 제목을 지었습니다. '단밤포차'는 극의 주요 무대로 주인공 박새로이가 운영하는 가게이지요. 칼럼에서는 단밤포차와 같은 작은 회사가 "노동자가 대접받는 회사"로 성장하기 위해서 어떤 제도적 장치가 필요한지 살펴봅니다. 독일의 사례를 들며 종업원만으로 구성된 "사업장 평의회"가 "노동자 자치기구"로서 노동자의 권리를 요구하고 협의하며 지켜 내는 역할을 한다는 점을 설명합니다. 즉, 드라마를 벗어나 현실에서 좋은 회사를 구현하는 방법을 고민한 겁니다. 다루는 내용이 시민에게 유익한 생각거리를 안겨 주지만 관심층이 얇을 수도 있어요. '종업원을 임금 노예로 만들지 않는 회사' '전태일이 꿈꾼 사업장, 현실에서 구현할 수 있을까' '함부로 해고되지 않는 회사' 등을 제목으로 쓴다면 아마 노동, 경영에 관심을 지닌 독자 이외엔 칼럼 본문을 클릭하지 않고 넘어가지 않을까요? '단밤포차'를 활용한 제목이 보다 많은 사람에게 미처 생각해 보지 않은 주제를 전하는 기회를 선사한 것입니다.

패러디 방식도 가능합니다. 칼럼 〈인간임을 위한 행진곡〉(신형철,《경향신문》, 2020년 5월 28일.)의 제목에서 무엇이 연상되나요? 많은 이가 〈임을 위한 행진곡〉을 떠올릴 거예요. 5·18 민주화 운동 40주년 기념식에서 편곡되어 공연된 〈임을 위한 행진곡〉을 접한 칼럼 필자는 "기어이 눈물이 흘러내렸다"며 노랫말을 음미합니다. "가는 자(죽는 자), 나가는 자(싸우는 자), 산 자(따르는 자)"의 "삶의 형식"이 가사에 발현되었다며 하나씩 짚으며 설명합니다. 마지막 문단에서 칼럼은 이 노래는 "죽고 싸우고 따르는, 그런 인간으로 존재한다는 것의 지고한 경지 하나를 재현하는 노래"라며 "인간임을 위한 행진곡"이라고 규정합니다. 패러디된 제목에 핵심 내용을 고스란히 포개며 독자에게 묻고 있는 게 아닐까 싶어요. 마치 '당신은 이 노래의 의미를 아시나요?'라고요.

이외에도 다양한 형식의 제목 짓기가 가능해요. 가령 반전을 품거나 시류를 함축해도 좋고, 강렬하게 표현하되 자극적인 제목은 지양하는 방식으로요. 다채로운 제목을 지어 보세요.

📘 좋은 제목을 짓는 갖가지 요령

- 절반만 보여 주자.
- 상식에서 벗어나라.
- 낯선 단어를 활용하라.
- 후광 효과를 겨냥하라.
- 작품을 패러디 하자.
- 기타

10장

맛의 차이는 디테일의 차이:

나만의 문장과 문체가 필요한 이유

문장, 필자의 원천 기술

지금까지 칼럼 쓰는 과정을 살펴보았습니다. 소재 채집과 발효에서부터 간을 보고 제목을 짓는 방법까지 레시피를 따라 요리하듯 차근차근 단계를 밟아 나간다면 한 편의 칼럼을 완성하게 될 거예요. 하지만 어딘지 불안한 마음이 들 수도 있습니다. 정해 놓은 순서로 예열을 거쳐 가열하고 불을 끈 후 마침내 접시에 담은 음식을 입에 넣은 순간, 기대했던 맛을 느끼지 못하는 경험이 우리에겐 여러 차례 있을 겁니다. 요리의 배신, 과연 무엇이 잘못되었을까요?

오래전 일입니다. 다르덴 형제가 1999년 작 영화 〈로제타〉로 칸 영화제 황금종려상을 탄 후 영화학도들은 너도나도 카메라를 들고 찍기 시작했다고 합니다. 작품의 주 촬영 기법인 핸드헬드handheld 방식을 그대로 따라 한 것인데 어딘지 엉성하고 오히려 화면이 심하게 흔들려 갑갑함과 혼란스러움만 가중될 뿐, 다르덴 형제가 애용하는 그 방법에서 발산되는 '맛'이 나타나지 않았습니다. 장면의 배신, 과연 무엇이 잘못되었을까요?

문제는 원천 기술에 있었습니다. 거장이 찍는 방식을 단순히 따라 한다고 해서 동일한 의미가 구현되지는 않습니다. 인물을 비추는 방향, 그를 따라가는 속도, 흔들림의 정도, 순간순간의 판단 등 카메라를 다루는 기술을 탑재하지 않는 이상 어설픈 장면만 연출될 뿐이었지요.

레시피대로 했건만 고추잡채가 영 마땅치 않은 점도 같은 이치입니다. 파프리카와 양파의 아삭한 식감도, 표고버섯의 쫄깃함도 어딘지 2퍼센트 부족한 건 중화요리의 불 맛을 제대로 살리지 못한 데서 옵니다. 웍을 잘 움직여야 수분을 흠뻑 담은 채소들을 골고루 익힐 수 있어요. 식재료들이 마치 공중제비를 돌듯 뒤집혀야 균등하게 가열됩니다. 웍으로 전달된 열이 기름을 데우고 기름이 고추와 버섯을 타기 직전까지 볶아야 고추잡채가 지닌 풍미를 만들어 낼 수 있지요.

짧은 분량이지만 칼럼에도 웍질과 같은 원천 기술이 없다면 설령 황금 레시피를 곁에 끼고 작성했더라도 밋밋한 글이 됩니다. 바로 우리에겐 문장을 운용하는 능력이 필요합니다. 내용을 명쾌하게 전달하거나, 추상적인 개념을 모호하지 않게 표현하거나, 밀도의 완급을 조절하기 위해서는 알맞은 문장으로 작성해야 합니다. 진솔함, 정밀함, 담백함, 건조함, 단호함을 서술할

칼럼 레시피

때도 가장 적합한 문장을 사용해야 합니다. 너스레가 필요하거나 쫀득쫀득하거나 느글느글한 분위기를 서술할 때도 안성맞춤인 문장을 조립해야 합니다.

즉, 어떤 식재료라 하더라도 음식에 알맞도록 다룰 줄 아는 칼질이 칼럼 쓰기에도 장착되어야 합니다. 채소를 다룰 땐 칼을 밀어내고 생선인 경우는 잡아당기는 것처럼 말이지요. 그래야 부드럽게 한칼에 잘 썰립니다. 심지어 칼질은 각도도 신경 씁니다. 참치나 방어는 직각으로, 도미나 광어는 비스듬히 썰어야 제격입니다. 부드러움과 탄력의 유무에 따른 결정인데 칼럼 역시 마찬가지예요. 다양한 문장을 언제든 자유자재로 지을 수 있어야 글을 마음껏 조리할 수 있습니다.

칼질이 셰프의 능숙함을 판별하는 기준이 되듯 문장은 글쓴이의 글쓰기 능력을 보여 줍니다. 중국요리에서 웍질을 요리의 시작이자 완성으로 보는 것처럼 문장은 글쓰기의 출발과 마침입니다. 칼질과 웍질이 요리의 핵심 기술이듯 문장은 글쓰기의 원천 기술인 거지요. 문장을 자유롭게 쓰고 다룰 줄 아는 능력을 키워야 잘 갖춰진 레시피를 따라 쓸 때 비로소 만족할 만한 칼럼이 됩니다.

그렇다고 해서 잘 갖춰진 문장을 나열만 해서는 좋은 칼럼이 되지는 않습니다. 여러 번 이야기한 것처럼 분량이 짧은 칼럼에 맞는 문장의 활용 공식이 있습니다. 바로 강력한 문장이 필요합니다.

우리는 보통 월드컵 공인구처럼 누구나 인정하는 좋은 문장의 기준이 있다고 봅니다. 하지만 실은 그렇지 않아요. 가령 현대 글쓰기에 간결함과 명확성이 선호되긴 하지만 '반드시 짧게 확실하게 쓰세요'라고 정할 수는 없는 노릇이니까요. 유장하면서도 유려한 문장이 오히려 논의를 증폭시킬 수도 있고, 언뜻 흐리터분해 보여도 문맥을 살펴보면 도리어 의미가 또렷이 드러나기도 하니까요. 그러니 문장 자체의 형태도 중요하지만 칼럼 전체의 관점에서 볼 때 그 문장이 주는 여파로 인한 감응이 독자에게 어떻게 다가가는지를 살펴보는 일도 필요합니다.

예를 들면 '추석이란 무엇인가'라는 문장이 좋고 나쁜지 판단하는 건 난처합니다. 주어와 서술어가 가지런히 배치되어 문법에 맞고 길이도 짧아 '좋은' 문장처럼 보이기도 하지만 추석의 기원을 묻는 건지, 바람직한 추석의 조건을 궁금해하는 건지 질문하는 바가 명확하지 않습니다. 하지만 칼럼 〈"추석이란 무엇인가" 되물어라〉에 포진한 '추석이란 무엇인가'는 좋은 문장이라고 감별해도 큰 무리가 없습니다.

이 칼럼은 추석 연휴 약 2주 전쯤 지면에 실린 후 SNS에서 많은 이가 공유하면서 화제가 되었고 급기야 추석 당일 방송사 메인 뉴스에도 언급되었습니다. 명절 때 모인 친척들이 언제 취직할 건지, 결혼은 안 하는지, 애는 대체 언제 낳을 건지, 질문을 던지면 우물쭈물 얼버무리지 말고 오히려 당당하게 되물으라 제안합니다. 취직이란 무엇인가, 결혼이란 무엇인가, 후손이란 무엇인가라고!

> 당숙이 "너 언제 취직할 거니"라고 물으면, "곧 하겠죠, 뭐"
> 라고 얼버무리지 말고 "당숙이란 무엇인가"라고 대답하라.
> "추석 때라서 일부러 물어보는 거란다"라고 하거든, "추석
> 이란 무엇인가"라고 대답하라. 엄마가 "너 대체 결혼할 거
> 니 말 거니"라고 물으면, "결혼이란 무엇인가"라고 대답하
> 라. 거기에 대해 "얘가 미쳤나"라고 말하면, "제정신이란 무
> 엇인가"라고 대답하라. 아버지가 "손주라도 한 명 안겨다
> 오"라고 하거든 "후손이란 무엇인가". "늘그막에 외로워서
> 그런단다"라고 하거든 "외로움이란 무엇인가". "가족끼리
> 이런 이야기도 못하니"라고 하거든 "가족이란 무엇인가".
> 정체성에 관련된 이러한 대화들은 신성한 주문이 되어 해
> 묵은 잡귀와 같은 오지랖들을 내쫓고 당신에게 자유를 선
> 사할 것이다.
>
> _김영민, 〈"추석이란 무엇인가" 되물어라〉,《경향신문》, 2018년 9월 21일.

실없이 말장난을 건네거나 어른께 되바라진 질문을 하라고
부추기는 게 아닙니다. 명절이라는 이유로 안부를 묻느라 그만
선을 넘는 과한 관심과 대답을 강요받는 현장에서 유쾌하게 대
처하는 방법을 떠올려 보는 거지요. 회피하지 말고 본질적인 질
문을 모색해 보라는 겁니다. 취직, 결혼, 임신이 무엇인지, 더 나

아가 이런 대화가 오고 가야만 하는 명절이란 대체 무엇인지 들여다보자는 겁니다. 취지와는 달리 친족이 주는 선의의 관심이 당사자에게는 굉장히 부담스러운 압박감으로 다가온다면 굳이 날을 정해 함께 모이는 의미가 과연 어디에 있는지 고민하는 자세가 필요하지 않을까요? 이 모든 걸 아우르는 문장이 "추석이란 무엇인가"에 집약됩니다. 즉, 글 흐름을 자연스럽게 돕는 소소한 역할은 물론 칼럼 전체를 장악하기에 좋은 문장입니다.

단지 추석에 국한되지 않습니다. '○○란 무엇인가'라는 문장은 실제로 수많은 패러디를 낳았고 여러 분야에 적용해 볼 수 있어요. 출근이란 무엇인가, 공부란 무엇인가, 연말 정산이란 무엇인가, 연애란 무엇인가, 집이란 무엇인가 등등. 실제로 어느 기자는 취임 이후 언론을 대하는 태도가 "변해가기 시작"한 대통령의 모습을 꼬집으며 한 칼럼에서 이렇게 묻기도 했어요. "국익이란 무엇인가." 칼럼의 마지막 문단을 잠깐 읽어 봅시다.

6개월여 만에 벌어진 이런 급작스러운 변화는 정체성 질문을 던지지 않을 수 없게 만든다. 기자란 무엇인가. 기자란 대통령실이 제공하는 서면 브리핑 받아쓰는 직업인가. 때론 불편한 질문도 해야만 하는 게 기자 아닌가. 대통령실은 기자라면 국익을 훼손하는 악의적 보도를 해선 안 된다고 하는데, 국익이란 무엇인가. 대통령은 "안보의 핵심축인 동맹 관계를 지키는 것"이 국익이며, "동맹 관계를 이간질하

칼럼 레시피

는 언론"은 전용기에 태우지 않는 게 "헌법 수호"라고 말한다. 도대체 <u>국익이란 무엇인가.</u> 대통령이 동맹국 아니라 야당을 향해 비속어를 썼다고 보도하면 국익인가. 협치는 국익이 아닌가. 언론 자유는 국익이 아닌가. 대통령이 정치 참여 선언문에서 22번이나 반복했던 자유, 그 자유가 국익 아닌가.

_이주현, 〈"국익이란 무엇인가" 되물어라〉, 《한겨레》, 2022년 11월 23일.

〈"추석이란 무엇인가" 되물어라〉에 대한 오마주라고 밝힌 이 칼럼 역시 국익이라는 정체성을 질문하며 당시 해외 순방 때 특정 언론사 기자의 대통령 전용기 탑승 배제를 비판합니다. 중심에는 "국익이란 무엇인가"라는 문장이 배치됩니다.

글 전체를 움켜쥐는 문장은 신영전 교수의 〈자살은 없다〉라는 칼럼에서도 발견됩니다. OECD 중 한국의 자살률이 가장 높다는 통계를 종종 접하는 상황에서 자살은 없다니, 흥미를 가장한 궤변일까요? 아닙니다. 칼럼 필자는, 살고 싶었지만 죽음으로 몰린 이들의 결정을 존중해야 한다며 누가 가해자인지 낱낱이 밝힙니다. 죽음을 비난하고 책임을 강요하는 이, 원인을 살펴보려 하지 않고 단지 우울증 때문이라고 덮어 버리는 이, 상처 주고 능욕한 이, 병들었으나 치료할 엄두도 내지 못할 고가의 의료제도를 고수하는 이, 사람을 차별하는 이, 권력을 탐하느라 민생을 저버리는 정치인, 검찰, 기업인, 종교인을 고발합니다. 특히 칼럼 마지막 부분에서는 이들이 활개 치도록 만든 "공범"을 폭로합니다.

> 그러나 이 모든 가해자에게는 공범이 있다. 그런 정치인, 기업인, 종교 지도자를 따르는 자, 이런 폭력에 "나는 몰랐다"고 말하는 자, 쉽게 잊는 자, 무엇보다 아파하지 않는 자가 공범이다. 그렇기에 스스로 떠나간 이들의 죽음을 애통해하되 이미 몸과 마음이 굳어버린 이들을 위해 더욱 슬퍼하라. 얼마나 더 많은 카나리아가 울어야 봄이 올까? 그래서인가? 한 시인은 이렇게 노래했다. "모두 병들었는데 아무도 아프지 않다. '자살'은 없다."
>
> _신영전, 〈자살은 없다〉, 《한겨레》, 2019년 12월 11일.

도처에 가해자가 득실거리고 그들을 돕는 방관자, 타인의 고통을 도외시할 뿐 아니라 무감각한 자들이 잘못을 깨닫지 못하는 한, 삶의 절벽 끝에 서 있는 사람들이 버티기란 불가능합니다. 이런 사회에서 자살을 운운하는 것이야말로 궤변이고 몰상식이 아닐까요? 칼럼에서는 이 모든 문제 인식을 한 문장 안에 담으며 마칩니다. "자살은 없다."

이처럼 칼럼에는 강력한 문장이 필요합니다. 언급된 논의들이 흘러 흘러 마치 깔때기처럼 한길로 모이는 곳에 그 문장은 존재합니다. 수렴되는 지점에 서서 맥을 품기에 미사여구로 치장하지 않아도 아름답습니다. 미문의 조건은 멀끔한 형태나 요란한 디자인이 아니에요. 문장을 매만지고 다듬는 훈련은 분명 필요하지만 맥을 무시한 채 문장만 가꾼다면 기묘한 글이 되고 맙니다. 또렷한 발음과 근사한 목소리를 지닌 아나운서가 두서없이 말하면 뭔가 이상하지 않은가요? 엉성한 주제가 너무 귀에 쏙쏙 박히는 셈이니까요.

그러니 문장이 설령 허술하고 심지어 추해 보여도 이야기의 맥이 이어져 웅숭깊은 주제를 구현한다면 좋은 칼럼을 만들 수 있지 않을까 싶어요. 겉으론 투박하고 미숙한 칼질처럼 보이지만 실은 음식의 깊은 맛을 내기 위해 의도한 방식으로 본다면 말입니다. 칼럼 〈말은 없고, 헛소리만…〉(김선주, 《한겨레》, 2009년 2월 9일.)은 이 가능성에 실마리를 제공합니다.

이 칼럼은 "몹시 울고 싶은 날이면 영화관에 간다"는 문장으로 시작해 시종일관 슬픔과 탄식으로 이어져 "다 그만두고 그냥 어디 가서 실컷 울고 싶다"로 끝납니다. 사안을 분석하거나 요긴한 정보를 제공하지도 않습니다. 주장을 펼치려는 의지도 전혀 찾아볼 수 없어요. 그저 공허하다며 힘이 빠진다는 말만 되풀이합니다. 마치 무력감으로 꽉 찬 넋두리 같아요. 독자로선 크게 두 가지 의문을 품음 직합니다. 대체 칼럼 필자는 무엇 때문에 이리 안타깝고 침울한 심경에 처했을까? 더구나 감정이 과잉된 하소연을 담은 글이 칼럼이라고 할 수 있을까?

칼럼에선 영화 〈워낭소리〉를 보며 울긴 했지만 슬픔을 풀지 못하고 응어리가 남았다고 합니다. 오히려 소의 눈에 맺힌 눈물에서 "지금 피눈물을 흘리고 있을 용산 철거민 가족들의 눈물"을 떠올립니다. 이 칼럼은 용산 참사에 대한 검찰의 발표가 난 2009년 2월 9일 당일 오후, 《한겨레》 홈페이지에 등록되었습니다. 경찰의 과잉 진압은 무혐의로 처리되고, 철거민과 용역업체 직원 27명이 기소되자 참을 수 없는 울분을 표한 거지요.

칼럼은 참담함을 여실히 드러내며 비판하는 기개는 물론 싸울 기력마저 소진된 심경을 고스란히 전합니다. 슬픈 영화를 보고서도 해소하지 못한 채 앙금으로 남은 원통함을 마치 글만이라도 써서 태워 버리면 나을까 싶어, 하염없이 절망과 좌절의 감정을 분출하는 것처럼 보일 정도입니다. 절제되지 않다 보니 하나로 수렴해 맥을 길어 올리는 문장을 찾을 수 없고 침통함만 반복됩니다. 글의 초점 역시 존재하지 않고, 눈물로 가득 찼던 봉지가 터져 비통한 심경이 철철 흘러나와 점점 쓰러져 주저앉는 칼럼 필자의 모습을 보는 것만도 같습니다.

하지만 글을 다 읽고 나면 칼럼이 분출한 감정의 잔해가 사라지지 않습니다. 증발하지 않고 여전히 꿈틀거리는 흔적의 실체가 어디에서 비롯되었는지 생각하게 만들어요. 만약 칼럼 필자처럼 용산 참사에 대한 비통함을 지닌 독자라면 슬픔을 비워 낸 후 허망함 대신 그 자리에 다시 투쟁할 각오를 새롭게 채워 넣을지도 모릅니다. 이런 정화의 느낌은 혹시 칼럼 〈용감한 글쓰기〉에서 언급된 "문장은 좋을 수도 있고 나쁠 수도 있지만 한 편

의 좋은 글은 문장의 관계 속에서 태어난다"라는 관점과 연결되
지는 않을까 싶네요.

소설을 다 읽은 뒤 조용히 책을 덮었다. 그러나 내 안에서
그 소설은 활짝 펼쳐진 채로 남았고 지금도 그러하다. 이런
경험은 뜻밖이어서 내가 느낀 것들이 어디에서 비롯됐는지
생각해보지 않을 수 없었다. 분명히 그이의 문장은 나쁜 문
장의 표본처럼 과잉돼 있었고 끔찍할 만큼 지루했다. 머리
칼이 쭈뼛 서고 팔뚝에 오스스 소름이 돋을 만큼 감상적이
기까지 했다. 그런데도 책을 덮는 순간 느껴본 적 없는 깊은
슬픔에 빠져야 했다. 나쁜 문장이 대부분인 그이의 글이 어
째서 이토록 섬세하고 아름답고 눈부시단 말인가. 과잉으
로 여겨졌던 문장 하나하나가 극도로 절제된 문장인 것처
럼 새롭게 다가왔다. 문장은 홀로 존재하지 않는다는 단순
하고도 비범한 진실을 되새길 수밖에 없었다. 감각적이고
세련되고 우아하게 언어를 조탁하는 대신 투박하고 거친
그대로의 모습을 독자에게 보여줘 독자 스스로 그걸 어루
만지고 다듬어 자신의 것으로 받아들일 때까지 기다릴 줄
아는 끈기와 인내심을 봤다. 그게 바로 작가의 용기라고 생
각한다.

_손홍규, 〈용감한 글쓰기〉, 《국민일보》, 2019년 8월 24일.

손홍규 소설가는 베트남 소설가 바오 닌의 글에서 자주 볼 수 있는 "신파조 문장"이 거슬린다고 합니다. 하지만 소설을 다 읽은 후 "깊은 슬픔에 빠져야 했다"고 밝혀요. 나쁜 문장으로 여겼던 글을 다시 바라보게 되지요. 만약 그의 말을 좋은 문장 공식 중 하나로 규정해 본다면 〈말은 없고, 헛소리만…〉은 "문장은 홀로 존재하지 않는다는 단순하고도 비범한 진실"을 전하는 칼럼일지 모릅니다. 침몰해 가는 감정선을 바닥까지 내려놓은 후 모든 걸 게워 낸 상태에서 다시 새롭게 시작하는 메시지를 담기 위해선, 겉으로 보기에만 걸출한 문장으로 희망을 운운하면 안 됩니다. 감정을 뽑아내어 소진하는 열거된 문장의 관계 속에서 가능합니다.

이렇게 정리해 봅시다. 글쓰기에는 칼질이나 웍질처럼 원천 기술에 해당하는 문장을 운용하는 능력이 기본적으로 필요하고, 특히 칼럼처럼 분량이 짧은 글에는 강력한 한 방을 선사하는 핵심 문장도 포진합니다. 좋은 문장은 홀로 빼어난 상태를 의미하지 않습니다. 문장과 문장의 관계에서 나타납니다.

문체, 개성을 담는 그릇

같은 메뉴라 하더라도 식당마다 맛 차이가 나지요. 원천 기술이 다르기 때문이에요. 사골이나 멸치로 우려내는 곳도 있지만

칼럼 레시피

맹물에 우엉, 당근, 무청, 표고버섯 등의 뿌리채소로 육수를 만들기도 합니다. 오가피와 같은 식재료를 첨가해 넣기도 하고요. 집에서 빚는 가양주를 만들 땐 누룩을 발효하는 방법에 따라 맛이 오묘하게 변화합니다. 맛을 내는 방식이 달라 집집마다 술의 향이나 색, 마실 때 전해지는 목 넘김에 차이가 나는 거지요.

칼럼도 그래요. 같은 내용을 지닌 문장이라 하더라도 표현 기술이 달라지면 독자에게 전달되는 감응도 즉시 영향을 받습니다. 특히 문체가 독자의 피부에 바로 와 닿는 건 그런 이유 때문입니다. 가령 〈이해인 수녀의 詩편지〉라는 연재 칼럼은 편지에서 사용하는 문장 형태인 서간체로 썼습니다.

단순한 용서에도 때로는 큰 용기가 필요합니다. 어떤 일로 제 쪽에서 억울하게 생각되어 용서가 잘 안 되는 대상을 만났을 때도 왜 그랬느냐고 힘주어 따지기보다는 그냥 한 번 심호흡을 하고 '그 일로 저를 돌아보는 계기가 되었어요'라고 말해봅니다. 혹시 누가 미안하다고 사과하면 '일단 원인 제공은 제가 한 것이니 저도 죄송하지요'라고 말해봅니다. 사랑의 또 다른 이름이 있다면 용서일 것이고 용서 없는 사랑은 거짓일 것입니다. 살아오면서 우리는 거의 날마다 크고 작게 누군가에게 용서를 빌어야 할 일, 용서해야 할 일들과 마주치게 됩니다. 남에게 누구를 용서해야 한다고 섣불리 강요하는 일은 바람직하지 못하지만 그 대신 나 자신이 누구를 용서하는 일은 자유롭게 할 수 있다고 봅니다.

_이해인, 〈용서의 꽃〉, 《경향신문》, 2021년 12월 30일.

글을 접한 독자는 마치 한 통의 편지를 건네받은 수취인이 됩니다. 다정다감하면서도 존중받는 느낌이 들어 마음을 활짝 열고 한 문장 한 문장을 꼼꼼히 읽게 됩니다. 나에게 보낸 정성스러운 글을 대충 읽고 함부로 내팽개치는 사람은 없을 테니까요.

그렇다면 이 칼럼의 문장이 지닌 특징을 바꿔 보면 어떨까요? 예를 들어 다음과 같은 문장을 즉석에서 생각해 봅시다.

단순한 용서에도 때로는 큰 용기가 필요하다. 어떤 일로 내 쪽에서 억울하게 생각되어 용서가 잘 안 되는 대상을 만났을 때도 왜 그랬느냐고 힘주어 따지기보다는 그냥 한 번 심호흡을 하고 '그 일로 저를 돌아보는 계기가 되었어요'라고 말해 보자. 혹시 누가 미안하다고 사과하면 '일단 원인 제공은 제가 한 것이니 저도 죄송하지요'라고 말해 보자. 사랑의 또 다른 이름이 있다면 용서일 것이고 용서 없는 사랑은 거짓일 것이다. 살아오면서 우리는 거의 날마다 크고 작게 누군가에게 용서를 빌어야 할 일, 용서해야 할 일들과 마주치게 된다. 남에게 누구를 용서해야 한다고 섣불리 강요하는 일은 바람직하지 못하지만 그 대신 나 자신이 누구를 용서하는 일은 자유롭게 할 수 있다.

종결 어미만을 살짝 바꿨을 뿐인데도 하십시오체를 쓰지 않아서인지 사뭇 다른 감정이 들기도 합니다. 적어도 편지글이 지닌 고유한 정서는 사라집니다. 하지만 서술어에 살짝 변화를 주었다고 해서 칼럼 필자가 지닌 본령이 왜곡되거나 증발한다고 보기는 어렵습니다. '용서'에 대한 필자의 철학은 여전히 건재합니다. 마치 가마솥 밥을 스테인리스 공기든 사기그릇이든 어디에 담아도 가마솥으로 만든 밥이라는 정체성은 흔들리지 않는 것처럼요. 심혈을 기울여 쓴 칼럼은 필자의 의도를 포함한 정신이 깃들게 됩니다.

그렇다고 하더라도 서간체가 주는 포근한 느낌이 없어진 건 왠지 아쉽네요. 칼럼 필자로선 분위기를 넘어서는 더 커다란 부분이 묻혔다고 생각할지도 모릅니다. 여기서 우리는 궁금증이 일게 됩니다. 이 칼럼의 문체를, 편지글이라고 보아야 하는지 아니면 용서에 대해 필자가 평소에 견지한 신념이라고 해야 옳은지 말이죠. 이 질문은 칼럼에서 문체를 어떻게 접근하면 좋을지에 대한 단서를 줍니다.

문체의 국어사전적 의미는 "문장의 개성적 특색" "문장의 양식" 등으로 기술됩니다. 문장이 지닌 모양에만 주목한 듯 보이지만 문장이 주는 고유함은 그 글을 쓰는 사람의 개성이나 색채가 생산해 낸다는 점에서 단순히 문장의 형식에 얽매일 필요는 없다고 볼 수 있습니다. 즉, 서간체라는 형태도, 용서에 대한 필자의 생각도 모두 문체를 구성하는 요소라고 보아도 무방하지 않을까요? 물론 문체론에 관련해서는 다양한 연구와 의견이 공존합니다. 이 책에서는 논의를 좁혀 칼럼의 문체를 이렇게 약속해 봅시다.

칼럼의 문체(글투): 칼럼 필자의 소신을 효과적으로 표현하기 위해 고심해서 찾은 문장의 개성

이렇게 정의한다면 칼럼 필자는 아마도 〈용서의 꽃〉에 담긴 진의를 가장 온전하게 전달하기 위해서는 서간체여야만 한다고 판단했는지도 모릅니다. 편지글에 담길 때 비로소 용기에 관한 자신의 소신이 독자에게 가닿을 수 있다고 말이죠.

이 정의를 다른 칼럼에도 적용해 살펴봅시다. 칼럼 〈청소부 시인〉에서 임의진 시인은 시인의 태도를 다룹니다. 무릇 시인이란 솔직해야 하고 겸허해야 한다고 요약할 수 있는데 글투가 사뭇 독특합니다. 마치 친구에게 이야기하듯 격식에는 전혀 신경 쓰지 않습니다. 가령 첫 문단은 이렇습니다. "시를 써서 먹고사는 사람이 얼마나 될까. 없다고 봐야 맞아. 그래 다른 직업을 갖고들 사는데, 빌딩 청소를 하고 사는 한 시인을 나도 알고 있다. 유명한 시인은 아니야. 하지만 강단에 선 시인들보단 솔직한 시를 쓴다." 일종의 반말로 진행되는 문장이라 친근하면서도 간결해 속도감 있게 다가옵니다.

그렇다고 내용이 가볍진 않습니다. 마지막 문단에서 칼럼 필

자는 끊임없이 성찰하는 자세를 청소로 비유하면서 솔직하지 않은 시를 쓰는 사람은 시인이 될 자격이 없다고 일갈합니다.

> 하지만 진실과 연민이 없는 미사여구로 분칠한 시, 문단 권력으로 인권을 짓밟고, 또 표절한 글은 하늘 아래 부끄러운 쓰레기. 자신을 비우고 청소하는 일엔 무슨 공소시효 같은 게 있을 수 없다.
>
> _임의진, 〈청소부 시인〉, 《경향신문》, 2023년 1월 12일.

칼럼은 시인이 지녀야 할 도덕성을 보편적인 측면에서 서술했다고 볼 수도 있지만 지면에 발표되었던 당시, 성추행 폭로로 집필을 중단했던 어느 시인의 시집 출간으로 시끌벅적했던 점을 떠올린다면 사과 없이 문단에 복귀하려는 행태를 날카롭게 비판했다고 여겨도 무리가 없습니다. 작심 발언을 하기 위해 틀을 갖춰 진중하게 말을 고르기보다는 옆 사람에게 날씨 얘기하듯 무심코 건넨 말투 속에 금속성의 차가운 서슬이 배어든 문체입니다. 어쩌면 칼럼 필자는 이런 비판과 반말 형태가 가장 잘 어울리는 조합이라고 보았는지도 모르겠네요.

일상에서 본다면 평어에 해당하는 이런 문체를 활용한 또 다른 칼럼의 첫 문단을 주목해 봅시다.

까놓고 말해, 당신은 '단계적 일상 회복'과 '위드 코로나' 중에서 어떤 말이 더 친숙한가? 나는 '위드 코로나' 쪽인데, 왜 그럴까? 우리말에 대한 애정 부족? 설마.

_김진해, 〈위드 코로나〉, 《한겨레》, 2021년 10월 24일.

다짜고짜 질문하며 대답을 강요하는 글투가 꽤 인상적입니다. 이런 무례한(?) 칼럼이 있을까 싶지만 칼럼 필자는 대학 강의실에서도 높임말을 쓰지 않는 실험을 시도하기도 했습니다. 교수는 물론 학생도 반말로 대화한다고 해요. 단, 상대를 부를 때는 'ㅇㅇ야'가 아닌 이름만을 사용하고요. 존댓말이 아니라 바로 친밀감을 표현하기에 쉽고 반말이지만 이름을 부르기에 상대를 낮추지도 않습니다. 김진해 교수는 《한겨레》와 인터뷰하길 "말의 틀이나 체계가 바뀌어야 관계와 생각도 바뀐다"고 밝혔습니다. 말로 인해 "강의실 질서"에 변화를 준다면 학생들의 "사고나 태도"에도 영향을 끼치리라 보지 않았을까요?

그렇다면 칼럼에서 평어와 비슷한 문장을 사용한 건 그의 지론에 따른 당연한 결과라고 볼 수 있습니다. "모든 말은 현지화한다"는 언어 현상을 독자에게 각인시키려면 파격이 제격입니다. 솔직하게 말해 보라든가, 진지하게 생각해 보자든가 하는 표현으로는 기존 사고방식을 뒤흔들 수 없습니다. 사실 우리는 '위드 코로나'가 익숙하지만 '단계적 일상 회복'이라는 우리말을 써야 되지 않을까 하는 자기 검열을 은연중에 하지 않나요? 더군다나 '위드 코로나'의 정체가 콩글리시를 넘어 일본식 영어라는 추정이 돌면 더욱더 말입니다. 칼럼에서는 이 부분을 말 그 대로 "까놓고 말" 합니다.

> 외국 신문에서 '위드 코로나'도 콩글리시라고 지적하자 몇 몇 언론에서 이를 받아쓰더라. 그러면서 '위드 코로나'가 '영어권에선 알아들을 수 없다'느니, '일본식 영어'라느니 하면서 이 말이 '불온하다'고 덮어씌우더라. 영어권 사람들 이 이해 못 하는 건 당연하지. 또 '일본식 영어'면 어떤가? 사람들은 기원을 따지며 말을 쓰지 않는다. 생활이 먼저이 므로. '위드 코로나'는 방역 정책이기도 하지만, 앞으로의 삶을 대하는 태도를 뜻하기도 한다. 이미 하나의 개념어로 자리잡았다.

칼럼의 문체는 마치 '실은 당신도 위드 코로나가 입에 붙잖 아, 바로 그게 언어의 현지화라고!' 이렇게 말하고 싶은 칼럼 필 자의 의도가 담긴 선택이라고 볼 수 있지 않을까요?

앞의 두 칼럼이 군데군데 평어를 활용했다면 칼럼 〈모내기와 이야기〉에서 이길보라 작가는 아예 글 전체를 평어로 채웠습니 다. "~이다, ~했다" 등의 서술어는 사라지고 "~일이 생겨, 가져 다주시더라, 초인종이 울렸어, '쿨하게' 손을 흔들며 사라졌어, 뭐야, 엄청나게 다정한 사람이잖아?, 나도 그런 주민이 되고 싶 어" 등의 친근한 표현을 내내 사용합니다. 마치 독자가 곁에 있는 양 말을 걸며 도란도란 이야기 나누는 풍경이 연상되는데요. 결국 칼럼에서 언급된 까다롭다고 여겼던 이웃 주민 할아버지가 실은 엄청 다정한 이라는 걸 실감 나게 전합니다.

더 나아가 칼럼의 마지막 문단은 나도 그런 사람이 되겠다는 의지를 독자에게도 자연스럽게 심어 놓습니다. 그건 단순히 개인의 인격에 내비친 호감이라기보다는 마을의 일원으로 살아가려면 갖춰야 할 일종의 태도입니다. 칼럼은 그것을 "동네의 감각"이라고 정리했어요.

걸어서 집으로 돌아왔어. 어쩌면 이게 <u>동네의 감각</u>일지도 몰라. 올해 나의 목표는 수박 할아버지와 우정을 쌓아 나가는 거야. 알고 보니 그 누구보다 다정한 할아버지를 떠올려. 나도 그런 주민이 되고 싶어.

_이길보라, 〈모내기와 이야기〉, 《한겨레》, 2022년 6월 22일.

어쩌면 여기까지를 염두에 두고 독자가 따라오도록 의도적으로 쌓은 포석의 재료로 칼럼 필자는 평어를 사용하기로 작정했는지도 모릅니다. 설령 그런 계획을 세우지 않았더라도 이 칼럼은 찰떡궁합처럼 평어와 잘 배합되네요.

평어가 대개 톡톡 튀거나 경쾌한 분위기를 연출한다면 대화체는 글 흐름에 몰입하게 만듭니다. 간결한 문체가 주는 특징이기도 해요. 음을 짧게 끊어 연주하는 스타카토처럼 단문이 열거

됩니다. 뜻이 명확해질 뿐 아니라 가독성도 높습니다. 그래서인지 SNS 글쓰기에서 간결한 문장을 자주 보게 됩니다. 하지만 단문 일색인 글은 오히려 부자연스럽기도 해요. 리듬을 타는 것도 중요한데 짧막한 문장으로만 진행되면 단순해서 지루하게 다가오지요. 그럴 땐 단어와 구를 살짝 추가하면 좋습니다. 행동이 구체적이어서 글쓴이의 심경을 유추하기에 무리가 없어요. 또한 짧은 문장이 이어진 후 긴 문장이 서술되면 독자로서는 호흡의 미묘한 변화에서 오는 문장의 맛을 체험하기도 합니다. 간결하지만 풍성한 문체도 활용해 보세요.

한편 구체적인 사항을 직접 말하기보다는 요점이나 핵심을 꿰뚫고 지나가는 방법도 생각해 봅시다.

하지만 이제 젊은이들은 꿈꾸지 않는다. 아르바이트하는 편의점에서 가져온 유통기한 지난 삼각김밥과 냉장고의 얼린 밥을 녹여 먹고 잠든 청년은 아름다운 꿈을 꿔본 적이 없다 말한다. 그나마 가져본 소박한 꿈은 철로 쇳밥과 밀가루 반죽 속에 묻히고 높은 공사장 비계 위에서 비틀대다 몇십 미터 아래로 추락했다. 미래가 현재보다 나을 것이라 믿지 않은 청년들이 그래도 몇줄 써보려던 해방일지는 좁은 내리막길에서 선 채로 숨쉬기를 멈추고 이번에도 어김없이 기성세대들은 그들을 지켜주지 못했다. 꿈꾸지 않는 세상은 절망과 자조만이 넘친다. 개인이나 국가도 마찬가지다.

해가 지지 않을 것 같던 제국의 몰락도 꿈의 상실에서 시작
됐다. 무엇보다 청년이 꿈꾸지 않는 세상에 희망은 없다.

_신영전, 〈꿀잠과 단꿈, 그리고 꿈 없는 대통령〉, 《한겨레》, 2022년 11월 8일.

　신영전 교수의 칼럼 〈꿀잠과 단꿈, 그리고 꿈 없는 대통령〉
은 젊은이들이 꿈꿀 수 없도록 만든 사회를 비판합니다. 가까스
로 꿈을 지니려 해도 무참히 짓밟히는 건 그들을 보호하지 못하
는 기성세대의 탐욕과 무능력 때문입니다. 칼럼은 꿈이 유린되
는 상황을 에두르지 않고 직시해 표현합니다. 하지만 특정 사건
과 사고를 명시하진 않습니다. 가령, SPC계열 제빵 공장에서 발
생한 사망 사건이라 칭하지 않고 이태원 참사라고 언급하지도
않아요. "철로 쇳밥과 밀가루 반죽 속에 묻히고 높은 공사장 비
계 위에서 비틀대다 몇 십 미터 아래로 추락했다"거나 "내리막
길에서 선 채로 숨쉬기를 멈"췄다고 표현할 뿐이에요. 대표되
는 사건을 암시하면서 당시 벌어진 일만이 아닌 우리 사회에서
늘 터져 왔었던 젊은이들의 생명을 앗아가는 실태를 전달하기
위해서입니다. 마치 대유법처럼 한 부분으로 전체를 나타내기
위해서는 이처럼 특징을 요약해 신속히 전달하는 문체도 필요
합니다.

　이외에도 유장한 문체, 차분하고 사색적인 문체, 정밀한 단어
를 사용해 명확하고 진중한 문체, 정공법을 사용해 비판하는 문
체 등도 생각해 보면 좋습니다. 칼럼을 접할 때마다 어떤 문체에

해당하는지 정리하면 여러분만의 문체를 개발하실 수 있을 겁니다.

문장력을 키우는 실전 연습

문장력을 기른다는 건 원천 기술을 익힌다는 말과 같습니다. 기술처럼 문장 역시 꾸준한 연마에서 옵니다. 문장력 향상을 위해서는 어떤 연습이 필요할까요?

1. 문장의 운용 방식 습득

문장을 다룬 글쓰기 책을 비치해 읽어 보세요. 전반적인 작법을 알려 주는 글쓰기 책에 비해 문장력 강화에 초점을 맞췄기에 좀 더 구체적인 내용을 담게 됩니다. 여러 권 읽을 필요는 없습니다. 문장의 기본적인 운용 익히기가 목적이기에, 한두 권을 정해 늘 곁에 두고 자주 펼쳐 보는 게 효과적입니다. 칼질을 잘하려면 칼을 쥐는 방법부터 재료에 따라 썰고 자르는 방식까지 알아야 하듯, 문법부터 자연스러운 문장의 다양한 형태까지 섭렵해야 합니다.

2. 단어 채집: 단어 찜

어휘를 습득합시다. 섬세하고 적확한 표현을 위해서는 단어

를 많이 알아야 합니다. 김장할 때 배추 밑동을 자를 때와 배춧
속을 가를 때 사용하는 칼이 다릅니다. 생선뼈를 손질할 때와 회
를 뜰 때도 다른 칼을 사용하지요. 문장도 마찬가지예요. 알맞은
단어를 취해야 내용이 정확하게 전달됩니다. 가령 다음 문장을
읽고 적절한 단어가 지닌 효과를 생각해 볼까요?

> 거실 문밖으로 나와 마당을 거쳐 창고로 쓰는 건물로 들어
> 가면 뒷문이 있어. 문을 열고 길을 따라 한 10분쯤 걷다 보
> 면 돌이 많이 흩어져 있는 비탈이 나와.

"집의 앞이나 뒤에 평평하게 닦아 놓은 땅"으로 정의되는 '마
당'이라는 단어가 언뜻 보기에는 자연스러워 보이지만 좀 더 정
확한 낱말이 있어요. "마당의 한가운데" 또는 "집 안의 건물과
건물 사이에 있는 마당"을 뜻하는 '중정'이라는 어휘를 사용한
다면 예문에서 설명하는 공간이 더욱 또렷해집니다. 거실과 창
고를 사이에 두고 중정이 배치된 상황이 그려지니까요. "돌이
많이 흩어져 있는 비탈"을 뜻하는 단어 역시 존재합니다. '너덜
겅'이라는 단어를 활용하면 문장을 보다 경제적으로 쓸 수 있어
요. 수정된 문장을 읽어 봅시다.

> 거실 문밖으로 나와 중정을 거쳐 창고로 쓰는 건물로 들어
> 가면 뒷문이 있어. 문을 열고 길을 따라 한 10분쯤 걷다 보

면 <u>너덜겅</u>이 나와.

단어를 많이 보유한다는 건 어떤 재료가 도마 위에 올라와도 걸맞게 다룰 수 있는 칼을 가지고 있다는 뜻입니다. 어떤 문장을 지어야 할 상황이라도 의미를 온전히 충족시키는 기술을 지니게 되지요.

의식적으로 단어를 습득해 정리하는 습관이 필요해요. 그렇지 않으면 새롭거나 인상적인 단어를 접해도 쉬이 잊어버립니다. 인터넷 검색을 통해 단어를 찾는 건 한계가 있어요. 머릿속에 각인되어야 파생 어휘를 떠올릴 수 있고 그제야 관련된 단어로 확장하기 위한 검색이 기능을 발휘하기 때문이지요.

매일 단어 두 개씩 채집해 봅시다. 저 역시 단어 공부를 위해 모임을 진행하며 참여하고 있어요. "어떤 물건이나 사람을 자기의 것으로 하다"는 뜻인 '찜하다'를 사용해 '단어 찜'이라고 부르는데요. 모임 규칙은 간단해요. 종이 사전이나 인터넷 사전을 참고해 정의와 예문을 적고, 이 단어를 고른 이유나 계기 또는 비슷한말이나 반대말 등을 정리합니다. 선택한 두 개의 단어를 모두 활용해 짧게 작문도 합니다.

단어 찜 형식

날짜와 요일, 이름, 횟수

1. 단어: 정의

예문

2. 단어: 정의

예문

3. 단어를 고른 이유나 계기

4. 작문

(예)

2022년 4월 25일(월), 최진우, 4-4회

1. 울울하다: 마음이 상쾌하지 않고 매우 답답하다. / 나무가 빽빽하게 들어서 매우 무성하다.

"울울한 심사" / "울울한 숲"

2. 모다기모다기: 자잘한 무더기가 여기저기 있는 모양.

"오늘도 기억할 말들이 모다기모다기 쌓여간다. 연말이 되면 그 말들을 가져다 가슴속에 모닥불을 피워야겠다."(오은, 〈'그 사람의 말'이라서〉, 《경향신문》, 2020년 12월 3일.)

3. 메모장에는 울울하다, 모다기모다기, 이렇게만 적혀 있다. 날짜는 작년 1월 말. 네이버로 뜻을 검색한 후에야 왜 메모했는지, 어디서 발견했는지 감이 왔다.

'울울하다'는 마음 상태와 숲 상태를 각각 답답하다, 무성하다고 표현할 때 사용한다. 오래전에 '꿀꿀하다'가 꽤 많이 쓰였다(요즘도?). 고려대 한국어 대사전에는 "우울하거나 안 좋은 상태에 있다, (날씨가) 흐리거나 궂은 상태에 있다"고

칼럼 레시피

뜻을 풀이했다. 울울하다도 비슷한 어감을 준다. 단, 숲이 무성하다로 사용할 땐 긍정적인 의미로 다가온다. 물론 길을 잃게 되면 부정적인 의미가 되기도 한다. 아마도 직감에서 오는 혼란으로 메모해 놓은 것 같다.

'모다기모다기'는 사전에는 예문이 보이지 않아 검색창을 두들겼는데 오은 시인이 쓴 칼럼이 떴다. 예전에 읽은 글이다. 아마도 그 칼럼을 읽고 적어 놓은 듯하다. 준말은 '모닥모닥'이라고 한다. '꽃이 모닥모닥 피어 있다, 다복솔이 모닥모닥 모여 서 있다' 등으로 활용된다. "다복솔"은 "가지가 탐스럽고 소복하게 많이 퍼진 어린 소나무"라고 한다. 예단하자면, 오은 시인은 "기억할 말들"을 마치 꽃이나 소나무처럼 옹기종기 모여 있는 형태로 인식한 것처럼 보이기도 한다. 그런 말들을 모아 "가슴속에 모닥불을 피워야겠다"니! 모닥불은 "잎나무나 검불 따위를 모아 놓고 피우는 불"이다. 모닥모닥, 모다기모다기, 모닥불. 모두 뭔가 뭉쳐 있거나 한곳으로 모아 놓은 느낌이 드는 단어다.

4. A는 오늘 오후 벌어진 일을 생각하면 심란하고 <u>울울했지만</u> 크게 신경 쓰지 않으려고 노력했다. 어차피 지나고 나면 가벼워질 사건이다. 오히려 그런 일들이 <u>모다기모다기</u> 쌓여 추억이 된다.

위 형식과 예시는 제가 현재 무료로 운영하는 단어 찜 모임에 참여해 쓴 글입니다. 참고해서 다양한 형식으로 변용, 활용하면 좋을 듯싶네요.

3. 문장 간의 연결: 칼럼 필사와 문장 찜

마지막으로 문장과 문장의 연결에 주목합시다. 문장의 운용 방식 습득과 단어 채집에 그치지 않고 이들이 활용되는 장면을 직접 관찰하고 적용해야 합니다. 칼럼 필사와 문장 채집, 두 측면에서 연습하면 좋습니다. '문장, 필자의 원천 기술'에서 밝혔듯이 좋은 문장을 쓴다는 건 다른 문장과의 관계를 조율하고 정립하는 과정과 같습니다. 홀로 빼어난 문장을 좋은 문장이라고 말하기는 부족한 면이 있지 않을까 해요.

칼럼을 필사하면 문장이 유기적으로 연결되는 모습을 발견하게 됩니다. 잘 쓴 칼럼은 각 문장이 제 역할을 해내며 흘러갑니다. 겉으로 보기에 뜬금없이 튀어나온 문장처럼 보이지만 이미 계획을 갖춘 포석이 되기도 합니다. 눈에 띄지 않는 문장이라고 해서 대충 쓴 게 아니에요. 모나지 않게 다듬어 제자리에 끼운 벽돌인 경우가 많습니다. 좋은 칼럼은 요란하고 현란한 문장도, 밋밋하고 범상한 문장도 모두 의도한 대로 그 자리에 배치한 글입니다.

칼럼 필사는 문장의 위치와 연결을 확인하는 행위라고 볼 수 있어요. 단지 눈으로 읽거나 입으로 발음하는 건 글 내용과 주제를 알아채는 데 도움을 줄 뿐이에요. 문장 하나하나에 사용한,

문장 간에 발휘된 기술은 놓치기 쉽습니다. 문장이 그곳에 있는 이유를 음미하는 연습, 이것이 칼럼 필사입니다.

칼럼을 필사할 땐 기왕이면 부분이 아니라 본문 전체를 다루면 좋습니다. 그래야 여기저기 배치된 문장의 여러 사연이 하나의 큰 축을 중심으로 설명되거든요. 칼럼을 먼저 읽은 후 제목부터 마지막 문장까지 천천히 필사해 봅시다. 아무리 짧은 분량의 글이라 하더라도 필사하는 시간은 꽤 걸립니다. 여의찮을 때는 전체가 아닌 문단을 필사해도 괜찮습니다. 좋은 칼럼은 여러 문장으로 한 문단을 견고하게 작성하니까요.

둘째로 문장을 채집해 음미해 보세요. 이것을 '문장 찜'이라고 칭해 볼까요? 칼럼 필사가 이미 완성된 글 흐름을 따라 손으로 직접 쓰며 확인하는 방식이라면, 문장 찜은 문장의 내밀한 사연을 깊게 들여다본 후 거기에 배인 의미를 사유하고 정리하는 데 효과적입니다.

단어 찜처럼 매일 문장을 채집해 보세요. 문장은 서로 연결되기에 개수는 의미가 없습니다. 그보다는 일련의 몇 개의 문장 덩어리를 찜하면 됩니다.

문장 찜 형식

날짜와 요일, 이름, 횟수

1. 발췌 문장 또는 단락
2. 출처

3. 선택 이유 또는 단상 등

(예)

2021년 3월 19일(금), 최진우, 3-4회

1. 세상을 아는 가장 안전한 방식은 독서라고 했다. 그렇다면 가장 위험한 방식은 현장으로 들어가는 일. 박종필은 그것을 고집하는 사람이었다. 전자의 앎이 세상을 이해하고 싶은 욕망이라면 박종필의 앎은 세상을 변화시키고자 하는 열망일 것이다. 전자의 앎이 폭넓음을 지향한다면 박종필의 앎은 정확함을 지향할 것이다. 위험이 가장 본질적 요소인 그런 앎이 있다. 추석날 아침, "식사하셨어요?" 하고 묻자 '기태형'이 고개를 젓는다. 속에서 받질 않아 먹을 수가 없어, 라고 대답하면서도 그는 3500원짜리 된장찌개가 꼭 한번 먹고 싶다고 말한다. 그리고 이런 말을 하는 것이다. "한 달 뒤면 내 생일이야. 그때까지만 살다가 죽으려고."

2. 홍은전, 〈앎은 앓음이다〉, 《한겨레》, 2017년 8월 14일.

3. 홍은전의 글이 폐부에 와닿는 건 날 선 분노의 표출이나 행동을 요구하는 다그침 때문이 아니다. 분노를 나타내지 않고 움직이라 강요하지 않고서도 내 심장이 급하게 박동하게 만든다. 심장으로 흘러들어 온 피에 분노와 각성을 섞어 온몸으로 휘돌게 한다. 독서로 세상의 문리를 깨치는 이도 있지만 카메라를 들고 "장애, 빈민 현장"에서 다큐를 찍

칼럼 레시피

는 박종필과 같은 사람도 분명 있다. 책과 책상은 좋은 도구이지만 카메라와 발과 같은 존엄한 무기에 비할 바가 아니다. 홍은전은 그것을 "앎"이라 칭했다. '아는 것이 힘이다'라는 말이 지금도 통용된다면 그 힘은 위험 속으로 뛰어드는 감내를 뜻할 것이다. 읽을수록 부끄러워지고 부끄러워 다시 펼치게 되는 글을 놓지 않고 읽게 되는 건 왜일까?

앞에 소개한 형식과 예시는 단어 찜 모임처럼 제가 현재 무료로 운영하는 문장 찜 모임에 참여해 쓴 글입니다. 참고하시면 좋을 것 같네요. 다만 찜한 문장의 형식에 너무 집착하지 않아야 합니다. 가령 앞에서 발췌한 문장은 안정과 위험, 독서와 현장, 세상을 이해하고 싶은 욕망과 세상을 변화시키고자 하는 열망, 폭넓음과 정확함 등이 하나하나 대조되며 "박종필의 앎"의 가치를 강조합니다. 병렬해 열거하거나 비교를 통해 특징을 부각하는 문장의 표현 방식을 분석하는 것도 효과가 작지 않지만 그보다는 문장을 쓴 이가, 세상을 알기 위해 위험을 무릅쓰고 다큐멘터리를 찍는 박종필의 용기와 실천이 보여 준 "앎"을 전달하려 노력했다는 점을 놓치지 않는 게 더 중요할 듯싶어요. 단어의 선택, 배열, 취급된 수사법을 넘어 문장이 내재한 사연을 응시하는 일에 초점을 맞춰 보세요. 문장을 읽고 뒤편에 놓인 의미를 골똘히 생각한 후 천천히 단상을 써 본다면 쓰고자 했던 본질에 좀 더 다가갈 수 있지 않을까요?

11장

최고의 셰프도 연습만이 살길:

글력 향상을 위한 필수 루틴

3가지 실천법으로 내 글 숙성시키기

낯선 재료가 주어져도 다룰 수 있는 원천 기술과 가지런히 정리된 조리법을 곁에 두면 세상 어떤 요리도 두렵지 않습니다. 이 책의 앞부분에서 제시한 라볶이 만드는 법을 다시 한번 떠올려 볼까요?

1. 냄비에 물과 라면수프를 넣고 끓인다.
2. 면을 넣는다.
3. 고추장, 설탕을 듬뿍 넣는다.
4. 국물이 졸 때까지 끓인다.

초간단 레시피이지만 이대로 따라 하면 어렵지 않게 라볶이가 완성됩니다. 하지만 실제로 요리하는 사람에 따라 맛은 제각각이에요. 가장 영향을 주는 것은 무엇일까요? 바로 고추장입니다. 떡볶이용 수프 업체에서 이미 제조한 제품이라 규격화된 맛을 낼 뿐이지만 집안 대대로 내려온 비법의 고추장을 넣었다면 이야기는 달라집니다. 누구도 흉내 낼 수 없는 라볶이가 만들어질 테니까요. 음식의 품질을 마지막으로 결정짓는 건 어쩌면 고추장처럼 오랫동안 준비해 숙성시킨 장醬일지 모릅니다.

칼럼에도 고추장처럼 글의 품격을 끌어올리는 비장의 무기가 있습니다. '글력(글의 힘)'을 향상시키기 위해서 손은 매일 써야 하고 정신은 깨어 있어야 합니다. 먼저 손으로 담그는 칼럼의 장을 살펴봅시다. 다음 소개할 세 종류의 실천 방식은 부지런히 갈고 닦을수록 고추장처럼 위력을 발휘합니다. '매일 소스'라고 이름 붙이면 어떨까요? 얼핏 보기에는 하찮아 보이지만 시간이 흐를수록 농후해지는 장 담그기입니다.

1. 그림 그리듯이 쓰기: 관찰과 표현의 장

먼저 관찰하고 표현할 때 요긴한 장을 담가 봅시다. 같은 사물이라도 나만의 관점을 세우고 드러내는 연습을 해 보세요. 그림 한 점을 놓고 묘사하면 좋습니다. 일명 '그림 그리듯이 쓰기'. 마치 직접 그림을 그리듯이, 앞에 놓인 그림을 꼼꼼히 살펴본 후 하나하나 문장으로 표현하는 연습입니다. 가령 풍경화라면 산 전체의 모양은 물론 산등성이 뻗어 가는 각도와 형태를 구체적으로 쓰는 거지요. 해가 비치는 지역과 그늘의 농도도 섬세하게 대비해 묘사하고요. 만약 그림 속에 산을 오르는 등산객이 보인다면 그의 복장은 물론 이마에 맺힌 땀방울까지도 놓치지 말고 써 보세요. 나뭇잎이 일정하게 한쪽으로 쏠렸다면 역시 빠뜨리지 않고 언급해 바람이 불어오는 방향도 담아 보세요.

목표는 어떤 독자라도 내가 묘사한 글을 보는 순간 한 폭의 그림을 머릿속에 떠올리게 만드는 것입니다. 마치 레이먼드 카버의 단편 소설 〈대성당〉에서 눈을 감은 화자가 도화지에 펜으로 대성당을 그리듯 내가 쓴 문장에 이끌려 독자가 그림을 그리도록 만들게 합시다. 그림 중 내가 취하거나 걷어 낸 면면에 따라 나만의 시선에서 살펴본 그림이 문장으로 옮겨질 겁니다. 그림 그리듯이 쓰기 연습을 꾸준히 한다면 대상이 지닌 특징을 세밀히 간파할 뿐 아니라 나만의 방식으로 나타낼 수 있습니다. 관찰과 표현 연습에 좋아요. 물론 사진으로도 가능하고요.

객관적으로 묘사하거나 서술해도 좋지만 설정을 한 후 스토리텔링을 가미해도 훌륭한 훈련이 됩니다. 그림이나 사진에 담긴 대상을 그대로 전달하기보다는 상황을 가정해 이야기를 이끌어 나가면 나만의 시각을 좀 더 생생하게 드러낼 수 있어요. 가령 테이블에 놓인 세 잔의 음료를 바르셀로나 람블라스 거리의 카페에서 배낭 여행객들이 주문한 디저트라고 상상해 보면 어떨까요? 음료 하나하나에 서사가 스며들어 그림이 담은 형태나 의미를 신선하고도 독특하게 표현하게 됩니다.

2. 영화 장면 찜하기: 순발력과 맥락의 장

그림이나 사진 외에 영화 장면을 활용하는 방법은 어떨까요? 영상은 고정되지 않을뿐더러 휘발성도 강해 마치 크로키를 그리듯 특징을 추출해 표현하는 연습에 좋습니다.

영화 장면 찜 형식

날짜와 요일, 이름, 횟수

1. 장면 스틸 사진 또는 대사

2. 출처

3. 장면 묘사와 단상 등

(예)

2022년 11월 4일(금), 최진우, 3-1회

1. 미카: 눈물 날 정도로 지루해요?

2. 영화 〈애프터 양〉(코고나다 감독, 2021)

3. 양의 기억 장치를 판독기로 보던 제이크가 다큐멘터리라고 얼버무리자 미카가 한 말이다. 제이크의 눈은 촉촉하게 젖었다. 낯선 여자의 모습이 두어 차례 지나가자 어린 딸을 안고 달래는 아내 카이라, 가지치기한 나무, 창을 통과해 벽에 옅게 퍼진 햇살, 양을 바라보는 갓난아기였던 미카의 얼굴, 마당 의자에 앉아 차를 마시며 책을 읽는 아내, 건조대에 걸린 빨래, 푸른 잎사귀 사이로 돌돌 쳐진 거미줄과

칼럼 레시피

새소리, 빨간 모자를 쓰고 아장아장 걸어오는 조금 더 자란 미카, 잎이 잔뜩 달린 나무들 위에 걸친 하늘, 소파에 나란히 앉아 어깨를 기대고 미소와 담소를 나누는 제이크와 카이라의 뒷모습, 하늘로 쭉 뻗어 사방으로 가지를 펼친 나무, 차를 내리는 제이크, 나풀거리며 떨어지는 꽃잎, 침대 옆에 놓인 미카의 장난감 가게, 시리얼에 우유를 따르는 미카, 낙엽 위로 폴짝폴짝 뛰는 개구리, 우듬지 위로 반원을 그린 무지개가 차례로 이어진다. 먹다 남은 접시 위엔 포크에 꽂힌 떡 조각과 귤이 있고, 뾰로통한 미카에게 양의 목소리가 얹히기도 한다. 고의는 아니었잖아. 찻잎이 물속에서 춤추고, 미카가 앞니를 드러낸 채 양팔을 위아래로 번갈아 움직인다. 연못 너머 노란 우산을 쓴 미카는 계단을 오르기도 하고, 나무 기둥에 손을 대고 주위를 빙글빙글 돈다. 땅에 앉았던 나비가 날아오르자 미카가 꽃잎을 하늘로 뿌리는 장면이 이어진다. 침대 위엔 베개가 세워졌고 협탁엔 작은 조명등이 놓였다. 거실에 앉은 제이크를 마당에서 미카가 바라본다.

제이크의 눈은 어디서부터 잠겼을까. 아빠를 부르는 미카의 목소리를 듣지 못했다면 왈칵 눈물을 흘리지 않았을까. 기억은 편집이라지만 이런 장면을 보고 눈물이 고이지 않을 수 있을까.

단어 찜, 문장 찜과 마찬가지로 무료로 진행하는 영화 장면 찜 모임에서 쓴 글입니다. 안드로이드 구매가 가능한 미래를 배경으로 기억의 의미를 살피는 영화 〈애프터 양〉에서 인상적인 장면을 글로 묘사해 보았어요. 인간인 제이크가 폐기 직전의 안드로이드인 양의 기억 장치를 판독기로 시청하면서 눈물을 글썽이던 중 딸인 미카가 다가와 아빠에게 묻습니다. "눈물 날 정도로 지루해요?" 다큐멘터리를 보던 중이라고 둘러대다가 감정이 울컥해진 걸 그만 들킨 거예요. 영화는 미카가 태어날 때부터 함께 지내며 지켜본 양의 기억 장치 속 영상들을 약 2분에 걸쳐 따뜻하고 잔잔하게 보여 줍니다. 아기 때부터 꼬맹이 소녀로 자란 딸과 아내, 그리고 자기 모습을 보면서 뭉클해지지 않을 수 있을까요?

영상은 느리면서도 짧게 일상의 순간들을 여러 숏^{shot}에 걸쳐 펼쳐 놓는데 이 장면들을 문장으로 구현하는 시도는 꽤 유의미할 듯싶어요. 각 장면의 특징을 선별해야 하고 상황을 서술해야 하거든요. 멈추지 않고 움직이는 대상을 어떤 단어와 구절로 집어내면 좋을지 고민하게 만들지요. 그림 그리듯이 쓰기와는 또 다른 관찰 측면에서의 순발력을 기르기에 적합한 훈련입니다. 뿐만 아니라 맥락을 살피는 연습에도 알맞아요. 전과 후의 연결이 전달되기 위해서는 장면의 상황을 충분히 설명해야 합니다.

(예)

2021년 3월 26일(금), 최진우, 1-1회

1. 거주자들이 갑자기 들이닥쳐 밤새 마작을 하는 통에 차우와 수리첸이 한 방에 함께 있는 장면.

2. 영화 〈화양연화〉(왕가위 감독, 2000)

3. 영화가 시작한 지 시간이 꽤 지나서야 차우와 수리첸의 집 구조를 얼핏 짐작하게 된다. 1962년의 홍콩 아파트는 두 명이 어깨를 비틀어야 서로 겨우 지나갈 수 있는 비좁은 계단과 복도에서 이미 짐작할 수 있지만, 이웃과의 출입문 역시 거의 세 걸음 정도만 허용할 만큼 인접해 한눈에 보기에도 숨이 턱 막히는 협소한 공간이다. 문을 열면 안쪽으로 길게 들어간 통로를 지나 아마도 함께 쓰는 주방 너머 두세 개의 방이 있는 듯하다. 주인집은 빈방을 융통해 세를 놓았기에, 옆집을 포함하면 적어도 네 가족이 함께 지내게 된다. 차우와 수리첸이 우연히 같은 날 이사를 온 건 그들이 앞으로 품어 내야 할 관계를 긴밀하게 보여 주기 위해서이기도 하지만 짐꾼들과 주인집을 포함한 그 많은 사람이 한데 엉켜 분주히 움직일수록 둘의 물리적 거리는 점점 가까워졌다는 것을 명백히 전달하기 위해서가 아닐까.

하지만 그런 우연을 설정하지 않아도 이 장면에서, 그들이 차우의 방에 예기치 않게 갇혀 이틀 내내 함께 있을 수밖에 없는 이 장면에서도 증명된다. 요지부동했던 몸과 몸의 거리가 마음과 마음의 거리만큼 가까워졌다면 스토리는 무너졌을까. 둘은 치파오를 입고 넥타이를 맨 채 국수를 먹고 소설을 쓰고 다리를 꼬고 자기 이마를 만지고 다음 날 회사를 빠지고 아침에 찰밥을 먹고 긴장하고 근심하고 벽을 타고 들어온 마작 소리를 들으며 의자에서 졸거나 침대에 모로 누워 상념에 빠진다. 공간에 꼼짝없이 체포된 차우와 수리첸의 마음을 절묘하게 표현한 장면이다.

영화 〈화양연화〉에서 집주인과 이웃이 갑자기 방문하는 바람에 방에 함께 있던 차우와 수리첸은 나가지도 못하는 곤경에 빠집니다. 이 장면은 마음과 마음의 거리만큼 몸과 몸의 거리도 가까워진 순간인데요. 물론 영화에서는 아무 일(?)도 일어나지 않지만 그들의 마음속에서 요동쳤을 긴장의 파동이 비좁은 공간에서 묻어납니다. 감정과 공간의 관계를 전달하기 위해서는 영화 초반에 제시한 이사 풍경을 떠올리면 효과적입니다. 자연스럽게 집 구조나 면적은 물론 왁자지껄하게 짐을 옮기는 광경을 묘사하게 되거든요. 차우와 수리첸이 한 공간에 놓이면서 발생하는 기묘한 감정의 맥락을 살펴보는 연습이 됩니다.

이처럼 영화의 한 장면을 충실히 이야기하기 위해서는 인물의 행동, 처한 상황, 겪은 사건, 자리한 장소 등을 구체적으로 묘사해야 할 뿐 아니라 서로 유기적으로 맺는 연결을 살펴봐야 합니다. 이 연습을 꾸준히 한다면 순발력을 기르고 맥락을 보는 눈

칼럼 레시피

을 키우는 데 도움이 될 거예요.

3. 일기 쓰기: 나와 세상을 잇는 가교의 장

대상을 관찰하고 표현하는 연습과 특징을 빠르게 추출하고 맥락을 파악하는 훈련에 대해 살펴봤습니다. 각각 그림(또는 사진)과 영화를 활용하면 눈에 보이는 실체를 탐색하는 데 도움이 됩니다. 그렇다면 실체는 분명 존재하지만 눈으로 직접 확인하기는 어려운 대상을 다룰 땐 어떤 방법이 좋을까요? 칼럼을 쓰기 위해서는 나와 세상을 유리시켜서는 안 된다는데 여기에 적합한 장(場)이 없을까요? 저는 일기 쓰기를 추천합니다.

왜 일기 쓰기일까요? 첫째, 일기가 지닌 효용은 여러 가지가 있지만 무엇보다 형식이 주는 자유로움이 큽니다. 독자가 없고 오로지 나만 볼 수 있기에 타인의 검열에서 벗어나기 용이합니다. 누가 뭐라 하지 않으니 어떤 내용도 쓰게 됩니다. 일상의 잡다한 편린은 물론 사건, 사고를 포함해 이슈가 되는 사회 문제도 언급할 수 있고요. 2장에서 제시한 글감 창고로서 손색이 없습니다. 일기는 오늘 겪은 경험과 그날 발생한 사회 현상을 함께 담을 수 있어요.

형식의 자유로움뿐 아니라 일기가 주는 본연의 역할인 성찰역시 한몫합니다. 일기가 단순한 메모를 뛰어넘는 건 나의 민낯을 드러내기 때문이에요. 일과를 마친 밤 노트북을 켜고 오늘 일어난 일을 하나씩 복기하며 사실과 감정을 쓰다 보면 사건에 반응하는 나의 태도를 객관적으로 볼 수 있어요. 성찰은 내가 일기에 정리한 사회 문제와 물려 의미 부여나 통찰 등으로 확장할 수 있습니다.

이런 점에서 일기야말로 나와 세상을 잇는 가교가 됩니다. 중요한 건 칼럼 쓰기를 위한 비법의 장이 되기 위해서는 내 안에만 갇혀서는 안 됩니다. 루이 16세는 프랑스 혁명 당시 민중들이 바스티유 감옥을 습격한 날 일기장에 이렇게 썼다고 해요. "아무 일도 없음." 사냥을 나갔지만 빈손으로 돌아왔다는 말인데요. 세상과 격리된 일기는 기록조차 거짓으로 만들게 되지요.

반면 오늘 경험한 일을 나에서 출발해 사회로 넓혀 바라본다면 훌륭한 사회 비평도 될 수 있습니다. 가령 다음과 같은 에피소드를 생각해 봅시다. 조선의 4번 타자로 알려진 이대호 야구 선수가 미국 메이저리그에 입성해 감독을 처음 만났을 때예요. 모든 선수가 앉아 쉬고 있는 방에 감독이 들어오자 이대호 선수는 상당히 민망했다고 합니다. 의자에서 일어난 사람이 자신과 통역사만이었거든요. 다른 선수들에게서 뜬금없는 눈초리도 받았다고 해요. 태국 국적으로 우리나라에서 활동하는 아이돌 '뱀뱀' 역시 비슷한 일을 접했어요. 연습생 시절 형들과 함께 간 식당에서 자기 밥이 가장 먼저 나와 먹었을 뿐인데 혼났다고 해요. 장유유서를 의식하는 한국 문화와는 달리 태국에서는 연소자를 배려해 오히려 동생이 시킨 메뉴가 나올 때까지 형이 기다리는 게 보통이라고 합니다.

두 사례 모두 위계에서 오는 예의 방식이 달랐기 때문인데요, 이런 일을 직접 겪든 또는 누군가로부터 듣든, 일기장에 적고 어디서부터 비롯되었는지 고민하는 순간 단지 문화 차이에서 오는 단순한 해프닝으로만 머물지 않고 사건을 탐구하게 됩니다. 내가 판단하는 근거가 문화라는 걸 깨닫는 순간 우리는 편견과 차별에서 벗어나는 통로를 발견하기 때문입니다. 내가 정상이고 네가 이상하다는 인식이 문화라는 기반에 따라 달라진다면 우린 함부로 배제하거나 혐오하기를 조심스러워할 것입니다.

한편 서경식 교수 또한 시대의 한복판에서 나이 드는 자신을 발견합니다. 칼럼 일부분을 살펴봅시다.

러시아가 우크라이나를 침공한 지 벌써 1년이 다 돼가고 있다. 전투는 아직 계속되고 있고, 앞으로도 오래 이어질 것이다. 물론 그동안에도 일반 민중의 희생은 거듭됐다. 내 뇌리에는 '관리된 전쟁'이라는 말이 떠오른다. 관리된 채 전쟁이 계속되는 것은 각국 정부와 군·산·학 및 금융자본 공동체엔 다시없을 좋은 상태일 것이다. 구미(일본 포함)의 기본자세에는 전투 범위를 우크라이나 영역 안으로 한정하고 자국 병사 등의 직접적인 희생은 극력 피하면서 지금의 상태를 오래 끌고 가려는 의도가 엿보인다. '전시' '비상시'를 구실로 일반 대중을 사고정지 상태로 몰아가 오래된 난제를 단숨에 처리할 태세다. 일본의 예를 들자면, 지금 정부가 추진하려는 방위비(군사비) 대폭 증액을 증세로 충당하려는 정책이나 원전 재가동과 신축 방침 등이 대표적이다. 지금까지 가까스로 유지돼 온 민주적 의사결정 구조가 크게 손상되고 있다. 전 세계가 반동기에 들어간 듯하다. 그런 세계적 대반동의 시기에 일본은(한국도) 저출산 고령화 시대를 맞았고, 나 자신도 노년기에 접어들었다.

이번 칼럼 마감을 눈앞에 두고, 빨리 저녁밥을 먹고 책상머리에 앉아야지 생각하며 입속의 음식물을 씹고 있는데, 또 이가 빠졌다. 아래턱 쪽 앞니다. 예전에 이 칼럼난에 '이빨 빠진 2020년 연초의 소감'이라는 제목의 글을 쓴 게 문득 생각났다. 그때로부터 꼭 3년이 지났고, 나는 그만큼 착실하게 나이를 먹었다. 이제 내게 남아 있는 이빨의 수는 빈약하다.

_서경식, 〈'늙음'이라는 타자〉, 《한겨레》, 2023년 1월 26일.

칼럼은 "관리된 전쟁"으로 인한 혼란 속에 자국의 이익을 추구하는 일본 정부의 꼼수 시도를 전 세계의 "반동기"가 표출하는 기미로 규정합니다. 주목해 볼 지점은 세계의 국면과 노년기에 접어든 칼럼 필자의 생애 전환을 연결한 부분이에요. 혹시 독자 중에는 규모가 다른 체급을 무리하게 링 위에 올린 젠체하는 지식인의 모습이라고 여기는 이가 있을는지도 모르지만 칼럼 전문을 읽은 후에는 결코 그렇지 않다는 걸 알게 될 겁니다. 칼

칼럼 레시피

럼 필자는 "생산력"을 상실한 "폐기물"로서 노인을 바라보는 사회의 "압력"에 저항하겠다고 선언합니다. "젊은 사람들이 말하려 하지 않는 꿈, 다른 인생의 꿈을 제시하는 것, 그것 또한 노인에게 가능한 사회공헌"이라고 서술해요. 노인으로서 앞으로 자신이 해야 할 일을 다짐하는 거지요.

나이 들며 쇠락해 가는 몸의 증상에서 나이 듦의 불안과 좌절에 갇히지 않고 공동체를 위해 나의 역할이 무엇인지 고민하는 일은 성찰에서 비롯되는지 모릅니다. 현미경을 대고 거짓 없이 나의 내면을 엄격히 관찰하고, 밖으로 방향을 돌려 마치 우주망원경으로 은하를 보듯 사회를 탐색하고 분석하는 성찰은 일기 쓰기에서 가능합니다. 일기장에는 일상 기록과 함께 내가 사는 세상이 보이기 때문입니다. 오늘 경험한 일, 느낀 감정, 접한 정보 등은 내가 사는 시대를 반영하고, 칼럼 쓰기를 위한 훌륭한 소재를 기록하게 되는 셈이지요.

풍부한 감성이 맛의 깊이를 더한다

매일 쓰기뿐 아니라 정신도 깨어 있어야 합니다. 감성을 늘 갖추어 놓기 위해서인데요. 가정을 한번 해 볼까요? 동네 길을 산책하면 빨간 벽돌의 2층 단독 주택과 항상 마주칩니다. 그 집은 너른 마당에, 봄이면 목련꽃이 피고 가을이면 밤이 주렁주렁 달리는 나무들도 있어요. 집을 볼 때마다 그곳으로 이사 가고 싶은 마음이 듭니다. 그런데 어느 날, 그 집 담이 허물어지고 나무도 뽑힌 광경을 보았어요. 여러분은 깜짝 놀랄 것 같나요? 아니면 다른 건물이 세워질 거라며 무덤덤하게 지나갈 것 같나요? 만약 소스라치며 가슴이 두근거리고 질겁한다면 여러분은 근사한 칼럼을 쓸 '소양'을 지녔어요. 바로 감성입니다. 약간 과장해서 말한다면, 감성 유무가 지니는 간극만큼 칼럼의 깊이가 결정된다고 보아도 무방합니다. 칼럼이라는 나무는 감성의 대지에 뿌리를 내릴 때 자랄 수 있으니까요.

칼럼을 쓰기 위해 감성에 호소하라는 이야기가 아닙니다. 억지로 감성을 자극해 사람들의 동의를 이끌어 내거나 설득하는 '감성팔이'와는 더더욱 거리가 멉니다. 감성은 "자극이나 자극의 변화를 느끼는 성질"로 어떤 일이 발생할 때 느끼는 마음을 의미하는 감정과는 다르거든요.

감성: 자극이나 자극의 변화를 느끼는 성질.

평소 동경하던 집 담장이 무너지고 폐허가 되는 모습을 보고서도 전혀 아무렇지 않다면 감성이 메마른 겁니다. 어찌어찌해서 첫 문단을 마쳤다고 할지라도 꽉 막힌 감성으로는 이어 나가기 힘들어요. 설령 완성한다 해도 적합해 보이는 사례를 제시하고 그럴듯한 논거를 비춘 후 누구나 예상하는 주장을 펼치는 글

칼럼 레시피

을 쓰게 될 뿐입니다. 그런 글의 결말도 뻔합니다. 사안을 바라보는 촉이 무디거나 닫히면 제시한 해결책도 두루뭉술하거나 명쾌하지 못합니다. 도식화된 글은 재미없어요.

하지만 감성이 풍부하면 빨간 벽돌의 집이 파괴되는 순간 미세한 변화를 감지하게 되지요. 어떤 변화일까요? 칼럼의 깊은 맛은 바로 그 지점에서 시작합니다. 가령 신간을 중심으로 책을 소개하는 칼럼을 쓴다고 가정해 볼까요? 단순히 책 내용을 서술하면 독자의 이목을 끌기 어렵습니다. 말 그대로 '영혼이 없는' 책 소개는 시답잖은 북 브리핑에 가까울 뿐이에요. 설령 충실하게 내용을 간추려 전한다 해도 마찬가지입니다. 그보다는 그 책으로 인해 일상이 바뀌고 사유하는 자신을 솔직하게 보여 주면 독자는 마음을 움직이게 됩니다. 대체 어떤 책이기에 사람을 변화시키는지 궁금해하니까요. 내면의 변화는 어디서 왔을까요? 물론 책이라고 볼 수 있지만 보다 근본적인 건 감성이라고 할 수 있습니다. 책이 우물대는 속삭임을 간파하는 성질을 감성이라고 한다면 우리는 이런 감성을 키워야 합니다.

감성을 키우는 방법은 사람마다 다를 수 있겠지만 여기선 크게 두 가지로 정리해 봅시다. 첫 번째는 잠시 멈춘 후 천천히 생각하기. 이 부분에 관해 꽤 인상적인 사례로 장애 운동가인 수나우라 테일러의 오래전 경험이 떠오릅니다.

그는 한여름에 고속도로를 달리던 중 닭을 가득 실은 트럭들을 자주 보게 되었는데요. 트럭들이 하나씩 지나갈 때마다 살아 있는 닭들에게서 피로한 표정을 발견합니다. 몹시 지쳐 생기를 잃은 닭의 얼굴, 창문을 내리면 코로 훅 들어오는 배설물 냄새, 심지어 화물칸이 비좁아 철창 사이로 밀려 도로에 툭툭 떨어지는 닭들. 테일러는 코를 감싸고 숨을 참으며 생각했다고 해요. 가령 이런 물음입니다. 이 불편함은 어디서 왔을까? 트럭에서 무슨 일이 벌어지고 있는 건 아닐까? 죽어 가는 무수히 많은 닭을 싣고 트럭이 가는 곳은 어디일까? 그는 생각에서 머물지 않고 궁금증을 풀기 위해 조사하고 공부한 끝에 공장식 축산 농장 동물이 착취당하는 현실을 깨닫게 됩니다. 고속도로에서 달리는 트럭을 지나치지 않고 자신의 불편이 어디에서 야기되었는지 곰곰이 생각한 겁니다. 그때의 경험을 바탕으로 장애 운동가이면서 동물 운동가의 삶을 살게 되는데요. 자극이 주는 변화를 놓치지 않은 거지요.

미세한 감각의 자극을 받아들인다는 건 잠시 멈춘다는 말과 같습니다. 갑자기 쏟아진 봄비에 살짝 풍긴 흙냄새로 기분이 좋아졌다면 비를 피하려고 허둥지둥 달리지 말고 눈을 감고 그 자리에 서서 비를 맞아 봅시다. 미처 달아나지 못한 봄기운의 꼬리를 발견할지 몰라요. 감성이 메마른 이는 비를 피하기 위해 냉큼 달리는 것에만 급급할 거예요. 그들은 매년 봄을 맞이해도 봄기운의 꼬리는 영영 볼 수 없을 거예요.

두 번째는 시와 친해지기. 시인은 풍부한 감성을 지녔습니다. 주변을 관찰하고 떠오르는 심상을 노래하는 시인의 말에 귀를 기울이면 감각의 폭을 넓힐 수 있어요. 시집을 자주 펼쳐 보면 좋습니다. 하지만 원체 시와 거리가 먼 생활을 해 온 사람이라면 거의 불가능에 가까워요. 매일 시집을 펼치는 건 관악산이나 도봉산과 같은 해발 육칠백 미터 산을 아침마다 훌쩍 넘는 것처럼 실천하기에 무척 힘겨운 일입니다. 하지만 방법이 있어요. 봉우리까지는 아니더라도 동네 뒷산을 꾸준히 오르면 근력 향상에 도움을 주듯 의욕을 꺾지 않고 도전할 수 있답니다. 시를 소개하는 칼럼을 꾸준히 읽어 봅시다. 시와 함께 단상을 적은 글인데 '시 칼럼'이라고도 부를 수 있어요. 소설이 서사적 기능을 지녔다면 시는 상징을 활용해 난해하게 다가와 시를 좋아하지 않는 독자에게 시 칼럼은 도움을 줍니다. 먼저, 다음 시를 살펴봅시다.

"그 여자가 동백나무 그늘의 끝을 막 지나가고 있을 때/ 그가 지나갔다// 참새 몇 마리가 은행나무 이파리 사이에 숨어 뭐라 뭐라 떠들고 있을 때/ 그가 지나갔다// 은회색 승용차가 전속력으로 달려갈 때/ 그가 지나갔다// 노란 원복을 입은 아이들이 줄지어 동네를 돌고 있을 때/ 그가 지나갔다// 왕개미 한 마리가 제 몸만 한 과자 부스러기를 물고 힘겹게 보도블록 가장자리를 가고 있을 때/ 그가 지나갔다// 세상에!/ 얼굴도 없이"

_이경림, 〈그가 지나갔다〉,《급! 고독》, 창비, 2019.

시를 자주 접하지 않은 사람이라면 답답하다고 느꼈을지 모릅니다. 그가 여기저기서 지나가고 있지만 정작 누구인지 알 수 없기 때문인데요. 더군다나 얼굴도 없다고 하니 시인이 대체 무슨 말을 하고 싶은 건지 난감할 뿐이에요. 한편 평소에 시를 즐겨 읽는 이라면 "~때 그가 지나간다"가 반복되는 구절을 보고 그는 누구일까 궁금해합니다. 보일 듯 말 듯 그의 정체는 드러나지 않지만 다양한 정보를 주지요. 혹시 '바람'이 아닐까 하는 생각이 갑자기 들기도 해요. "그" 대신에 바람을 대입하면 내용도 자연스럽고 바람은 얼굴도 없으니까요! '그림자'를 떠올려도 괜찮겠네요. 평소에 우리는 미처 인식하지 못하지만 그림자는 여자가 지나갈 때도, 참새가 지저귈 때도, 차가 지나갈 때도 항상 붙어 있으니까요. 거기다가 그림자 역시 얼굴이 없지 않은가요. 또는 우리가 늘 숨 쉬는 '공기'라고 볼 수도 있어요. 승용차가 휙 달릴 때도, 유치원 아이들이 걸어갈 때도, 왕개미가 느릿느릿 기어갈 때도 공기는 우리가 볼 수 없는 궤적을 그리고 있을지 모릅니다. 공기도 얼굴이 없으니 "그"가 될 자격이 충분히 있습니다. 이쯤 되면 구름, 햇빛, 너를 생각하는 마음, 시간 심지어 아이스크림을 집어넣어도 괜찮습니다. 아이스크림이 지나갔다니! 뭔가 '힙'하지 않은가요? 직접 말하지 않아도 아이스크림 안에는 반지도, 수박도, 젤리도, 구슬도, 네잎클로버도 담겨 있을 법하네요. 무한한 은유를 품은 "그"는 우리의 상상 속에서 춤을 춥니다.

한 여자와 참새 몇 마리, 승용차, 아이들, 왕개미가 각각 활
동할 때 얼굴도 없는 그가 지나갔다고 한다. 그는 누구일까.
그가 누구일까를 생각하며 하루를 보냈다. 시냇물처럼 흘
러가는 시간이 아닐까. 공평하게 주어지는, 시냇물 위에 떠
서 미끄러지듯 나아가는 종이배 같은 시간이 아닐까. 혹은
매일매일에 늘 나의 심중(心中)에 살고 있는, 그리운 사람이
아닐까. 내가 무엇을 보든 함께 보고 있는 사람이 아닐까. 비
록 그가 이 세상을 떠난 사람일지라도. 이도 아니면 내가 신
앙하는 '님'이 아닐까. 이도 아니면 소소하지만 스스로 빛나
는 일상의 순간이 아닐까. 여럿의 주체들이 각자 힘껏 살고
있음에도 그것의 소중함과 아름다움을 알아채지 못하고, 놓
치고 있다는 것을 '그'의 스침과 사라짐에 빗댄 것은 아닐까.
이런저런 궁리를 하며 지낸 하루가 나는 좋았다.

_문태준, 〈그가 지나갔다〉, 《경향신문》, 2019년 4월 14일.

〈그가 지나갔다〉라는 시를 읽고 문태준 시인은 동명의 칼럼
에서 "그가 누구일까를 생각하며 하루를 보냈다"고 합니다. 이
점이 시인과 우리의 가장 큰 차이점이 아닐까 싶어요. 아이스크
림까지 생각하고 나면 우린 할 만큼 다했다며 재미있는 시라고
여긴 후 시가 보내는 감성의 신호를 닫아 버릴지 모릅니다. 하
지만 시인은 "시냇물처럼 흘러가는 시간이 아닐까" "그리운 사
람이 아닐까" "내가 신앙하는 '님'이 아닐까" 생각하다가 마침

내 "그"를 발견합니다. "이도 아니면 소소하지만 스스로 빛나는 일상의 순간이 아닐까." "그"가 "일상의 순간"이 되기까지 시인은 하루를 온전히 바쳤습니다. 그랬기에 칼럼의 마지막을 이렇게 채울 수 있었어요. "여럿의 주체들이 각자 힘껏 살고 있음에도 그것의 소중함과 아름다움을 알아채지 못하고, 놓치고 있다는 것을 '그'의 스침과 사라짐에 빗댄 것은 아닐까. 이런저런 궁리를 하며 지낸 하루가 나는 좋았다."

"나는 좋았다"라는 마지막 문장이 가슴에 다가오는 건 시가 이야기하는 내용을 궁금해하며 천천히 생각하는 시간이 소중했다는 의미로도 여겨져서입니다. 시인조차 다른 시인이 쓴 시를 읽고 하루라는 시간을 들여 고민하고 가만히 살펴봅니다. 평소에 시를 읽지 않은 사람들에게 이보다 더 큰 위안이 있을까요? 시가 어렵고 그렇기에 읽으면 졸리고 다시 찾지 않게 되는 건 시를 해석하는 능력이 부족해서가 아닙니다. 시는 해석으로 접근할 수도 없고 그렇게 다뤄서도 안 됩니다. 문제나 퀴즈가 아니지요. 시에서 발현되어 깜빡이는 작은 불빛을 감지하는 건 능력이 아니라 태도에 달린 것 같아요. 서두르지 않고 차분히 살펴보는 섬세한 마음가짐이 필요할 뿐입니다. 시의 마음이 시인의 가슴에 닿기까지 하루라는 사색의 시간이 필요했던 것처럼요.

하지만 여러 여건상 그야말로 매번 하루 종일 시만 생각하는 건 불가능합니다. 설령 시도할 수 있을지라도 황무지에서 아무런 정보 없이 금맥을 캐는 꼴일 수도 있고요. 우리는 시 전문가

도, 시인도 아니잖아요. 따라서 시 칼럼이 필요합니다. 시 칼럼은
분량도 적고 대개는 시인이 쓴 글이므로 시를 감상하는 데 효과
적인 도움을 받을 수 있어요. 하루에 한 편씩 시 칼럼을 읽어 봅
시다. 보통 시를 전문에 배치하고 후반에 칼럼 필자의 의견이 담
깁니다. 시를 천천히 음미하고 나름대로 상상의 고리를 연결해
본 후 칼럼에서 접근한 감상을 참고삼아 읽어 보면 좋습니다.

🟦 감성 키우기

- 잠시 멈춘 후 천천히 생각하기.
- 시와 친해지기.

잠시 멈춘 후 천천히 생각하기가 감성을 기르기 위한 내적인
태도라면, 시와 친해지기는 좀 더 구체적이고 적극적인 실천 방
식이라고 할 수 있습니다. 제시한 두 가지 방법을 꾸준히 익힌다
면 감성을 키우는 데 도움이 될 거예요.

요약은 글쓰기의 만능 소스

지금까지 손으로 또는 정신으로 빚는 칼럼 소스를 살펴보았

습니다. 소소해 보이지만 강력한 효과를 발휘하는 연습 방식입니다. 마지막으로 기본이 되면서도 때로는 간편한 라면수프처럼 때로는 정통 맛을 내는 고추장처럼 어떤 용도로도 사용이 가능한 만능 소스를 소개하겠습니다. 바로 요약입니다.

사실 요약은 우리 생활 전반에 깊숙이 자리합니다. 퇴근 후 영화관으로 직행한 우리에게 다음 날 직장 동료가 '어제 본 영화 어땠어?'라고 묻는다면 영화 내용을 요약해 달라는 말과 같습니다. 광고주 앞에서 하는 프레젠테이션 역시 요약이고, 맛집으로 알려진 식당에서 입에 가득 음식을 넣고 '맛있어!'라고 말하는 것도 요약이지요. 요약은 대상의 핵심을 전하는 행위이기 때문입니다. 정의를 중심으로 구체적으로 살펴봅시다.

요약: 말이나 글의 요점을 잡아서 간추림.

표준국어대사전에서는 요약의 대상을 말이나 글로 한정했지만 우리는 필요에 따라 영화나 기획, 음식처럼 다양한 영역으로 시선을 옮겨도 어색하지 않다는 걸 압니다. "가장 중요하고 중심이 되는 사실이나 관점"을 뜻하는 요점과 "글 따위에서 중요한 점만을 골라 간략하게 정리하다"는 의미를 지닌 '간추리다'를 생각해 보면 요약의 특성 또한 알아낼 수 있습니다.

즉, 누가 어떤 관점에서 어떻게 정리하느냐에 따라 요약한 내용은 달라집니다. 영화 〈에브리씽 에브리웨어 올 앳 원스〉를 본 후 누군가는 '다중 우주가 나오는 SF야, 양자경이 연기한 에블린이 변화무쌍하게 나오지'라고 말할 수도 있지만, 유년 시절부터 홍콩 배우 양자경을 지켜보며 컸던 또 다른 누군가는 '이건 양자경의 영화야!'라며 눈물을 훔칠 수도 있습니다. 동일한 작품이지만 초점과 표현 방식은 요약을 다채롭게 만듭니다.

놀라운 건 칼럼에는 요약적인 요소가 다분하다는 점이에요. 가령 문제작이 될 만한 작품을 소개한 후 주제를 전달한다면 칼럼은 요약과 의견으로 구성되겠지요. 신형철 문학 평론가는 〈'부러진' 법 앞에서〉(《경향신문》, 2012년 2월 9일.)라는 칼럼에서 당시 개봉한 영화 〈부러진 화살〉을 본 소회를, 카프카의 《법 앞에서》라는 작품으로 설명합니다. 눈여겨볼 지점은 일곱 개 문단으로 이루어진 1800자가 채 안 되는 짧은 분량 중 두 작품을 요약한 내용에 세 개 문단을 할애했다는 점이에요. 2문단에서 영화를, 4~5문단에서 《법 앞에서》를 요약한 건 마지막 문단에 의견을 배치하기 위해서입니다. 요약이 빌드업을 위한 고급 기술로 사용되었다고 볼 수 있어요. 세 문단에 걸쳐 요약을 정성스럽게 이어 나간 후 주제를 밝히니까요.

요약의 정교한 짜임새는 주제를 구축하는 데 효과적입니다. 칼럼 〈우린 비폭력 직접 행동에 빚졌다〉(장하나, 《경향신문》, 2022년 3월 29일.)는 요약 단락을 대등하게 열거하며 주장에 대한 근거로 삼습니다. '전국장애인차별철폐연대(전장연)'의 출근길 서울 지하철 탑승 시위를 비문명적 행위라고 한 당시 국민의힘 이준석 당 대표의 발언을 비판하기 위해 "비폭력 직접 행동의 역사"를 두 개 문단으로 압축했습니다. 여성 참정권 운동과 흑인 민권 운동의 투쟁 방식과 성취를 각각 요약한 후 우리 모두 그들에게 빚졌다는 점을 설파한 것입니다.

주목해 볼 점은 요약 형태인데 감정이나 편견이 개입되지 않고 일정한 거리를 둔 상태에서 대상을 다뤘습니다. '여성사회정치연맹WSPU'과 '전미유색인연합NAACP'의 시위를 객관적인 시선으로 요약한 건데요. 일종의 역사적인 사실을 서술할 때 주관이 강하게 끼어들면 근거로서의 효력이 약해진다는 걸 염두에 둔 게 아닌가 싶어요.

칼럼 전문 약 2000자 정도 중 절반에 가까운 분량을 요약에 할애한 후 마지막 5문단에서 "이 대표 또한 미국에서 대학교를 다녔으니 60여 년 전 리틀록 9인의 비폭력 직접 행동에 분명 빚지지 않았는가?"라며 마칩니다. 요약으로 이미 빌드업이 된 상태라 설의법을 취한 형식도 자연스러워 보입니다.

그렇다면 누군가는 요약으로 구성된 칼럼이 과연 자기 생각을 함유하느냐고 질문할지 모릅니다. 대상을 단순히 축약해 표현하는 과정에는 나의 의견이 끼어들 여지가 없어 보이기 때문인데요. 하지만 관점에 따라 축약 지점이나 규모, 방향 등이 달라지고 정리하는 방식에 따라 표현된 양상이나 얼룩진 모습이 변모합니다. 즉, 요약은 철저히 나의 판단으로 대상의 핵심을 추출해 디자인하는 작업입니다.

앞의 두 칼럼에서도 칼럼 필자는 주제에 부합하는 영화와 문학 작품, 과거 사건을 선택한 후 요점을 뽑아내 서술했어요. 표면적으로는 주관이 개입되지 않아 보여도 근저에는 내 생각이 깔려 있습니다. 객관적인 시선이란 감정에 빠지지 않도록 대상과의 거리를 유지하는 상태를 의미하지, 나의 의견이 배제되었다는 말은 아닙니다.

이런 면에서 요약 글쓰기는 자기 의견을 개진해 나가는 훌륭한 연습이 됩니다. 칼럼처럼 짧은 분량 안에서 사안을 소개하고 정황을 설명한 후 나름의 합당한 주장을 이유와 함께 제시하려면 요약하는 능력이 필요합니다. 사안 중 어느 지점에 초점을 맞출 것인지, 정황을 판단하기 위해 필요한 자료는 무엇인지, 주장의 구체적인 내용은 어떻게 설정한 것인지 등은 모두 "요점을 잡아서 간추림"이라는 요약 행위 안에서 이루어집니다. 따라서 평소에 다양한 대상을 여러 방면에서 요약하는 훈련을 한다면 칼럼 쓰기에 큰 도움이 될 거예요.

칼럼뿐 아니라 책을 집필할 때도 요약은 위력을 드러냅니다. 《자유론》을 쓴 존 스튜어트 밀이 어린 나이부터 요약을 통해 책을 저술하기 시작했다는 일화에서 우리는 학습이 이루어지는 과정을 유추해 볼 수 있어요. 책을 통해 섭렵한 기존 지식을 나의 관점에서 요약하면 복습과 동시에 독창적인 사고가 만들어집니다. 여러 지식을 결합하거나 잘라 붙여 만든 연결망에서 새로운 개념과 참신한 논리가 생성되기 때문이지요.

이처럼 요점을 추출하고 표현하는 훈련은 앎의 저변을 서서히 확대합니다. 예전 칼럼 강의에서 요약을 다룬 후 어느 수강생 한 분이 마치 무엇에 홀린 듯 이런 말을 했어요.

"그동안 칼럼과 책을 읽고 개인 블로그에 내용을 간략히 정리했어요. 오랫동안 하다 보니 뭔가 차곡차곡 쌓이는 느낌이 들긴 했는데 그게 뭔지, 왜 그런 건지 정확히 몰랐어요. 오늘 요약 강의를 듣고 이제야 알 것 같아요. 제가 그동안 한 일이 요약이었다는 걸요." 단지 강의에서 요약의 정의와 필요성 등을 이야기했을 뿐인데, 뭔가 폭넓어지는 양상의 정체가 무엇인지 고민하던 수강생에겐 그 시간이 해결의 실마리가 되었던 겁니다.

그렇다면 칼럼 쓰기에 최적화된 요약 훈련 방법은 없을까요? 잘 쓴 칼럼 한 편을 매일 요약해 봅시다. 다음 단계로 접근하면 좋아요.

📘 요약의 기술

1. 주제 쓰기.
2. 본문 요약.
3. 단평 쓰기.
4. 다시 쓰기.
5. 데이터베이스화하기.

칼럼을 읽고 한 문장 정도로 주제를 적어 보세요. 칼럼 필자가 결국 하고 싶은 말이 무엇인지를 간단히 정리하는 연습입니다. 좋은 칼럼은 표면에 드러나든 수면 아래로 감춘 채 넌지시 드러내든 명확한 주제를 지닙니다. 칼럼에 담긴 주장이나 의도, 핵심을 간파해 글의 원류를 찾아내는 과정은 칼럼을 쓸 때 매우 요긴해요. 글쓰기는 주제에서 출발해 유연한 흐름을 만드는 작업이기 때문이지요. 우산 접는 법을 익히면 우산을 쫙 펴는 건 아주 쉽듯이, 한 문장의 요체로 축약하는 방법은 칼럼 전체로 펼쳐 내는 방식에 큰 도움을 줍니다.

그런 후에 칼럼 본문을 요약해 보세요. 원류에서 뻗어 나간 지류의 움직임을 살펴보는 연습이에요. 먼저 문단별로 정리한 후 전체 요약을 하면 쉽습니다. 문단은 칼럼의 부분인 동시에 그 자체로는 하나의 주제를 갖춘 글이에요. 굴비를 엮듯 문단을 하나씩 요약하면 전체 흐름이 보입니다. 단, 요약된 문단을 기계적으로 열거하면 맥락이 소거되어 전체 요약 글로는 부드럽지 못해요. 문단 요약을 참고해서 전체 요약을 다시 시도하면 좋습니다. 이때는 칼럼을 천천히 필사해 보세요. 필사는 마치 전후를 살피며 영화 장면을 하나씩 뜯어보는 작업과 같은 읽기 방식이므로 문단 간의 연결 관계를 파악하기에 적격이니까요.

여기서 그치지 말고 칼럼을 읽은 느낌도 간단히 써 보세요. 주제 쓰기와 본문 요약은 되도록 주관이 개입되지 않은 객관적인 요약이라면 단평은 의견을 적극적으로 포함해 내 생각을 정리한 요약입니다. 원류와 지류를 한눈에 볼 수 있도록 다듬었으니 이젠 강 전체의 흐름이 어떤 의미를 갖는지 나의 관점에서 간추리면, 칼럼을 훌륭히 분석하게 됩니다.

좀 더 나아가 요약한 내용을 바탕으로 칼럼 다시 쓰기를 시도해 봅시다. 독자 입장에서 벗어나 칼럼 필자가 되어 직접 원류와 지류를 만드는 작업입니다. 강 흐름은 물론 강바닥의 지형과 환경 또한 습득한 상황이므로 나만의 시각에서 새로운 글을 조립할 수 있습니다. 문단 배치를 수정해 보기도 하고 사용된 어휘나 표현을 새롭게 고쳐도 보세요. 기존 칼럼을 다시 쓰는 연습이 쌓일수록 내 안에 깃든 칼럼 주머니는 조금씩 부풀어 마침내 입구가 터질 거예요.

마지막으로, 이렇게 요약한 연마 과정을 데이터베이스화하는 작업도 반드시 필요합니다. 가령 '노션notion'처럼 사용하기 편한 메모 앱을 활용해 표를 만들어 요약 내용을 정리하세요. 칼럼 주제, 요지, 전개 방식 등을 일목요연하게 볼 수 있어 칼럼을 쓸 때 든든한 자료가 됩니다. 이 표야말로 전수되어 농익은 고추장처럼 나만의 비기를 담은 칼럼 만능 소스입니다.

저는 조금 전 칼럼 식당 홀에서 예능 프로그램 속 소녀시대의 유리가 되어 손짓과 몸짓, 표정은 물론 때론 감탄사도 섞어 가며 여러분께 칼럼 레시피를 말씀드렸습니다. 다시 주방으로 돌아오니 뿌듯하면서도 약간은 허전하네요. 제 진의가 잘 전달되었는지 궁금하기도, 실수하지는 않았나 두렵기도, 놓친 게 있는 건 아닌지 아쉽기도 해서요. 갑자기 파벨 포리코브스키 감독의 2019년 작 영화〈콜드 워〉가 떠오릅니다.

냉전 시대, 폴란드에서 파리로 망명을 감행해 다시 만난 빅토르와 줄라는 위태롭게 사랑을 이어 가지만 결국 서로에게 실망합니다. 줄라는 자신의 슬픔을 재즈 음률에 맞춰 춤으로 표현합니다. 리듬과 템포가 빨라질수록 들썩이더니 홀을 가득 메운 사람들 한 명 한 명과 연이어 춤을 춰요. 빅토르가 앉은 테이블에 기어이 구둣발 채로 올라가 치마를 나풀나풀 흔들기도 하고요. 흥에 겨워 웃고 있지만 사실 빅토르에 대한 상심과 자신에 대한 불안감을 춤으로 폭발시켰던 겁니다. 줄라가 떠나고 나서야 오해한 걸 깨달은 빅토르도 클럽에서 피아노 건반을 두드립니다. 색소폰을 불던 동료들은 그의 격정적인 연주를 가만히 쳐다볼 뿐이에요. 음률은 오선지를 벗어나고 리듬은 널을 뛰고 줄라의 마음을 헤아리지 못한 한탄과 믿지 못한 자책감, 이젠 더 이상 그녀를 볼 수 없다는 절망감이 연주로 드러나지요. 저는 그들이 부러웠어요. 내면의 감정을 술이나 폭식 또는 욕이나 폭력으로 내뿜지 않고 춤과 피아노라는 단련된 기술로 때론 넘치게, 때론 절제하며 자유자재로 표현하는 모습이 근사했습니다. '저들이야말로 욕망을 진정 사랑하는구나'라고 생각했지요.

글쓰기 수업에는 피아노와 춤뿐 아니라 외국어, 수영, 요리, 사진, 암벽 등반, 사이클 등을 예전에 했거나 배우는 분이 꽤 많으세요. 다큐멘터리를 찍는 분들도 계셨습니다. 자신을 표현하고픈 갈망이지 않을까 싶어요. 그분들이 글쓰기에 관심을 가진 건 어떻게 보면 당연한 듯합니다. 글쓰기도 오랜 반복과 끈기로 이뤄 낸, 나를 드러내는 도구니까요. 숙련된 기술만이 욕망을 다룰 줄 아는 법입니다.

여러분이 이 책을 손에 들고 지금 '나가는 말'을 읽고 있는 것도 정체를 알 수 없는 감정이 요동쳤기 때문 아닐까요? 본문을 건너뛰고 여기 지면에 뭐라고 쓰여 있는지 구경하는 중이라면 얼른 앞으로 돌아가 읽으시길 권합니다. 그 후에 우리가 나눌 이야기는 더 깊어질 거예요. 본문을 정독한 후 마침내 이곳에 당도

　　　　　　　　　　　　　　　칼럼 레시피

하신 분들이라면 책 뒤표지를 넘기자마자 착수하세요. 무엇을 요? 내가 어떤 분야의 칼럼을 쓸지에 대한 고민을요! 도서관 책을 대출한 후 바로 읽지 않으면 한 장도 넘기지 못한 채 반납하기 일쑤이듯 레시피를 확인했지만 칼럼 쓰기를 바로 시작하지 않으면 쓸 기회는 영원히 사라질지 모릅니다.

우리가 앞에서 살펴보았듯이 칼럼 소재는 무궁무진합니다. 책을 좋아하신다면 책과 연계한 칼럼을, 음식 만들기를 좋아하신다면 푸드 칼럼을, 여행 사진이 드라이브에 꽉 찼다면 여행 칼럼을, 사각지대에서 고통받는 이들을 위해 르포 칼럼을, 차별과 혐오에 맞서기 위해 사회·문화 칼럼을, 자기 이익에만 혈안이 되어 싸움질만 하는 국회가 얄밉다면 정치 칼럼을 선택합시다.

빠를수록 좋아요. 그래야 방향 전환도 신속히 이루어집니다. 예전에 백종원 씨가 우스갯소리로 이런 말을 했어요. "우린 요리사가 아니라 사업가거든. 메뉴 실패하면 바로 다른 메뉴로 바꿔야 해. 태세 전환이 중요하다고." 전문 칼럼니스트는 칼럼을 쓰는 이유를 자신의 소명을 전달하기 위해서라고 생각할지 모릅니다. 우리는 아직 그럴 필요까지는 없어요. 전문 셰프가 되어 장사하려는 것이 아니라 따뜻한 밥 한 끼라도 정성스럽게 만들어 대접하고 싶은 욕망에 기꺼이 요리를 배우는 거니까요. 내 생각을 '때론 넘치게, 때론 절제하며' 자유자재로 표현하고 싶은 거니까요. 그러니 빨리 메뉴를 정합시다. 그리고 칼럼 쓰기를 시작합시다. 실패해도 괜찮아요. 다른 분야 칼럼을 선택하면 됩니다.

칼럼 강의를 마치면 수강생들이 자기 글이 지면에 실렸다며 링크와 함께 연락을 주시곤 합니다. 그때 기쁨이란 이루 말할 수 없어요. 제가 전달한 레시피가 그분들의 손에서 진짜 칼럼으로 변신했으니까요. 여러분의 낭보가 제게도 날아들길 기대해 봅니다. 응원합니다!